Tödliche Wallfahrt

Danksagung

Wesentliche Unterstützung erfuhr ich durch Frau Ingrid Wilkening, die mir mit ihrer kritischen und gründlichen Lektoratsarbeit zur Seite gestanden hat.

Dr. Volker Himmelseher

Volker Himmelseher

Tödliche Wallfahrt

Historischer Roman

Bibliografische Information der Deutschen Nationalbibliothek
Die Deutsche Nationalbibliothek verzeichnet diese Publikation in der Deutschen Nationalbibliografie; detaillierte bibliografische Daten sind im Internet über http://dnb.dnb.de abrufbar.

© 2016 Dr. Volker Himmelseher
Satz, Umschlaggestaltung, Herstellung und Verlag: BoD – Books on Demand
ISBN 978-3-7392-8440-8

1

Carla konnte nicht einschlafen. Wie ein hilfloses Kleinkind lag die todkranke Römerin verloren unter den weißen Laken ihres Bettes. Gerade noch war es ihr kalt gewesen, gezittert hatte sie und sich in ihre Decke eingemummelt. Nun schüttelten sie heiße Fieberschauer. Sie warf alle Hüllen von sich und entblößte ihren schmächtigen Leib bis auf das dünne Nachtgewand. Ihr Haar klebte nass an ihrem Kopf und ließ das schmale, blasse Gesicht noch kleiner erscheinen. Die grässlichen Wechselbäder wiederholten sich andauernd und schwächten die Arme immer mehr. Erst eine Ohnmacht erlöste sie von den Qualen. Für längere Zeit schlief die Kranke traumlos. Dann wurde es plötzlich hell vor ihrem inneren Auge. Blitze zuckten und ein alter Mann erschien ihr in gleißendem Licht. Ein güldener Ring schwebte über seinem Haupt. Es musste ein Heiliger sein. Der Mann sprach zu ihr: »Gott prüft dich, du Arme. Gott ist aber auch Gnade und Rettung! Er kann dir helfen, durch sich oder seine Heiligen. Mir, Lorenzo, dem Schutzheiligen deiner Kirche, war in den schwersten Stunden Hippolytus Hilfe und Hoffnung zugleich. Bete zu ihm, suche ihn. Er hat seine letzte Ruhestätte im heiligen Köln, in Sankt Ursula. Bestimmt hilft er auch dir.«

Mit einem weiteren Blitz verschwand die Erscheinung, und Carla schlief tief und fest bis zum nächsten Morgen. Als sie erwachte, standen die nächtlichen Bilder wieder vor ihr. Ihr Herz hüpfte vor Aufregung, und es drängte sie, ihrem Mann davon zu berichten. Ihr Gatte Francesco jedoch hatte sie in ihrem Schlaf nicht stören wollen. Er war bereits, ohne die übliche morgendliche Umarmung, zu seinem Handelshaus aufgebrochen.

Sein Tagwerk ging dem Ende entgegen. Francesco hatte den Einkauf neuer Wolle aus Mallorca auf den Weg gebracht, diverse Angebote für das Spinnen, Weben, Färben und Appretieren geprüft und die besten ausgewählt. Bei der Durchsicht der letzten Eintragungen in die Geschäftsbücher sowie der eingegangenen Briefe hatte seine Konzentration nachgelassen. Es war spät geworden, und er musste nach Hause zu seiner kranken Frau. Sie bedeutete ihm so viel.

Er durfte Carla nicht länger warten lassen. Sorgenvoll kraulte er seinen kurz geschnittenen schwarzen Vollbart. Er musste fortwährend an Carla denken. Sein blasses Gesicht war von Kummer gezeichnet. Francesco Bovatieri wusste sich keinen Rat mehr, wie er ihr helfen konnte. Er richtete sich auf, streckte seinen kompakten, muskulösen Körper, der sich beim langen Sitzen verkrampft hatte. Dann fand er einige leise Abschiedsworte für seinen Kontorvorsteher. Er ging zum Spiegel, setzte den grünen Hut auf das schwarze Haar, überprüfte die Lederschließe seines grünen Anzugs, den er über einer weißen Strumpfhose trug, ordnete den weißen Rüschenkragen, hängte sich den leichten roten Umhang um und ging zum Ausgang.

Draußen herrschte die Hitze des römischen Sommers. Wie angenehm temperiert war es hinter den dicken Mauern des Kontors gewesen! Die Sonne strahlte mit voller Kraft vom Himmel, und unter Francescos dünnen Schuhsohlen brannten die Pflastersteine. Die heilige Stadt lag unter einer alles erstickenden Dunstglocke. Der viele Unrat und all die Exkremente stanken gen Himmel. Der Kaufmann hielt angeekelt einen Zipfel seines Umhangs vor Mund und Nase und machte sich mit eiligen Schritten auf den Weg nach Hause.

Bald schon passierte er die riesige Holztüre von Sankt Lorenzo Fuori le Mura, der Kirche seiner Gemeinde. Die Sonnenstrahlen reflektierten von der gewaltigen glänzenden Kuppel, und der Turm des Gotteshauses sah aus, als trüge er einen Heiligenschein. Dieses Bild berührte den Kaufmann. Flüchtig schlug er ein Kreuz und machte die Andeutung einer Verbeugung in Richtung der Kirche. Im gleichen Moment begann im Kircheninneren der Chor zu singen. »Gloria in Excelsis Deo«, schallte der Jubelgesang mit klaren Stimmen nach draußen. Francesco verharrte und lauschte den Klängen. Irgendwie hatten sie etwas Tröstliches. Dann erst setzte er seinen Heimweg fort.

Nach wenigen Augenblicken erreichte er sein Zuhause. Er führte das großzügige Haus eines erfolgreichen Kaufmanns. Bovatieri war mit Tuchhandel reich geworden. Allzu gern hätte er nun im fortgeschrittenen Alter von fünfundfünfzig Jahren diesen Reichtum mit seiner Frau genossen. Carla kämpfte jedoch mit einer bösen Blutkrankheit. Es gab kaum noch eine Chance, die schwer erarbeiteten Früchte seines Tuns gemeinsam mit ihr auszukosten.

Was aber bedeutet das ganze Geld und Gut, das ich besitze, ohne sie?, dachte er und verzog verbittert seine Lippen. Er eilte durch den Park seines Hauses, ohne die gepflegte Blütenpracht zu bemerken. Achtlos ging er durch den Flur mit den vielen schönen Kostbarkeiten aus aller Herren Länder, sprang die breite Treppe hinauf und öffnete die Tür zum Schlafzimmer seiner Frau. Erst jetzt bemerkte er, dass auch in seinem Heim die Hitze des Sommertages durch das dicke Mauerwerk abgehalten wurde. Die Temperatur war erträglich.

Der komfortable Schlafraum hatte große Fenster zur Sonnenseite hin, lag aber im Halbdunkel. Die schweren Seidengardinen waren zum Schutz gegen die Hitze zugezogen, auch gegen das grelle Tageslicht, das die Augen seiner Frau immer weniger ertragen konnten.

Mit zischendem Fauchen begrüßte ihn Caesar, Carlas weißer Perserkater, der, wie immer, am Fußende des großen Bettes lag. Die beiden mochten sich nicht. War es Eifersucht um die Hausherrin, die beiden ihre Liebe schenkte? Francesco würdigte den Kater keines Blickes. Es überraschte ihn, am Bett seiner Frau den Hausarzt zu sehen. Hatte sich ihr Zustand verschlechtert?

Doktor Paolo Datini betreute Carla schon seit Langem. Er war dabei zum Freund der Familie geworden. Der kleine rundliche Mann stand am Kopfende des Bettes, wie immer ganz in Schwarz gekleidet. Er hatte seine Brille auf der fleischigen Nase, den schwarzen Arztkoffer aus weichem Ziegenleder vor den Füßen und die kurzen fleischigen Hände wie zum Gebet aufeinandergelegt. Der Medikus sprach auf Francescos Frau ein. Bovatieri zögerte, ihn zu unterbrechen, doch der Doktor unterbrach sich selbst, als er den Hausherrn sah. Der grüßte ihn mit einem »Ciao Paolo«, ließ es damit der Höflichkeit genug sein und kniete vor dem Bett seiner Frau nieder und küsste sie auf die heiße Stirn. Wie schön war sie gewesen in ihren jungen Jahren! Große, ausdrucksvolle schwarze Augen, langes blauschwarz schimmerndes Haar, meist in einem festen Knoten getragen, hatte sie gehabt. Der Kontrast zu ihrer edlen weißen Haut und ihren vollen roten Lippen war unvergleichlich gewesen. Die schreckliche Krankheit, die nun schon seit mehr als sieben Jahren in ihrem Körper wütete, hatte ihr diese Schönheit geraubt. Heute war Carlas Leib nicht mehr zart, nein, knochig und ausgemergelt. Ihre Haare waren stumpf geworden. Ihr Gesicht ähnelte einer Totenmaske, und ihre Hände glichen denen eines Skeletts. Die Arme hat nichts mehr zuzusetzen, sinnierte er vor sich hin. Bovatieri war verzweifelt.

Was nützt es, sich die alten Zeiten vor Augen zu holen? Meist fror sie, dann schüttelten sie wieder heiße Fieberschauer. Nur noch mit fremder Hilfe wagte sie ab und zu ein paar Schritte durch das Haus. Sie plagt sich so sehr, weil sie weiß, wie sehr ich sie brauche, dachte ihr Ehegatte beschämt. Er umfing ihre heißen Hände und streichelte sie.

»Deine kleine Frau ist sehr tapfer, Francesco«, wandte sich der rundliche Arzt an den Kaufmann. Er sah, wie Francesco litt, und wollte ihn mit seinen Worten aufmuntern.

»Ihr seid ein Schmeichler«, presste Carla mit schwacher Stimme hervor. »Ich lass doch nur alles mit mir geschehen. Was tue ich denn noch?«

»Was Ihr tut, meine Liebe, ist kämpfen! Und Ihr kämpft mit all Euren Möglichkeiten. Darum heiße ich Euch tapfer und mutig!«

»So ist es, mein Schatz«, mischte sich Francesco ein. »Wir werden gemeinsam kämpfen und deine schreckliche Krankheit besiegen. Ich glaube fest daran, mein Ein und Alles.«

Ein kleines Lächeln huschte über das schmale Gesichtchen der Bettlägerigen. Es sah aus, als ginge ein Leuchten darüber.

»Für meine Rettung brauchen wir die Hilfe eines Stärkeren«, erwiderte sie schwach. »Aber vielleicht gibt es wirklich Hoffnung: Letzte Nacht erschien mir in meinen Fieberträumen San Lorenzo.«

»Er liegt in unserer Kirche zur ewigen Ruhe.« Francesco nickte erwartungsvoll.

Doktor Datini wusste hinzuzufügen: »Und er ist für uns Römer nach Petrus und Paulus der bedeutendste Heilige überhaupt.«

»Ihr habt recht, doch hört mir zu. Mein Atem ist zu schwach, um viele Worte zu machen.«

Sie atmete heftig ein. Die Männer sahen sich schuldbewusst an und blickten voll Spannung auf ihre blutleeren Lippen. Carla fuhr leise fort: »Der Heilige riet mir, die Hilfe von Hippolytus zu suchen. Der war sein Kerkermeister und hat ihm in seiner letzten Stunde geholfen. San Lorenzo hat ihn vor dem Tode noch bekehrt. Hippolytus starb danach den Märtyrertod. Er liegt in Köln in Sankt Ursula zu Grabe. San Lorenzo machte mir Mut, Hippolytus könne mir helfen, wie er ihm geholfen habe. Nun sehe ich wieder einen Hoffnungsschimmer.«

Die beiden Männer glaubten ihren Ohren nicht zu trauen. »Wie soll das gehen, von so weit weg, wie soll er dir helfen?«, fragte ihr Mann.

»Ach, mein dummer Schatz«, antwortete ihm Carla. Ihre Stimme wurde ein bisschen fester als sonst. »Was bedeuten bei Wundern Entfernung und Zeit? Ich habe den ganzen Tag zu ihm gebetet und glaube, ich fühle schon ein wenig Linderung.«

Der Arzt sah sie zweifelnd an. Datini widersprach ihr jedoch nicht. Er brachte es trotz seines schlechten Befundes nicht übers Herz, ihr die Hoffnung zu nehmen. Bei einem kurzen Seitenblick erkannte er, dass Francesco ebenfalls bereit war, den schmalen Weg der Hoffnung mitzugehen.

»Ich habe etwas für dich mitgebracht, meine Liebe. Schau her.« Francesco holte aus der Innentasche seines Umhangs eine zierliche blassrote Korallenkette hervor.

»Sieh, ich habe einen besonderen Glücksbringer für dich anfertigen lassen. Die Kette ist gearbeitet wie die des kleinen Jesus auf dem Bild in unserer Kirche.«

Er legte das Kleinod vorsichtig um ihren zerbrechlichen Hals. Nach einem Moment des Innehaltens fuhr er fort: »Was dir heute Nacht widerfuhr, macht mich glücklich. Wir sollten es nicht mit Gebeten bewenden lassen. Wir müssen der Weisung des Heiligen folgen und alles tun, was in unseren Kräften steht. Ich werde für dich nach Köln wallfahren.«

Carlas müde Augen weiteten sich vor Schreck. »Nein, du musst bei mir bleiben, in meiner Nähe!«

Francesco schüttelte den Kopf. Er strich ihr mit der Rechten über die eingefallenen Wangen und beschwichtigte sie: »Ich werde immer bei dir sein, mein Herz, auch wenn ich fern bin. Jetzt musst du tapfer sein. Wir müssen alles versuchen, dich wieder gesund zu machen.«

Auch Doktor Datini hegte Zweifel an der Richtigkeit von Francescos Vorhaben. Er versuchte auf seinen Freund bremsend einzuwirken: »Hör auf deine Frau. Vertrau lieber auf die Wirkung ihrer Gebete. Du bist in einem Alter, in dem du auch schon solche Fernreisen meiden solltest. Überall auf den Straßen herrschen Mord und Totschlag. In manchen Gegenden wütet sogar die Pest. Ich glaube, für Carla bist du daheim wichtiger. Tue hier Gutes und versuche lieber nicht, in der Ferne Weihrauch zu verbrennen.«

Francesco war nicht nur gläubig und fromm, sondern auch stur und zielstrebig. Diese Eigenschaften hatten in seinem Berufsleben den Erfolg begründet.

»Glaub mir, es ist für Carla das Beste, wenn ich reise. Ich fühle, dass Hippolytus ihr helfen wird. In jüngeren Jahren war ich oft in Köln. Auf Fernfahrt ins heilige Rom des Nordens, wie wir es nannten. Bis Flandern hat es mich sogar verschlagen. Ich kann mich in deutscher Mundart ein wenig ausdrücken. Was soll mir schließlich Schlimmes geschehen, wo ich doch ein gottgefälliges Werk angehen will?«

Alle Bedenken der beiden halfen nicht, ihn von seinem Plan abzubringen. So musste sich die Todkranke nach einigen Tagen damit abfinden, dass ihr Mann sie für längere Zeit verlassen würde.

2

Um sein Kontor machte er sich wenig Sorgen. Seine Bediensteten waren es gewohnt, selbstständig Entscheidungen zu treffen. Sie hatten während seiner Fernreisen dafür Erfahrung gesammelt. So konnte sich der Kaufmann voll und ganz auf die Reisevorbereitungen konzentrieren. Francesco besorgte sich alles, was er als Pilger benötigte, einen Pilgerhut aus Filz, vorne aufgeschlagen und hinten mit einem Nackenschutz versehen, eine Kapuze mit Überwurf, einen groben Mantel, eine Feldflasche aus Leder, einen Rosenkranz für den Gürtel und einen Pilgerstab. Pilgern wurden auf ihrer Wallfahrt von den Gläubigen viele Hilfen gewährt. Er wollte als Pilger zu erkennen sein.

Nachdem er alle Vorbereitungen getroffen hatte, umarmte er Carla zum Abschied lange und innig. Hoffnungsvoll trat er die beschwerliche Reise in das ferne Köln an.

Der Kaufmann hatte es eilig. Er wusste, wie wertvoll jede Minute für seine Frau war, denn mit jedem Tag nahm ihre Lebenskraft ab. Deshalb suchte er für sich ein besonders gutes Pferd.

Gott sei Dank war der Weg über die Alpen noch frei und nicht so beschwerlich wie in den Wintermonaten. Er war schneefrei und passierbar.

Als Francesco Bovatieri endlich den Rhein erreichte, erlebte er eine herbe Enttäuschung. Er hatte gehofft, ein großes Stück des Weges auf einem Schiff mitzufahren, hatte aber die Rechnung ohne den heißen Sommer gemacht: Der sonst so mächtige Fluss war an vielen Stellen ausgetrocknet und konnte nicht beschifft werden. Wie tröstlich war es, dass wenigstens noch über lange Strecken die alten, gut befestigten Römerstraßen existierten. Wie stolz kann ich auf meine Vorfahren sein, dachte der Kaufmann.

Es dauerte mehr als dreißig Tage, bis der Römer am dunstigen Horizont die vielen Türme der Kirchen von Köln erblickte. Der Sommer war schon weit fortgeschritten und Francescos Herz schlug sorgenvoll, wenn er an die Rückreise dachte.

Würde er in den ersten Schneefall geraten? Möge mich der allmächtige Gott davor beschützen!

Der Trubel auf der Landstraße wurde immer größer. Viele Menschen waren unterwegs, um die bevorstehende große Prozession mitzuerleben. Die meisten Pilger betrachteten Köln dabei nur als Zwischenstation auf dem Weg nach Aachen. Sieben Jahre waren ins Land gegangen, seit auf der Brücke zwischen Turm und Kuppel des Münsters das Marienkleid zum letzten Mal gezeigt worden war.

Dieses Mal erwies sich die Trockenheit für Francesco als Vorteil. Am Rheinufer stellte er fest, dass er keine Fähre benötigte. Der Fluss war in seinem breiten Bett zu einem schmalen Rinnsal ausgetrocknet, man konnte ihn leicht mit dem Pferd durchreiten und musste nicht einmal eine besondere Furt suchen.

Francesco näherte sich der Stadt von der Südseite her. Bald stand er vor dem Severinstor, das Einlass durch die trutzige Stadtmauer bot. Über dem Toreingang ragte ein trapezförmiger Turm mit einem gezahnten Zinnenkranz empor. Er war links und rechts von kleineren Rundtürmen eingerahmt, die kegelförmige Dächer hatten. Die Fenster der gesamten Torburg waren lediglich schmale Schießscharten, die den Römer wie drohend zusammengekniffene Augen anstarrten.

Die Wachsoldaten nahmen ihre Aufsichtspflicht nicht allzu genau, denn es war Frieden im Land. Viele Pilger begehrten Einlass, und den konnte man ihnen in dieser frommen Zeit nicht verwehren.

Francesco hatte das Stadttor schnell passiert und befand sich auf der Severinstraße, die zu Beginn links und rechts von grünen Weingärten eingerahmt war. Inmitten der Gärten ragte die mächtige Silhouette der Kirche Sankt Severin empor. Francesco beschloss, sein Pferd am Zügel zu führen und den Weg zu Fuß fortzusetzen.

Vor der Kirche wurden Pilgerzeichen aus Blei und Zinnlegierung verkauft, die Francescos Neugier erregten. Er sah sich die verschiedenen Machwerke aufmerksam an, weil er auf jeden Fall irgendein Zeichen mit nach Hause bringen wollte.

Die zierlichen Abbilder hatten kleine Zungen, mit denen man sie sich an den Umhang stecken konnte. Ihr Gitterguss sorgte dafür, dass sich hinter dem Bild ein schöner Kontrast zum bunten Kleiderstoff ergab. Zwei Ösen links und rechts ermöglichten, das Abzeichen auch an Hut oder Rosenkranz zu befestigen. Der Römer wählte eines aus, das die Heiligen Drei Könige und die Ursulanischen Jungfrauen zeigte. Die waren von einem geperlten Kranz eingerahmt und durch eine gewölbte horizontale Mittellinie getrennt. In der oberen Hälfte sah man die Drei Könige zu Pferd, in der unteren das Schiff mit den heiligen Jungfrauen. Über allem stand in einem bekrönenden Mitteltürmchen die heilige Muttergottes mit Kind. Dieses Amulett gefiel Francesco am besten, und er erwarb es, ohne groß zu feilschen.

Viel ungarisches Geld war in Umlauf, kleine Silberpfennige, die ihm nicht so geläufig waren. Er musste sich bei der Rückgabe des Wechselgeldes sehr konzentrieren. Zufrieden steckte er seine Neuerwerbung an den Umhang. Für ihn war das Zeichen etwas Besonderes, obwohl es in diesen Tagen zu Tausenden verkauft wurde und nur Massenware war.

Francesco wollte eigentlich zunächst das Innere des Gotteshauses mit dem Schrein des heiligen Bischofs Severin besichtigen. Er entschied sich aber, lieber direkt auf Quartiersuche zu gehen. Sein Pferd war ihm hinderlich.

Die gerade Römerstraße führte stracks ins Zentrum der Stadt. Vorbei an dem Duitschen Haus, dem Waidmarkt und den Kirchen Sankt Ian und Sankt Katharina. Je tiefer er in die Stadt eindrang, umso unerträglicher wurde der Gestank. Viel Unrat türmte sich an den Straßenrändern. Die stinkenden Laugen, die Gerber und Färber in die Bäche leiteten, taten das Ihre hinzu. Das Getümmel auf der Straße wurde immer dichter. Sprachen aus allen Herren Ländern klangen durcheinander. Der Kaufmann erkannte Deutsch, Ungarisch, Spanisch, Niederländisch und vernahm auch mit Freuden seine eigene Muttersprache.

Es war Hochzeit für die vielen Kölner Schlupfhuren und Liebesdienerinnen in den Badehäusern und Bordellen. Rote Schleier und rote Tücher trugen sie auf Anordnung des Kölner Rates, um ihr sündiges Gewerbe kenntlich zu machen. Sie standen an vielen Häuserecken und warben mit anzüglichen Anspielungen um die Gunst der Freier. Wenn auch die meisten der Passanten in frommen Absichten reisten, waren sie einem Schäferstündchen nicht abgeneigt. Das konnte sie für die erlittenen Strapazen entschädigen! Keiner der Pilger dachte bei seinem Sündenfall an die mahnenden Worte, die sein Pfarrer ihm mit auf den Weg gegeben hatte: »Nolite diligere mundum. Thesaurizate vobis thesaurum in caelis!« – Ergötzt euch nicht an den Freuden dieser Welt. Häuft einen Schatz im Himmel an. Zu verlockend waren die weltlichen Reize!

Eine glutäugige Hübschlerin machte den Neuankömmling anzüglich an: »Die Filzlaus juckt und kratzt mich so schrecklich in der Liebespforte, dass ich mich mächtig nach dem elften Finger in mir sehne. Nur er kann mir Erleichterung verschaffen.«

Francesco verstand die Anspielung nur bruchstückhaft, lächelte freundlich und setzte seinen Weg unbeirrt fort.

Das trug ihm den Spott der Verschmähten ein: »Hast wohl nichts zwischen den Beinen baumeln, Kleiner«, rief sie ihm bissig hinterher, bevor sie sich ihrem nächsten Opfer zuwandte.

Über »Vor den Vrouwenbruderen« erreichte Francesco Sankt Gereon. Der hintere Teil der Kirche mit seinem Dekagon erinnerte ihn an den Tempel der Minerva Medica in Rom. Heimweh und Sehnsucht nach Clara kamen auf. In seiner Brust spürte er Schmerzen.

Vorbei an dem Ostabschluss des Gotteshauses mit der Apsis und den beiden mächtigen Türmen stürzte er sich in den nächsten Trubel und versuchte, seinen Kummer zu vergessen. Die Straße summte wie ein Bienenstock. Überall waren die Pforten der Trinkhallen einladend geöffnet. Das fröhliche Gegröle und Lachen der Zecher tönte nach draußen und lockte so manchen Bummelanten nach drinnen. Von seinen früheren Aufenthalten in Köln wusste der Kaufmann, dass es rund um den Heumarkt gute Herbergen gab. Das war der größte Marktplatz Deutschlands, dort wollte er hin. Francesco konnte sich Besseres gönnen als die normalen

Wallfahrer. Die gaben sich mit dem ärmlichsten Pilgerobdach zufrieden und lagen »die Bach« herauf und hinunter in allen Häusern. Sie nahmen bei Kölns Bürgern Unterschlupf, die ihnen gerne Gutes erwiesen, um selbst gottgefällig zu sein. Sie nächtigten in Ställen, aßen Kirschen, Pflaumen und anderes Obst und verrichteten ihre Notdurft in den Höfen. Lachend gab man ihnen die Schuld, wenn in den Gärten die Obstbäume ausschlugen und wie ein Wald wucherten.

Einige Pilger, die dem Italiener begegneten, trugen mannshohe Kerzen in den Dom oder nach Sankt Marien zu den Weißfrauen. Dafür hatten sie ihr letztes Geld zusammengekratzt. Überrascht war der Römer, als er vor dem Rathaus stand. Das hatte er ganz anders in Erinnerung. Ein hoher Turm war inzwischen an den alten Komplex angebaut worden. Kölns mächtige Zünfte und Gaffeln hatten ihn zur Erinnerung an ihren Sieg über die Patrizier errichten lassen.

Im Keller des Turms lagerte der Ratswein, im Erdgeschoss befand sich die Rentkammer, in der das städtische Vermögen verwaltet wurde. Darüber hatte der Rat seinen großen Sitzungssaal. Und im höchsten Stockwerk lagen das Stadtarchiv und die Waffenkammer. In der Turmspitze wohnte der Turmbläser und Brandwächter. Er war auch für das Läuten der Ratsglocke Sankt Michael zuständig, genau wie für die Feuerglocke.

Diese Stadt wächst und gedeiht, dachte der Kaufmann bewundernd. Francesco orientierte sich zum Rhein hinunter.

Als er endlich den Heumarkt erreichte, wurde er von einem neuen Spektakel abgelenkt. Eine Gruppe ausgelassener Ungarn mit riesigen Schnauzbärten und bunten Gewändern führte einen großen Bären an einem Ring durch die Nase mit sich. Sie ließen ihn auf der Gasse nach der Musik ihrer Pauken und Pfeifen tanzen. Viel Volk sah fröhlich zu und klatschte im Takt.

»Nun habe ich genug getrödelt«, mahnte Francesco sich und fühlte zum ersten Mal, wie erschöpft er von der Reise war. Sein Blick strich prüfend an den Fassaden der Häuser entlang und verharrte auf einem Gebäude. Es war mit bunten Fahnen und durch eine Aufschrift als Herberge gekennzeichnet. Das Haus gefiel Francesco sofort. Es war ein massiver Steinbau aus dicken Tuffsteinblöcken. Die Schmuckfriese aus grauem Schiefer waren bemalt und vergoldet. Das zweischiffige, zur Straßenseite senkrecht geteilte Gebäude hatte im Erdgeschoss große bleiverglaste Fenster und eine einladend offene Holztüre. Sie war in eine Verankerung im Mauerwerk eingehängt, sodass sie nicht zuschlagen konnte.

Vor dem Haus tranken gut gelaunte Gäste Keutebier aus Krügen. Sie saßen auf Holzbänken an blanken Bohlentischen eng zusammengedrängt. Einige von ihnen musterten den Neuankömmling neugierig. Francesco erkannte sie an der Sprache als Spanier und Holländer. Die dunkelhaarigen Männer mit Schnurbärten an den Ecktischen waren Ungarn.

Hier suche ich ein Bett, entschied er sich. Als Fremder unter Fremden fühlt man sich in der Fremde sofort wohler.

Er band sein Pferd an einen Haltering und betrat das Haus durch die offene Pforte. Links von dem schmalen Flur ging der große Schankraum ab. Die Einrichtung bestand auch hier aus Bänken, Tischen und wenigen Stühlen. Der Boden war mit frischen Binsen bestreut. Schüsseln, Kannen und Leuchter aus Zinn zierten den Sims. Was sein Auge sah, gefiel ihm, wie das dralle Weibsbild, das auf ihn zugeeilt kam.

Die Frau musterte ihn mit in die Hüften gestemmten Armen von oben bis unten. »Gott zum Gruße! Sucht er Unterkunft?«

Francesco nickte und bekräftigte mit seiner melodiösen Stimme in italienischem Akzent: »So ist es, Signora. Und ich glaube, ich bin fündig geworden.«

»Wie schön«, erwiderte sie und Schalk blitzte in ihren Augen. »Ihr habt Glück, wir haben noch eine Kammer frei. Aber die kostet gutes Geld! Die Nachfrage ist groß, und das muss man nutzen!«

»Ich weiß, wovon Ihr sprecht, bin selbst Kaufmann. Aber ich bin gewohnt, die Ware, die ich kaufe, vorher zu prüfen. Zeigt mir bitte das Haus, Signora.«

»Nichts lieber als das. Ich bin stolz darauf«, antwortete die lebhafte Frau bereits im Umdrehen und führte ihn durch den Schankraum nach hinten.

»Dort sind Wirtschaftsraum und Küche, wie Ihr unschwer erkennen könnt.« Auf dem großen Ofen standen schwere Töpfe. Zurzeit schmorte nichts darin. Die Küche war kalt. »Dort durch die Tür geht es hinaus auf den Hof. Wir haben einen eigenen Brunnen. Pumpe und Badestube sind auch draußen sowie eine Kalle, die mit keinem Nachbarn geteilt werden muss!«

Bei dieser Erklärung zeigte sie mit ausgestrecktem Zeigefinger auf das hölzerne Aborthäuschen am rechten Ende des Hofs. Francesco nickte anerkennend. Wenn ihm auch nicht die gleichen Annehmlichkeiten geboten wurden wie zu Hause, so war das, was er sah, für einen kurzen Aufenthalt mehr als tolerabel. Er hatte auf seiner Reise schon mit Schlechterem vorliebnehmen müssen.

Die Wirtsfrau eilte bereits weiter. Sie lief zurück zum Flur, die Stiege hinauf.

»Ihr habt Glück, ich kann Euch sogar eine einzelne Schlafkammer anbieten. Sie liegt hinter dem festen Mauerwerk und nicht unterm Dach, also gut abgeschirmt gegen die Hitze. Haltet gut Türe und Fenster zu, dann bleibt es schön kühl. Auch die Bettdecke ist dünn, wenn Ihr sie bei der Wärme überhaupt braucht.«

Francesco betrat mit ihr den kleinen Raum und fühlte sich in seiner bisherigen Einschätzung bestätigt. Die Binsen auf dem Boden rochen sauber. Die dicken Vorhänge vor den Fenstern hielten die Hitze ab. Im Halbdunkel sah er ein großes Bett und eine schwere Kommode, auf der eine kleine Statue der Muttergottes mit Kind stand.

»Ein gutes, christliches Haus«, sagte er anerkennend.

Schnell waren die beiden sich über den Logispreis einig. Francesco hatte sein Gepäck die ganze Zeit mit sich getragen. Er hatte nicht gewagt, das Bündel draußen beim Pferd abzustellen. Nun fiel ihm das Pferd wieder ein, und er war glücklich, von der Wirtsfrau zu hören, dass es für ein paar Pfennige mehr möglich war, den braven Gaul in einem Stall unterzustellen.

»Der gute Mann denkt an sich selbst zuletzt«, dachte er und kümmerte sich also zunächst um sein Pferd. Schließlich hatte es ihn aufopferungsvoll den langen, weiten Weg bis Köln getragen. Dann ging er in seine Schlafkammer zurück und packte seine Sachen aus. Danach stieg er in den Hof hinab, wusch sich den Oberkörper und sein verschwitztes Gesicht mit kaltem Wasser aus der Pumpe und kleidete sich mit einem neuen Leinenhemd. So erfrischt betrat er den Schankraum, wo er wieder auf die Wirtin traf. Er bestellte einen großen Krug kaltes Keutebier und ging vor die Tür.

Die Spanier forderten ihn auf, bei ihnen Platz zu nehmen. Da er alleine war, folgte er der Einladung gern. Bald radebrechte er mit seinen neuen Freunden um die Wette. Sie verstanden sich glänzend und das Keutebier lief durch die Kehlen so schnell hinab, dass die Bedienung kaum nachkam. Mit dem Trinken kam der Hunger. Schon bald hörte und fühlte Francesco Knurren in seiner Magengegend. Seinen Kumpanen blieb das nicht verborgen. Zu laut waren die Zeichen seines Heißhungers. Sie brachten ihm spöttische Scherze und frohes Gelächter ein.

»Signora, was habt Ihr für mich zu beißen?«, rief er hinter der Wirtin her. Sie schaffte mit gerötetem Gesicht und etwas außer Puste immer neue Pokale schäumenden Bieres heran. Trotz der harten Arbeit blieb sie fröhlich. Sie drehte sich zu dem hungrigen Römer um und lachte breit über ihr Sommersprossengesicht. »Zu beißen gar nichts, mein armer Italiano. Zur Stunde ist meine Küche noch kalt. Doch für gute Gäste habe ich etwas ganz Besonderes, einen Gaumenschmaus bei dieser Hitze: in kaltem Brunnenwasser gekühlten Grießbrei mit Rosinen!«

Für den ersten Moment war Francesco enttäuscht. Er hatte sich eigentlich auf etwas anderes gefreut, auf etwas Herzhaftes, so richtig passend zum Bier. Doch schnell gewann das Angebot durchaus etwas Verlockendes für ihn. »Dann muss ich aber wohl oder übel mein Getränk wechseln«, erwiderte er. »Was habt Ihr für einen lieblichen Roten dazu zu bieten?«

»Nehmt den von der Ahr. Er ist leicht gekühlt und nicht zu schwer. Trotzdem ist Vorsicht geboten. Auch er steigt bei dieser Wärme schnell ins Hirn!«

Francesco stimmte zu. Der Rotwein mundete ihm zwar nicht so wie der gewohnte aus dem Piemont oder der Toskana, aber man konnte ihn gut trinken. Er trank nur wenig und schaufelte stattdessen mit viel Appetit den kalten Brei in sich hinein. Er wollte erst einmal eine richtige Grundlage schaffen.

»Das bekommen bei uns dürre, kranke Kinder, wenn sie aufgepäppelt werden sollen«, frotzelte einer der Spanier und hatte die Lacher auf seiner Seite.

Der Römer ließ sich davon nicht abhalten, sich seinen hungrigen Bauch genüsslich vollzuschlagen. Obwohl er müde in der Herberge angekommen war, verweilte er noch lange Zeit in diesem lustigen Kreis und erfuhr vieles über seine neuen Gefährten. Zwei von ihnen waren als Kaufleute unterwegs. Sie waren Weinhändler. Leider gab es also keine Berührungspunkte zu seinen Geschäften.

Die beiden anderen hatten gemeinsam ein schweres Schiffsunglück überlebt und zum Dank dafür eine Wallfahrt angetreten.

»Wir wollten nicht, wie üblich in Spanien, nach Santiago di Compostela pilgern«, erklärte José, ihr Wortführer. »Wir waren zunächst im heiligen Rom, und als wir erfuhren, dass nach sieben Jahren Pause in Trier, Köln und Aachen wieder die Zurschaustellung der berühmten Heiligtümer stattfindet, haben wir uns entschlossen, unsere Pilgerreise dorthin fortzusetzen. Wir haben in Trier schon den Rock Jesu gesehen und warten in Köln jetzt auf die große Prozession. Hier gibt es ja unzählige Heilige, die wir anbeten können. Wir haben schon am Sarg der Heiligen Drei Könige gebetet und den elftausend Jungfrauen die Ehre erwiesen. Zum krönenden Abschluss bleiben uns noch das Marienkleid und der Marienschrein zu Aachen! Diese Reise wird uns immer in Erinnerung sein, so bewegend sind die Eindrücke.«

»Ja, die Reise hat uns die Augen geöffnet«, bestätigte sein Freund Raoul. »Sie zeigte uns, wie groß die Macht und Herrlichkeit unseres Herrgotts ist. Unsere Wallfahrt kommt mir vor wie ein Ziehen durch die Zeit. Gottvater entgegen, es ist wie die Einkehr der Kinder Gottes in das himmlische Jerusalem.« Francesco fühlte den Zeitpunkt gekommen, den Absprung zu suchen. Die letzten Worte seines Vorredners schienen ihm für einen Spruch zum Abschied wie geschaffen: »Meine Augen sind nicht geöffnet, sie fallen mir vielmehr zu. Nach meinem beschwerlichen Tag haben sie wirklich Ruhe verdient. Ich wünsche Euch eine gute Nacht. Gehabt Euch wohl.« Er gab allen vieren die Hand und schwankte beschwipst mit der nötigen Bettschwere versehen die Stufen hinauf in seine Schlafkammer.

3

Er schlief traumlos und tief. Als er am nächsten Morgen mit schwerem Kopf erwachte, fühlte er sich schuldig. Zum ersten Mal seit seiner Abreise aus Rom war er ohne einen Gedanken an seine kranke Frau und ohne ein Gebet für sie eingeschlafen. Zerknirscht kniete er vor der Marienfigur nieder, holte das Vergessene mit Inbrunst nach und bat Gott, ihm sein Versäumnis zu verzeihen und nicht mit Bösem zu vergelten. Danach ging er hinab in den Hof. Nachdem er seinen Kopf mehrere Male in einen Eimer mit kaltem Wasser gesteckt hatte, fühlte er sich wieder besser. Als ihm aus der Küche der Duft von Gebratenem und Gesottenem um die Nase wehte, meldete sich sogar sein Appetit. Er genoss im Gastraum ein reichhaltiges Frühstück. Dann besann er sich auf den Grund seines Hierseins und machte sich auf, um die Kirche Sankt Ursula zu suchen.

Die freundliche Wirtin hatte ihm den Weg beschrieben, doch scheinbar war er noch nicht wach genug gewesen, ihn sich zu merken. Schon auf dem Altermarkt musste er erneut nach der Richtung fragen. Sein Augenmerk fiel auf einen blonden Jungen, der durch die Menschenmenge wuselte. Als der kurz davor war, Francesco umzurennen, sprach ihn der Römer an: »Kleiner, kannst du mir helfen, die Kirche Sankt Ursula zu finden?« Der flachsblonde Knabe hob den Blick zu ihm auf und schaute ihn trotzig an. »Nennt mich nicht klein, ich bin schon groß, habe schon manchen wichtigen Auftrag erledigt! Aber Ihr habt Glück. Ich muss selbst dorthin, bin Zugehjunge bei den Kanonissen dieser Stiftskirche und kenne den Weg im Schlaf.« Francesco hatte also ins Schwarze getroffen. »Gottvater scheint mir mein Versäumnis verziehen zu haben«, murmelte er leise vor sich hin.

»Dann kannst du dir was verdienen«, fuhr er laut fort und fragte den Jungen: »Wie heißt du?«

»Ich heiße Jan«, antwortete der immer noch etwas vergrätzt. »Unsere Äbtissin sagt stets: ›Tu täglich eine gute Tat!‹ Deshalb will ich Euch führen. Folgt mir. Ich bringe Euch nach Sankt Ursula!«

Er schritt mit wichtiger Miene voran, und sein goldenes Haar strahlte in der hochstehenden Sonne. Es wurde ein heißer Tag. Francesco ging schnaufend hinter ihm her. »Kennst du auch das Grab des heiligen Hippolytus? Er soll in dieser Kirche ruhen.«

»Natürlich kenne ich seine Grabstätte. Hippolytus liegt dort in einem wunderschönen Schrein. Jeden Abend sehe ich ihn, wenn ich mit unserer Kustodin noch einen letzten Kontrollgang durch die Kirche mache und nach dem Rechten sehe. Oft schon hat sie mir seine Geschichte erzählt.«

»Bitte lass sie mich wissen«, bat Francesco, und der Junge begann: »Hippolytus war der Kerkermeister des heiligen Laurentius und wurde von ihm bekehrt, bevor Laurentius den Martertod starb. Nur wenig später endete der Arme selbst als Märtyrer. Der gottlose Kaiser Valerius ließ ihn an wilde Pferde binden und zu Tode schleifen. Seine Amme Concordia und neunzehn seiner Verwandten wurden mit ihm geköpft.« Der Knabe schüttelte sich bei dieser Vorstellung und beendete seinen Bericht: »Der Orden der Stiftsdamen brachte Hippolytus' Leichnam vor vielen Jahren aus Rom mit nach Köln.«

Das klang in Francescos Ohren wie Musik. Er war also auf dem richtigen Weg und kam seinem Ziel langsam näher!

Sie standen inzwischen auf dem Domhof vor der mächtigen Hauptkathedrale der Stadt. Sie war immer noch nicht zu Ende gebaut! Der große Holzkran auf dem einen Turm war beredtes Zeichen für die Saumseligkeit der Bauherren. Aber der Bau war auch in diesem Zustand schon imposant. Francesco betrachtete ihn voll Bewunderung. Dann gingen sie weiter. Am Dom vorbei durch die »Blumersgaß« führte ihr Weg »Hinder dem alten dhom« in die »Marzellen strays«. Von dort aus sahen sie schon das Frauenstift mit der Kirche der elftausend Jungfrauen. Es thronte, von einer hohen Mauer geschützt, inmitten von Strauchwerk, Bäumen und Feldern. Sie hatten noch ein schönes Stück Weg vor sich.

Die Stiftskirche war wie fast alle Kirchen im Grundriss als ein römisches Kreuz gebaut.

»Seht, hier an der Chormauer könnt Ihr lesen, dass wir unser Ziel erreicht haben«, sagte der blonde Knabe und zeigte mit der Rechten auf eine Inschrift. Francesco las sie mit Interesse:

Durch göttliche, flammende Gesichte häufig ermahnt und aufgefordert durch die Wunderkraft des hochherrlichen Martyriums der himmlischen Jungfrauen, die aus dem Osten erschienen, hat einem Gelübde gemäß Senator Clematius aus eigenen Mitteln auf ihrem ursprünglichen Platz diese Kirche wiederhergestellt. Sollte jemand auf diesem hochheiligen Boden, auf dem die heiligen Jungfrauen im Namen Christi ihr Blut vergossen haben, irgendeine andere Entseelte beisetzen, neben den Jungfrauen, so soll er mit dem ewigen Feuer der Hölle bestraft werden!

»Welch geharnischte Drohung!«, rief Francesco, nachdem er die lange Inschrift entziffert hatte.

Der Knabe nickte: »Ich kann Euch auch drinnen noch etwas dazu zeigen.« Er ging zum Eingang.

In das Innere der Kirche traten sie durch das Südportal. Aus dem dämmrigen Langhaus wurde der Blick der beiden wie von einem Magneten zum hellen, farbigen Chorfenster hingezogen. Es leuchtete in strahlenden Farben.

Bald fanden ihre Augen wieder ins schummrige Langhaus zurück. Francesco staunte nicht schlecht, was es dort zu sehen gab. An drei Seiten des Raumes lagen unzählige Gebeine gestapelt. Hinter diesen Knochenhaufen waren noch weitere Schädel aufgestellt. Diese Gebeine verbarg zum größten Teil ein dünner Vorhang aus Seide. Jan zog ihn zur Seite. So konnten sie auch die restlichen Reliquien bestaunen. Selbst im Mittelschiff waren viele heilige Häupter niedergelegt, in kleinen Wandschränkchen, die stark an Türchen eines großen Taubenschlags erinnerten. Die Schränkchen reichten hinauf bis in das Deckengewölbe. Sie waren mit Taft und Samt gepolstert, der mit goldenen Sternen bestickt war.

Es sah aus, als lägen die Häupter vor einem strahlenden Firmament. »Für die verehrten Heiligen scheint das Beste gerade gut genug«, stellte der Römer bewundernd fest.

Die ganze Kirche ist ein großes Ossarium, dachte er voll Ehrfurcht. Seine Augen glänzten nicht nur wegen der vielen Fackeln und Kerzen, die an den Ruhestätten der Märtyrerinnen brannten. Viele Bittsuchende hatten mit ihren Opfergaben für dieses heilige Lichtermeer gesorgt.

Jan schreckte Francesco aus seinen Gedanken: »Dort an der Wand, seht Ihr den kleinen Sarkophag auf den vier Säulen?« Francesco sah sich um und nickte.

»Das ist das Grab der kleinen Viventia«, fuhr Jan ehrfürchtig fort und schlug ein Kreuz vor seiner schmächtigen Brust. »Auch Viventias Geschichte kenne ich, Schwester Magdalena hat sie mir erzählt. Pippin wollte hier sein verstorbenes Töchterchen Viventia begraben, doch zwei Mal schleuderte die Erde den kleinen Leichnam wieder heraus. So bestätigte sich die Drohung der Inschrift, die Ihr vorhin auf der Chormauer gelesen habt. Hier durften nur die heiligen Jungfrauen begraben werden! Schließlich beugte sich Pippin diesem Gebot mit einer List. Er setzte den kleinen Sarkophag auf Säulen und umging damit die Bestattung in der heiligen Erde.«

Francesco war so überwältigt von den vielen Eindrücken, die ihn umgaben, dass er für den Moment gar nicht an den Sarg des heiligen Hippolytus dachte. Er ließ sich von der mystischen Atmosphäre des Kirchenschiffs einfangen und folgte dem Knaben wie in Trance auf dem Rundgang. Dabei fiel sein Auge auf die Involucra-Futterale der heiligen Häupter. In dunklen Samt mit prächtiger Reliefstickerei aus Gold- und Silberfäden, mit Pailletten und Perlen besetzt, waren die Cranea-Schädel eingehüllt, wobei Schädeldecke und Augenhöhlen bloß lagen. Dazwischen standen einige goldfarbene Reliquienbüsten. Je näher Francesco ihnen kam, umso mehr vermeinte er ihren lieblichen Duft zu erriechen und atmete ihn in vollen Zügen ein.

Sie gingen am Kreuzaltar vorbei, und Francesco neigte sein Knie vor dem Bildnis des leidenden Heilands. Sie näherten sich dem Lettner, der

Schranke zwischen Chor und Langhaus. »Ab hier ist uns der Durchgang verwehrt«, erklärte Jan. »Hochaltar und Chor sind den Stiftsdamen und Geistlichen vorbehalten. Dort fanden auch unsere wichtigsten Heiligen die letzte Ruhe.«

Jan wagte nicht, auf diesen heiligen Ort mit dem Finger zu zeigen. Aber der Kaufmann wusste Jans Blick auch so zu folgen.

»Seht Ihr dort hinter dem Altartisch auf den vier Schiefersäulen die Steinplatte und das Holzgehäuse mit den drei Spitzgiebeln, von denen der mittlere die beiden anderen überragt? In dem höchsten Häuschen liegt der Schrein der heiligen Ursula, links und rechts davon liegen die Schreine der beiden Heiligen Aetherius und Hippolytus. Das Gehäuse ist vorne mit einer goldenen Gittertür verschlossen und hinten mit schweren Eisenketten gesichert. Nur während der Schauprozession werden die Schreine den Gläubigen gezeigt.« Das Gold der Schreine schimmerte nur matt durch die schützenden Gitter und konnte von den beiden nur erahnt werden.

Ebenfalls nur schwach sah man die auf Goldgrund gemalten Altartafeln. Die waren mit mehreren Heiligenbildern in zarter Farbigkeit geziert. In der Mitte der Heiligen thronte die Mutter Maria mit dem Welterlöser auf dem Schoß.

Die Schilderungen des Knaben enttäuschten den Römer. Es war ihm also verboten, in die Nähe des Heiligen zu kommen. Wie sollte er ihn da berühren und etwas von ihm mitnehmen zu seinem kranken Weib? Mit dem Verbot wollte er sich nicht zufriedengeben!

Der Knabe zeigte ihm noch das ein oder andere. Am Ende der Führung bedankte sich Francesco herzlich und drückte dem Jungen eine kleine Münze in die Hand.

Allein verließ er das Haus. In seinem Kopf wälzte er Gedanken, wie sein Vorhaben doch zu bewerkstelligen war. Er ging mehrere Stunden in den Straßen auf und ab, aber es kam ihm keine Idee in den Sinn, seiner Frau zu helfen. Einmal unterbrach er kurz sein Sinnieren und nahm etwas Flüssigkeit zu sich. Appetit hatte er keinen.

Endlich reifte doch ein Plan in ihm. Aber der war sehr waghalsig. Aus seiner fernen Heimatstadt kannte er die Gastfreundschaft der Kirchen gegenüber Pilgern. Während der Wallfahrtszeit durften diese in den Kirchenschiffen nächtigen. Erst am frühen Morgen, vor Laudes, wurden sie wieder aus den Gotteshäusern vertrieben. Um sechs Uhr musste der Frühgottesdienst begangen werden. Francesco beschloss nun ebenfalls, im Inneren von Sankt Ursula über die Nacht hin Obdach zu suchen. Er wollte sich im Schutze der Nacht dem Heiligen nähern. Ich bin voll guter Absicht und voll des Glaubens! Gott wird mich für mein Vorhaben nicht bestrafen, auch wenn mein Tun augenscheinlich verboten ist, war er sich sicher. Etwas Angst machte ihm allerdings, wie streng Gott andere Reliquienräuber bestraft hatte. Zum Beispiel mit Wunden, die nicht zuheilten, oder Lähmungen an Händen und Beinen sowie mit Blindheit. All diese Krankheiten hatten, nach dem Hörensagen, erst mit der Rückgabe des Diebesgutes wieder aufgehört zu schwären.

Nichtsdestotrotz entschied sich Francesco, im Schutze der Dunkelheit am Lettner vorbeizuschleichen und sich dem Schrein zu nähern.

Schon den Sarg mit seinem Pilgerzeichen zu berühren wäre ein Gewinn. Dann kann ich die Kraft des Heiligen am Pilgerzeichen mit nach Rom tragen. Vielleicht ergattere ich sogar eine *Reliquie ex ossibus* – aus Knochenstaub.

Er hatte gehört, dass sich manchmal der Staub der Heiligen aus den Sarkophagen verflüchtigte und sich darunter ablagerte. Dort konnte man ihn dann aufklauben.

Francesco war überzeugt, dass in dem kleinsten Partikelchen genauso viel Kraft steckte wie in dem gesamten Corpus.

Wie wertvoll wäre ein solches Heiligtum für Carla!

In einer Spezialwerkstatt nahe dem Dom erstand er ein kleines Figürchen aus Rindsknochen. Es war extra gefertigt, um solche Schätze aufzunehmen.

Als der Abend anbrach, fand er sich wieder vor Sankt Ursula ein und begehrte Einlass für die Nacht. Magdalena von Quedlinburg, die Kustodin des Stifts, und der kleine Jan waren auf ihrem abendlichen Rundgang. Die Schlüssel der Kirche und der Schatzkammer hatte die Schwester sichtbar an ihren Gürtel gehakt. Magdalenas schlaffe Körperhaltung stand in krassem Gegensatz zu der Wichtigkeit ihres Amtes. Seit jungen Jahren quälten die Arme unsägliche Gliederschmerzen. Diese Qualen hatten ihren kleinen, zarten Körper gebeugt. Ihr Mund zeigte sich in ihrem bleichen, schmalen Antlitz nur als dünner Strich. Ihre Lippen waren vor Schmerz stets fest zusammengepresst. So tat sie verbittert und wortkarg ihre Pflicht. Sie hoffte nur, dass diese Beschwerden auf Erden ihr oben im Himmel ein besseres Los bescheren würden. Magdalena wandte sich dem Eindringling zu und verwehrte ihm brüsk den Verbleib in der Kirche. Sie verwies ihn an das Gästehaus des Stifts und befahl Jan, dem Fremden den Weg dorthin zu zeigen.

Während der Römer neben dem Jungen herging, jagten viele Gedanken durch seinen Kopf. Was sollte er nur tun? Vielleicht konnte ihm Jan nochmals helfen.

Er fasste erneut einen Entschluss, ergriff die Hand des Knaben und drückte sie. Erschrocken blickte der auf. Francesco sah ihn mit traurigen Augen an und sprach: »Jan, würdest du mir helfen? Ich habe Hilfe so dringend nötig.« Der Junge blickte verwundert zu ihm auf, zögerte einen Moment, dann antwortete er mit seiner hohen Knabenstimme: »Helfen ist etwas Gutes und Gottgefälliges, warum sollte ich Euch also nicht helfen, wenn ich kann?«

Francesco war froh, das zu hören: »Du weißt, warum wir die Überreste der Heiligen verehren?«

Da war Jan in seinem Element. Wie oft hatte er den Erzählungen und Belehrungen der Stiftsdamen gelauscht! Er plapperte seine Kenntnis herunter: »Schon der liebe Heiland lehrte uns den Heil bringenden Nutzen von Reliquien. Er heilte ein Weib, das in tiefem Glauben seinen Rock berührt und an dessen Heiligtum geglaubt hatte. Gott der Allmächtige selbst verehrt ebenfalls Reliquien, denn er tut Wunder durch sie. Ihre Körper werden schon auf Erden Tempel der Heiligen Dreifaltigkeit. Sie können Kranke heilen, Verstorbene vom Tode erwecken und andere große Taten vollbringen. Das alles können sie.«

»Auch ich glaube das«, bestätigte ihm Francesco. »Darum höre mir gut zu. Ich will dir erzählen, was meiner lieben Frau widerfahren ist. Wir wohnen in Rom, der ewigen Stadt. Gott prüft dort mein Eheweib Carla mit einer todbringenden Krankheit. Eines Nachts erschien ihr der heilige Laurentius im Traum. Riet ihr, gegen ihr Siechtum die Hilfe Hippolytus' zu suchen. Er sagte: ›Hippolytus wird dir helfen, wie er mir geholfen hat.‹ Mein Weib ist zu schwach, um selbst nach Köln zu kommen. Sie ist bettlägerig und hinfällig. Darum habe ich mich auf die lange Reise gemacht. Heute, mit deiner Hilfe, fand ich die Kirche, in der Hippolytus seinen letzten Schlaf tut. Aber ich durfte seinen Schrein nur aus der Ferne sehen. Es war mir verwehrt, ihm nahe zu kommen, geschweige denn, ihn zu berühren. Du hast Verantwortung und wachst mit über seine Ruhestätte. Du könntest mir helfen. Nimm diese zwei Dinge, mein Pilgerzeichen und dieses kleine Figürchen. Nutze die Nachtstunden. Berühre mit dem Zeichen den Schrein des Heiligen. Tauche es in seine Kraft. Noch wertvoller wäre es, wenn du für mich in diesem Figürchen etwas von dem Knochenstaub aufsammeln würdest, der unter dem Sarkophag des Heiligen liegt. Ich werde dann beides nach Rom bringen. Ich glaube fest daran, dass Hippolytus mit seiner Kraft meine Carla heilt. Sie könnte mit deiner Hilfe noch länger am Leben bleiben!«

Die Augen des Jungen weiteten sich vor Schreck.

»Das ist mir nicht erlaubt. Gott würde mich dafür strafen. Ich würde erblinden. Meine Hände würden gelähmt. Ich würde gar sterben«, sagte er entrüstet. Überzeugt von der Richtigkeit seiner Worte schüttelte er den Kopf.

Francesco ließ sich nicht so einfach abspeisen. »Du weißt, Jan, Gott ist die Liebe. Was ich von dir erbitte, erbitte ich doch nur aus Liebe zu meiner Frau. Ich bin mir ganz sicher, Gott wird mein Anliegen verstehen und Gnade walten lassen. Bitte, hilf mir!«

Der Knabe wurde unsicher. Die Worte seines neuen Freundes schienen ihm plausibel. Nachdem der nicht aufhörte zu bitten, gab Jan schließlich nach. »Nun gut, ich will helfen und auf die Gnade Gottes vertrauen. Aber lasst uns gemeinsam überlegen, wie meine Hilfe erfolgreich sein kann. Ich habe heute Abend nach dem Nachtgebet die Möglichkeit, die Kirche zu betreten.«

»Wäre es nicht besser während des Gebetes? Da kann dich keiner stören«, fuhr ihm der Kaufmann ins Wort.

»Ihr habt recht, ich werde es so einrichten. Dabei muss ich mich sputen, denn wir werden nach dem Beten im Schlafhaus eingeschlossen. Keinesfalls möchte ich die heilige Reliquie die ganze Nacht über bei mir haben. Ich glaube, ich weiß auch schon einen Weg für die Übergabe. Seht Ihr dahinten die Türe, die vom Hof abgeht?«

»Ja.« Francesco nickte bestätigend.

»Sie führt in den Schreibsaal und die Bibliothek. Die Tür wird morgen früh offen sein, dafür sorge ich. Ihr müsst den Raum dahinter noch vor Laudes aufsuchen. Direkt neben dem Eingang fängt eine hölzerne Fußleiste an, die den Steinboden abschließt. Folgt ihr zwei Fuß nach rechts und klopft daran. Ihr werdet hören, sie klingt hohl. Dieser Hohlraum ist mein geheimes Versteck«, erklärte er stolz. »Dort werdet Ihr die Heiligtümer finden. Nehmt sie und betet für mich, so wie ich für Eure kranke Frau beten werde.« Damit erst gar nicht wieder Zweifel in ihm aufkommen konnten, drehte er sich auf dem Absatz um und verschwand im Dunkeln.

Francesco war aufgewühlt und verwirrt. Groß war sein Verlangen gewesen, den Knaben in die Arme zu schließen, ihn an sich zu drücken und ihm zu danken. Doch der war schon ohne ein weiteres Wort gegangen!

Der Römer suchte den Eingang zum Gästehaus und ertastete in dem großen, nur spärlich beleuchteten Schlafraum eine Bettstelle direkt an der Tür. Er wollte am nächsten Morgen den Raum ohne viel Aufsehen verlassen können. Tief in Gedanken legte er sich auf die mit Streu gefüllte Matte und wusste, dass er in dieser Nacht kaum ein Auge zutun würde. Dann dachte er an das ferne Rom und an Carla. Er bat Gott inständig, ihr beizustehen.

Kaum war Jan allein, wurde er wieder unsicher. Er grübelte darüber nach, was er versprochen hatte. Erneut kamen Bedenken in ihm auf. In seinem Alter, nicht ganz Fisch, nicht ganz Fleisch, war er schnell begeisterungsfähig und entschlossen, etwas zu tun. Aber genauso schnell übermannte ihn wieder die Unsicherheit, ob sein Vorhaben richtig war.

»Versprochen ist versprochen«, murmelte er vor sich hin, um sich selbst zu bestärken. Er beschloss, in die Küche zu gehen, um noch einen Happen Essen zu ergattern. Er tat dies ein wenig schuldbewusst, denn er hatte sich an diesem Tage bei Gott nicht überarbeitet.

Die Küchenmeisterin empfing ihn dann auch mit schiefem Blick und tadelte ihn: »Na, heute hatte der junge Herr die Arbeit aber wirklich nicht erfunden. Sie türmt sich hier zuhauf, gänzlich unerledigt!« Betroffen biss sich der Junge auf die Fingerknöchel. Er wusste, dass die Frau ihm eigentlich zugetan war. Deshalb presste er die Lippen zusammen und vermied eine patzige Antwort. Er guckte die grobschlächtige Schwester mit seinen großen blauen Augen treuherzig an und versprach, sie nicht weiter zu verärgern. Die Gute hatte die Stimme einer Marktschreierin und konnte Entfernungen, die sie wegen ihrer Dickleibigkeit zu faul war zu gehen, mit ihrem Organ problemlos überbrücken. Aber sie hatte ein weiches Herz. So zog Jans Masche, und ihre Stimme blieb friedlich. Ganz ohne Schelte ging es allerdings doch nicht aus. »Aha, da guckt er wieder wie ein unschuldiges Kälbchen. Du solltest mit Gottes Gaben nicht Schindluder treiben! So wird die Arbeit auch nicht erledigt. Nun aber los, wir brauchen Wasser vom Brunnen, Kartoffeln aus dem Vorratsraum, der Abfall muss hinaus, bevor er stinkt, und in den Stuben meiner Mitschwestern kannst du die Kännchen mit Melissentee auffüllen.

Wo hast du nur den ganzen Tag über gesteckt?«

Der Knabe war um gut Wetter bemüht. »Ich hatte für die Priorin auf dem Heumarkt Besorgungen zu machen. Und dann, na ja, es war so heiß, da habe ich mir etwas Zeit gelassen. Außerdem habe ich eine gute Tat getan, ich habe einem fremden Mann den Weg gezeigt«, fügte er strahlend hinzu. Wenigstens lügt er nicht, dachte die Meisterin schon fast versöhnt und beäugte ihn mit gütigem Blick.

»Ich kann dem kleinen Kerl einfach nicht böse sein«, murmelte sie leise und fuhr, wie um dies zu unterstreichen, in lautem Ton fort: »Noch ist nichts verloren. Du kannst noch alles schaffen, bevor wir zum Komplet die Küche verlassen müssen. Wenn du dich sputest, darf dir die Köchin einen Kanten geröstetes Brot geben und Würzsauce dazu. Wenn du es nicht schaffst, dann gehst du allerdings mit leerem Magen ins Bett. Als kleine Strafe für deine Bummelei.« Sie lächelte ihn an und fuhr ihm dabei liebevoll mit ihrer kräftigen Hand durch sein Goldhaar. Jan grinste. »Ich werde es schon schaffen!«

Gesagt, getan. Er packte die Wassereimer und sprang hinaus auf den Hof, um Wasser zu holen. Er war so geschwind, dass er sich wirklich noch zum Abendbrot niedersetzen konnte. Genüsslich tunkte er das warme Brot in die schmackhafte Sauce und freute sich über den Becher gekühlten Most. Auch die Köchin, wie die meisten anderen Hausbewohnerinnen, hatte einen Narren an ihm gefressen. Sie war nicht kleinlich bei der Zuteilung seiner Portion.

So lässt es sich leben, dachte er zufrieden und wischte gerade mit dem letzten Stückchen Brot die Saucenschale aus, als das Abendglöckchen die Stiftsdamen zum Stundengebet vor der Nachtruhe rief.

Die Küchenmeisterin schrubbte sich gründlich die Hände, warf das Skapulier über und setzte ihre weiße Kopfbedeckung mit dem schulterlangen Schleier auf. Die Haube umschloss ganz eng und züchtig Kopf und Hals. Bevor die Kanonissin ging, schaute sie noch einmal zu Jan hinüber, wünschte ihm Gottes Schutz und eine gute Nacht.

»Sei bitte morgen wieder so fleißig, wie ich es von dir gewohnt bin«, ermahnte sie ihn noch. Dann verließ sie den Raum.

Es nahte der Moment, in dem Jan sein Versprechen einlösen musste. In ihm wuchs die Nervosität. Er musste in die Kirche eindringen, wenn alle Schwestern zum Komplet im Kapitelsaal waren. Das war für ihn der günstigste Zeitpunkt. Danach begab man sich zur Ruhe, und der Schlaftrakt, in dem er mit den anderen Dienstleuten nächtigte, wurde verschlossen.

Der Junge hatte sich, von der Köchin unbemerkt, einen sauberen Lappen eingesteckt. Mit ihm wollte er den Reliquienstaub zusammenwischen. Er fühlte mit der Rechten an seine Jackentasche und stellte mit Erleichterung fest, dass das kleine Figürchen noch darin war, genauso wie das Pilgerzeichen. Dann überzeugte er sich davon, dass wirklich alle Stiftsdamen im Kapitelsaal versammelt waren. Keine von ihnen durfte ihn in der Kirche ertappen. Er folgte der Küchenmeisterin leise nach.

Der Kapitelsaal war quadratisch und hatte in einem kleinen, nach außen stehenden Kapellenanbau einen Altar. Darauf standen zwei wunderschöne Reliquienbüsten von Gefährtinnen der heiligen Ursula. Es waren zwei aus Holz geschnitzte, ebenmäßige Frauenfiguren, prächtig bemalt, mit schulterlangem, welligem Haar. Die Locken waren so kunstvoll in das Holz gekerbt, dass man gar nicht den Spalt sah, der rund um den Kopf verlief. Unter dem konnte man den oberen Teil des Haupthaares wie einen Deckel abheben. Durch diese Öffnung waren die Gebeine der Heiligen in die Büste eingeführt worden. Nur ein winziges Stück der Reliquien war zu sehen, denn auf der Brust der Figuren war eine kreisrunde Öffnung, durchsichtig mit Bergkristall verschlossen. Der Bergstein war so klar, dass die Gebeine hinter ihm matt durchschimmerten. Oft hatte Jan heimlich vor diesen Büsten gebetet. Jetzt aber erinnerten sie ihn nur an sein Vorhaben. »Reliquien!«, stöhnte er leise, und sein Herz pochte bis zum Hals. Würde Gott ihm seine Tat verzeihen? Er musste es einfach, schließlich wollte Jan nur Gutes tun!

Die Tür zum Kapitelsaal war angelehnt. Vorsichtig lugte der Junge durch den offenen Spalt und erfasste mit schnellem Blick, dass alle Schwestern im Raum versammelt waren. Schon begann die Priorin mit dem Beten.

»Der allmächtige Gott erbarme sich unser. Er lasse uns die Sünden nach, er führe uns zum ewigen Leben, Amen!

Nimm, gnädiger, guter Herr und Gott, uns diese Nacht in deine Hut, lass uns in dir geborgen sein. In deinem Frieden ruht sich's gut. Während unsere müden Glieder ruhen, bleibt unser Herz dir zugewandt, wir sind dein, wir vertrauen dir. Beschütze uns mit starker Hand. Dir sei, Gottvater, Sohn und Heiliger Geist, die Ruhe dieser Nacht geweiht …«

Nur allzu gern hörte Jan die Betgesänge der Schwestern. Schon oft hatte er heimlich gelauscht und gläubigen Herzens mitgebetet. Doch dieses Mal musste er sich losreißen, das Gebet zum Komplet war nicht so lang wie die anderen Stundengebete. Er musste mit seinem Vorhaben fertig sein, bevor die Schwestern geendet hatten. So machte er sich auf den Weg in die Kirche. Er ging durch die gewölbte Sakristei und das Armarium, die Bibliothek, und stand nach wenigen eiligen Schritten vor der Tür, die in das Querschiff der Kirche führte. Vorsichtig öffnete er die eichene Holztür. Er war erleichtert, dass sie nicht quietschte. Ein Schrecken durchfuhr ihn trotzdem. Würde er überhaupt genug Licht haben, um seinen Plan auszuführen?

Schon der erste Blick in den Innenraum stimmte ihn froh. Die vielen Opferkerzen schimmerten und blinkten im Kirchenschiff. Sie sorgten für ausreichend Licht. Mit ihren Strahlenkränzen sahen sie aus wie lauter kleine Heilige mit Heiligenschein.

Jan war es so allein im Gotteshaus unheimlich. Es war totenstill, roch nach Kerzenwachs und Moder. Auch ein zarter Weihrauchduft schwebte in der Luft. Es war kühl und klamm. Die Hitze des Tages hatte das dicke Mauerwerk kaum durchdrungen.

Jan war wie von selbst weitergegangen und stand nun im Mittelschiff vor dem Lettner. Er wusste, dass es ihm verboten war vorwärtszugehen. Vor dem ersten verbotenen Schritt sprach er sich Mut zu. »Ich tu es für eine gute Sache. Allmächtiger Gott, lieber Jesus und gütige Muttergottes, verzeiht mir!«

Er knickste und schlug ein Kreuz. Nach einem Moment des Zögerns entledigte er sich seiner Schuhe und ging den Weg zum Choraltar auf Socken weiter.

Ich will wenigstens den Gang nicht mit meinem Schuhwerk verunreinigen, dachte er und sputete sich. Endlich stand er vor dem Aufbau mit den drei Schreinen. Auch auf dem Altar, im Leuchterrechen, standen große Kerzen. Sie wurden von den Stiftsdamen immer wieder erneuert. In ihrem Licht schimmerte das Gitter des Schreingehäuses in mattem Gold. Jan wusste genau, auf welcher Seite der heilige Hippolytus ruhte. Er ging auf die Seite, griff in seine Jackentasche und holte das metallene Pilgerzeichen heraus. Er nahm es zwischen seine Fingerspitzen und führte es durch das Scherengitter. An einem leisen blechernen Klingen hörte er, dass die Medaille den Schrein des Heiligen berührte. Jan erstarrte zur Salzsäule: Schwillt jetzt mein Arm an oder wird er gar gelähmt? Solcherart schaurige Gedanken fuhren durch sein Hirn.

Gottlob geschah nichts von alldem. Erleichtert zog der Knabe das kleine Abzeichen wieder zurück und ließ es vorsichtig in seine Tasche gleiten.

Hoffentlich hat das Zeichen genug Kraft des Heiligen in sich aufgenommen, um der kranken Frau in Rom zu helfen, wünschte er für sie. Etwas mutiger geworden, fuhr er mit der bloßen Hand unter dem Schreinaufsatz entlang. Er stockte. Auch dort, wie fast überall in der Kirche, lagen kleine Knöchelchen aufgehäufelt. Er erfühlte einen winzigen Knochensplitter, nahm ihn mit den Fingerspitzen auf und ließ ihn auch in seine Tasche gleiten.

Voll Furcht wartete er wieder ängstlich darauf, ob nach dieser schlimmen Tat etwas Schreckliches mit ihm geschähe. Er rechnete mit Erblindung oder gar mit dem Tod. Aber wieder schien Gott ihm gnädig zu sein. Nun nahm der Knabe den sauberen Lappen und wischte mit ihm ein Häuflein Staub zusammen. Er wickelte alles sorgsam in das Tuch. Danach gab es für ihn kein Halten mehr! Schnell wollte er diesen verbotenen Ort verlassen und Gottes Geduld nicht länger strapazieren.

Jan ging auf dem gleichen Weg zurück, auf dem er gekommen war. Er nahm seine Schuhe von den kalten Steinen des Fußbodens auf, zog sie über und verließ, so schnell er konnte, das Gotteshaus.

Schon in der Bibliothek hörte er den Gesang der Kanonissen herüberschallen. Sie waren noch nicht zum Ende gekommen. Die Zeit hatte ausgereicht. Er hatte es geschafft! Leise schlich er an der Tür des Saales vorbei und blieb erst unter einer der Fackeln stehen, die in eisernen Wandhalterungen hingen und den Gang erleuchteten. Unter ihrem Licht wollte er den Reliquienstaub und das Knöchelchen in die dafür bestimmte Figur füllen. Erst jetzt sah er, dass die Figur eine Taube darstellte.

Jan hatte sich etwas beruhigt und konnte schon wieder mit halbem Ohr dem Gesang der Schwestern lauschen.

»Herr, schenke uns eine ruhige Nacht und erholsamen Schlaf. Was wir heute durch Wort und Werk an Gutem ausgesät haben, das lass Wurzeln schlagen und heranreifen für die ewige Ernte!«, hatte die Priorin gerade gesungen. Da wusste er, er musste sich beeilen, um seine Beute auch noch im Lesesaal zu verstecken, bevor die Damen fertig waren.

Er eilte in die Bibliothek zurück, hob mit dem kleinen Messer, das er immer bei sich trug, die hölzerne Fußleiste von der Wand und ließ seine

Schätze in dem Hohlraum dahinter verschwinden. Er verschloss das Versteck sorgfältig und registrierte erleichtert, dass er nun die Gebete der Frauen sorgenfrei bis zum Ende verfolgen konnte. Er hörte: »*Darum bitten wir durch Christus, unseren Herrn. Gewähre uns eine ruhige Nacht und ein gutes Ende. Sei gegrüßt, du Königin, Mutter der Barmherzigkeit, unser Leben, unsere Wonne, unsere Hoffnung. Zu dir rufen wir verdammten Kinder Evas, zu dir seufzen wir trauernd und weinend in diesem Tal der Tränen.*

Wohlan denn, unsere Fürsprecherin, wende uns dein barmherziges Auge zu und zeige uns Jesus, die gebenedeite Frucht deines Leibes, oh gütige, oh milde, oh süße Jungfrau Maria. Gib uns Ruhe und Frieden, Amen.«

Dieses Mal verließ Jan den Raum durch die Tür zum Hof. Er konnte so unbemerkt zu den Schlafräumen kommen.

Ich habe mein Versprechen gehalten, dachte er stolz. Und Gott hat mich nicht gestraft. Er hat erkannt, dass ich nur seine Liebe weitergeben wollte.

Leise ging er in den Schlafraum, kleidete sich bis auf sein Unterkleid aus und legte sich auf die Lagerstatt. Keiner wurde durch sein spätes Kommen aufgeweckt. Der Knabe faltete seine Hände zum Gebet für die Nacht. Fast automatisch verfiel er auf Worte, die er so oft von den frommen Schwestern gehört hatte:

»*Ich bekenne, allmächtiger Gott, dass ich Gutes unterlassen und Böses getan habe. Ich habe gesündigt in Gedanken, Worten und Werken. Darum bitte ich dich, die Jungfrau Maria und alle Engel und Heiligen, sich meiner zu erbarmen und mir meine Sünden zu erlassen. Verzeih mir, lieber Gott, und glaub mir, ich wollte nur der kranken Carla helfen*«, schloss er in seinen eigenen einfachen Worten.

Es wurde eine ruhige Nacht. Jan schlief nach dem Abenteuer erschöpft den Schlaf der Gerechten.

Nur Francesco kam nicht zur Ruhe. Nervös wälzte er sich auf seiner Matte hin und her und sehnte den nächsten Morgen herbei. Immer wieder sagte er vor sich hin: »Noch vor Laudes muss ich auf sein, um zu holen, was mir

Jan versprochen hat. Dann werde ich so schnell zurückreisen wie irgend möglich. Noch kann ich vor dem ersten Schnee die Alpen überqueren!«

Er dachte an seine Frau und stellte sich das gemeinsame Glück vor, wenn sie wirklich wieder gesund würde. Seine Heimatstadt erschien ihm vor Augen. Sie gefiel ihm besser als Köln. Wie vermisste er den Petersplatz, die Engelsburg, den langsam vor sich hinfließenden braunen Tiber und die vielen ockerfarbenen Häuser! Er glaubte das Gezirpe der Grillen zu hören, roch den Duft der Pinien in seinem Garten und schmeckte den guten heimischen Wein immer wieder. Nur für kurze Momente fielen ihm vor Erschöpfung die Augen zu. Er hatte einfach Angst, zu verschlafen und alles zunichte zu machen. So quälte er sich im Halbschlaf bis in den frühen Morgen hinein. In seiner Unruhe zählte er jedes Mal das Glockenläuten der Stiftskirche mit. Als ihr heller Ton wieder erklang, wusste er, dass er nun aufstehen musste. Er fühlte sich wie gerädert. Vorsichtig streckte er seine verspannten Glieder. Wie Blitze fuhren Schmerzwellen durch seinen Körper. Kalter Schweiß trat auf seine Stirn. Mit der großen Anspannung, die er die ganze Nacht durchlitten hatte, hatten sich auch seine Muskeln und Nerven verspannt. Behutsam tastete Francesco mit seiner Rechten an das Kopfende seiner Pritsche. Dort hatte er beim Zubettgehen Kleidung und Schuhwerk niedergelegt, damit er alles im frühen Dunkel leicht wiederfinden konnte. Er richtete sich langsam auf. Sein rechtes Bein war eingeschlafen und es kribbelte in ihm, als stünde es in einem Ameisenhaufen. Unter Schmerzen wartete er darauf, dass das Blut wieder normal zirkulierte. Er wollte nicht riskieren, dass das Bein beim Verlassen des Schlafraums wegknickte und der Sturz die anderen aufweckte.

Als die Schmerzen nachließen, wagte Francesco einen ersten Gehversuch. Er kniete sich vorsichtig hin und richtete sich langsam wieder auf. Als er sich nochmals bückte, um sein Bündel aufzuheben, fuhren erneut Schmerzwellen durch seinen Rücken. Um nicht aufzuschreien, biss er sich die Unterlippe blutig, nahm die Kleidungsstücke in den linken Arm und tastete mit der rechten Hand nach der Außenwand des Schlafsaals. Die musste ganz nahe sein. Als er das raue Mauerwerk unter seiner Handfläche fühlte, folgte er ihm einige Schritte nach links, wo die Tür lag. Schon bald hatte er deren Holzbalken unter der Hand. Nun suchte er die Klinke. Aus der Dunkelheit des Raumes klang leises Stöhnen und ab und zu ein Schnarcher. Er hatte noch keinen seiner Mitschläfer aufgeweckt. Erleichtert tupfte er sich mit dem Kleiderbündel den kalten Schweiß von der Stirn. Schon wieder sprang ihn die Angst an, entdeckt zu werden. Hoffentlich knarrt die Tür nicht in den Angeln, dachte er und versuchte sich krampfhaft daran zu erinnern, ob das gestern Nacht der Fall gewesen war, als er sie geschlossen hatte. Er wusste es nicht mehr, seine Erinnerung war wie weggeflogen. Vorsichtig drückte er die Klinke herab, und die folgte geräuschlos seinem Druck. Mit der rechten Schulter stemmte er sich gegen sie und öffnete sie einen Spalt weit. Auch das gelang, ohne die Schlafenden zu stören.

Es war noch düster draußen und kein Lichtstrahl fiel in den Raum. Er öffnete die Tür, sodass er hinausschlüpfen konnte. Geschafft!

Er stand im Hof des Stiftes. Nachdem er die Tür wieder geschlossen hatte, atmete er tief durch und begann sich im Freien anzukleiden.

Die Luft stand im Hof, sie war über Nacht überhaupt nicht abgekühlt. Sie war schwül und stickig. In der Kölner Bucht wurde die Hitze nur schwer weggetrieben, wenn sie sich erst einmal festgesetzt hatte. Der Wind war dazu meist zu schwach.

Wie viel schöner ist es da in meiner Heimatstadt, dachte Francesco voll Heimweh. Wenn dort die Morgennebel vom Tiber aufsteigen und sich als Tau auf den Wiesen niederschlagen, bringt das selbst im Hochsommer eine angenehme Abkühlung mit sich.

Seine Augen hatten sich an die Düsternis gewöhnt. Er konnte das Stiftsgebäude schemenhaft erkennen. Die Tür, die in den Lesesaal führte, sah er als großen, dunklen Fleck im Mauerwerk. Jan hatte sie ihm genau beschrieben. Dorthin lief er nun eilig. Er trat behutsam auf und versuchte das Knirschen der Steine zu vermeiden. Hoffentlich bin ich der Einzige, den es zu dieser frühen Stunde schon aus dem Bett getrieben hat, dachte er.

Er erreichte die Tür. Sie war nicht abgeschlossen, ganz wie der Junge es versprochen hatte. Er öffnete sie und lauschte in den Raum. Es drang kein Laut an sein Ohr. Er meinte fast, die Stille zu hören. Schnell huschte er in den Saal, bückte sich und suchte mit der Hand nach der hölzernen Fußleiste. Er folgte ihr zwei Fuß nach rechts. Mit dem Absatz seines rechten Schuhs klopfte er leicht gegen das Holz. Nach einigen Versuchen klang es hohl. Francesco hatte das Versteck gefunden!

Er holte sein Messer aus der Jackentasche und hebelte die Leiste von der Wand. Er erstarrte. Ein Geräusch beunruhigte ihn. Schon wurde die Tür, die von der Sakristei hereinführte, geöffnet. Im spärlichen Licht einer Kerze trat eine der Kanonissen in den Saal. Francesco überlegte fieberhaft, was er tun sollte. Instinktiv richtete er sein helles Gesicht nach unten, schmiegte sich eng an die Außenmauer und hoffte, nicht entdeckt zu werden. Jeder Wimpernschlag wurde ihm zur Qual.

4

Die Kanonissin war eine junge Frau, Almut Bonnheim, das Nesthäkchen des Stifts. Sie war nicht von Adel, kam aber aus einer reichen Kölner Kaufmannsfamilie. Einige ihrer adeligen Gefährtinnen rümpften die Nase über ihren niederen Stand. Der hatte ihr auch nur ein winziges Zimmer unterm Dach beschert. Dort staute sich zurzeit die Hitze besonders. Almut hatte die Wärme nicht mehr ertragen und war früh aufgestanden. Auf dem großen Tisch der Bibliothek lag noch von gestern die »Cronica der hilligen Stadt Coellen« aufgeschlagen. Die Seite mit dem Bild der heiligen Ursula und ihrer Gefährtinnen wollte Almut in das Register eintragen, in dem alle Erinnerungsstücke an die Schutzpatronin des Stiftes aufgenommen wurden. Es war eine wunderbare Gravur vor Kölns beeindruckender Stadtkulisse, gefertigt nach einer Federzeichnung von Johann Koelhoff. Wichtigere Arbeiten hatten Almut am Vortage davon abgehalten, den Eintrag zu vollenden. Sie wollte nun die frühen Morgenstunden nutzen, um dies nachzuholen. Tatenfroh ging sie auf den Tisch zu, ohne den Eindringling zu bemerken.

Francesco hatte die Klinge seines Messers bereits hinter die Leiste geschoben, als die junge Schwester eintrat. Das Messer saß nicht fest und langsam bekam der schwere Knauf Übergewicht. Die kleine Waffe polterte in der totalen Stille mit großem Getöse auf die Steinplatten.

Almut fuhr herum, und das Licht ihrer Kerze schwenkte suchend in Richtung des Geräusches. Die hübsche Stiftsdame war bei Leibe nicht furchtsam, eher handfest und wagemutig. Aber als sie den kauernden Schatten am Boden sah, pochte ihr doch das Herz bis zum Hals. Mit raschem Blick erfasste sie, dass sich dort ein Mann verbarg.

Francesco versuchte inzwischen die Leiste mit den Fingern abzulösen. Er wollte seine Beute an sich bringen und schnell fliehen.

»Was macht Ihr da? Steht auf und zeigt Euch!«, rief die Schwester und versuchte, ihrer Stimme einen entschiedenen Klang zu verleihen.

Der Mann hörte nicht auf sie, sondern fuhr fort, wie wild an der Leiste zu reißen. Aber die saß fest.

»Ich schreie das Haus zusammen, wenn Ihr nicht gehorcht«, drohte sie. Diese Drohung zeigte auf fatale Weise Wirkung.

Der Mann richtete sich hastig auf und ging mit ausgestreckten Armen auf die Kanonissin zu. »Tut das nicht!«, flehte er dabei.

Obwohl Francesco nur von gedrungener Gestalt war, warf das Kerzenlicht einen so bedrohlich großen Schatten von ihm an die Wand, dass die junge Schwester vor lauter Schrecken die Kontrolle über sich verlor. Ihr Mund öffnete sich zu einem schrillen Hilfeschrei. Da hielt Francesco nichts mehr zurück. Er warf sich über sie, um den Schrei zu ersticken. Seine kräftigen Hände umschlossen ihren weißen Hals. Unter ihrem stählernen Druck wurde aus dem Hilferuf ein leises, krächzendes Stöhnen.

Die resolute Frau gab nicht auf. Sie trat nach dem Römer, drehte und wand sich. Sie versuchte sich mit allen Mitteln zu wehren. Ihre Haube fiel zu Boden, ihre Hochsteckfrisur löste sich auf, und ihr langes Blondhaar hing bald lose herab. Die Kerze glitt aus ihren Händen, fiel auf den Boden, aber sie ging nicht aus. In ihrem wilden Geflacker spielte sich ein ungleicher Kampf ab.

Francesco handelte in Panik. Er durfte auf keinen Fall entdeckt werden! Er drückte den kleinen Körper gegen ein Buchregal. Der Druck wurde von den alten Folianten ein wenig abgefedert. Umso unerbittlicher drückten seine Hände um Almuts Hals. Immer fester, immer länger! Plötzlich wurde der zarte Körper schlaff und sackte in sich zusammen. Francesco ließ erschrocken von der Ordensfrau ab. Die sank leblos auf den Boden.

Ich habe ihr doch nichts angetan?, durchfuhr es ihn.

Er kniete nieder, fasste nach ihrem Puls und konnte unter ihrer zarten Haut kein Schlagen mehr fühlen. In Todesangst legte er sein Ohr auf ihr Mieder, ohne darüber nachzudenken, dass dies unschicklich war. Auch kein Herzschlag zeigte ihm noch Leben an. Nun hob er ihren Kopf leicht hoch und hielt ihr die Kerze vor Mund und Nase. Da wurde seine Befürchtung zur Gewissheit. Kein Luftzug bewegte die Flamme! Die Frau war tot! Er hatte sie getötet! »Oh Gott, das habe ich nicht gewollt«, stotterte er verstört. »Oh Gott, warum hast du das zugelassen?«

Wilde Furcht trieb ihn weg vom Ort seiner Tat. Er stürmte fort und vergaß sogar, sein Messer und die Heiligtümer mitzunehmen, rannte aus dem Raum in den Hof und war nicht einmal mehr bedacht, Geräusche zu vermeiden. Er wollte nur noch fliehen. Entlang der Mauer, die das Kloster einfriedete, suchte er eine Möglichkeit zu entkommen. Als er zu einem knorrigen Obstbaum kam, der direkt vor der Mauer stand, sogar über sie hing, war ihm sein Fluchtweg klar. Francesco kletterte den Baum hinauf, kroch über den starken Ast, über die Mauerzinne hinweg und ließ sich auf der anderen Mauerseite herunterbaumeln. Dann sprang er ins Ungewisse und schlug auf der Gasse auf, ohne sich zu verletzen. Immer noch dröhnte es in seinem Kopf: Schnell weg! Ich darf mich nicht erwischen lassen!

Inzwischen waren die Stiftsdamen aufgestanden und hatten sich im Kapitelsaal zum Morgenlob versammelt. Johanna von Berg hatte sofort festgestellt, dass Almut fehlte. Sie verlor kein Wort darüber, aber eins war klar: Nach den Gebeten würde die junge Schwester ihre ganze Strenge zu spüren bekommen. Streng und gerecht, war Johannas Leitspruch. Mit ihm hatte sie sich unter ihren Ordensschwestern Respekt und Achtung verschafft. Sie würde der jungen Schwester für die Verfehlung eine gerechte Buße auferlegen. Ein Blick zu Gertrudis zeigte der Dechantin, dass auch die Äbtissin das Fehlen des Nesthäkchens bemerkt hatte.

Gertrudis fasste an das große goldene Kreuz auf ihrem Busen, küsste es und schüttelte missbilligend den Kopf. Johanna trat vor die anderen Stiftsdamen. Ihr dunkles Habit reichte ihr bis zu den Knöcheln. Es war um Körper und Arme recht weit geschnitten. Nur dort, wo die Kutte fest um die Taille gegürtet war, sah man, wie dünn diese energische kleine Frau wirklich war. Nun begann sie mit klarer Stimme zu beten:

»Herr, früh wolltest du meine Stimme hören. Früh will ich mich zu dir schicken und aufmerken. Wache auf, meine Ehre, wache auf, Psalter und Harfe! Mit der Frühe will ich aufwachen.

Ich will von deiner Macht singen und des Morgens rühmen deine Güte, denn du bist mir Schutz und Zuflucht in meiner Not. Wenn ich mich zu Bett lege, so denke ich an dich; wenn ich erwache, so rede ich von dir …«

Alle Schwestern stimmten am Ende in das Amen mit ein und schlossen die Laudes mit dem feierlichen Benediktus, dem Lobgesang des Zacharias. Ihre Stimmen klangen dabei hell durch das große Haus:

»*Gepriesen sei der Herr, der Gott Israels, denn er hat sein Volk besucht und ihm Erlösung geschaffen … Durch die barmherzige Liebe unseres Gottes wird uns besuchen das ausstrahlende Licht aus der Höhe, um allen zu leuchten, die in Finsternis sitzen und im Schatten des Todes, um unsere Schritte zu lenken auf den Weg des Friedens. Amen.*«

Die Dechantin entließ ihre Mitschwestern mit einer gütigen Mahnung, das heutige Tagwerk wohlgemut und tatkräftig anzugehen. Dann machte sie sich auf den Weg zu Almuts Kammer. Mit einem kleinen Lächeln auf den Lippen stellte sie sich vor, wie kurzatmig wohl Felicitas, die gewichtige Küchenmeisterin, diese Klettertour bis unter das Dach bewältigt hätte. Sie selbst erreichte ihr Ziel leichtfüßig und schnell. Almut war nicht im Raum. Das Bett war benutzt, aber verlassen. Johanna fühlte auf die Matte. Das Bett war kalt. Sie zog die Augenbrauen hoch. Das Vöglein war also schon länger ausgeflogen. »Umso schlimmer«, murmelte sie und konnte sich nicht erklären, wo Almut steckte. Verwirrt schüttelte sie den Kopf und machte sich wieder auf den Weg nach unten.

Mechthild von Soest war mittlerweile Richtung Schreibsaal gegangen. Sie kam vom Kreuzgang her und stutzte einen Moment. Wieso war die Tür nur angelehnt?

Die Bibliothekarin wusste genau, dass sie den Zugang zu ihrem Reich am Abend zuvor verschlossen hatte. Vorsichtig schob sie die Tür auf und schaute in den Raum. Sie ließ ihren Blick durch den Saal schweifen. Es dauerte nicht lange, da sah sie Almut am Boden liegen. Mechthild war ebenfalls nicht verborgen geblieben, dass die »Bürgerliche« Laudes versäumt hatte. Sie hatte sich sogar schadenfroh auf Almuts Bestrafung gefreut. Mechthild war stolz auf ihre hochadelige Abstammung und eine der entschiedensten Gegnerinnen der Aufnahme von Bürgerlichen ins Stift. Sie bedurfte deshalb immer wieder der behutsamen Ermahnung der Äbtissin, im Umgang mit ihren bürgerlichen Mitschwestern etwas mehr Demut walten zu lassen. Doch die Bibliothekarin blieb unbeirrt. Sie glaubte an sich und ihre Werte. Ihre edlen Züge strahlten selbst bei Ermahnungen Gelassenheit und Selbstgerechtigkeit aus. Sie war einfach von der Richtigkeit ihrer Einstellung überzeugt. Der Anblick der jungen Frau befremdete sie aber doch. Sie näherte sich ihr mit schnellen Schritten.

Almut reagierte nicht, sondern blieb gekrümmt und regungslos auf den Steinplatten liegen. Die selbstsichere Adelige fühlte Angst in sich aufsteigen. Sollte sie um Hilfe rufen? Nein, sie wollte sich erst selbst Klarheit verschaffen. Sie durfte sich nicht unnötig dem Gespött der anderen aussetzen! Sie bückte sich zu Almut hinab und berührte vorsichtig ihren Leib. Der Körper fiel unter dem Druck ihrer Hände von der Seite auf den Rücken, und die Bibliothekarin blickte in weit aufgerissene, gebrochene Augen. Sie sah in das Gesicht einer Toten!

Almuts Mund war geöffnet, und ihre Zunge hing zur Seite heraus. Am Hals entdeckte Mechthild blaue Würgemale.

War Almut erdrosselt worden? War Mord im Spiel? Erschreckt richtete sie sich auf und wurde erst wieder ruhiger, als sie sicher war, dass der Mörder nicht mehr zugegen war.

Was soll ich tun? Zeter und Mordio schreien?

Sie besann sich ihres hohen Standes und ging gemessenen Schrittes zum Ausgang, um die Äbtissin zu informieren.

Die saß mit der Dechantin und der Priorin zusammen und besprach die notwendigen Vorbereitungen für die große Prozession. Sie fand am nächsten Tag statt. Als die drei Kanonissen in das bleiche Gesicht der Bibliothekarin sahen, wussten sie, dass etwas Schreckliches geschehen sein musste. Sie unterbrachen ihre Beratung sofort. Nach Mechthilds ersten gestammelten Worten begaben sie sich im Laufschritt in den Lesesaal. Auch gemeinsam kamen sie zum selben Schluss: In ihrem frommen Stift war ein Mord geschehen und hatte eine der Ihrigen getroffen!

Magdalena von Quedlinburg entdeckte als Erste das Messer vor der

Holzleiste. »Das gehörte nie und nimmer zu Almut«, sagte sie im Brustton der Überzeugung. Ermelind ergänzte ihre Schlussfolgerung scharfsinnig: »Aber wenn es dem Mörder gehört, was wollte er damit? Er hat Almut erwürgt, und an dem Messer klebt kein Blut.«

»Schaut her, seht Ihr die Spuren dort an der Leiste?«, sagte die Äbtissin. »Vielleicht hat sich der Unhold mit dem Messer an der Leiste zu schaffen gemacht.«

Die junge Priorin war als Erste auf den Knien und besah sich die Stelle genau.

»Das Brettchen hat an der Oberkante lauter Kratzspuren, als ob jemand versucht hat, es abzuheben«, bemerkte sie nachdenklich. Sie klopfte mit dem Knöchel ihres rechten Zeigefingers an das Holzbrett und schreckte überrascht zurück, als es ihr hohl entgegenklang.

»Dahinter ist ein Hohlraum, vielleicht ein Versteck«, teilte sie den anderen aufgeregt mit. Dann nahm sie die kleine Waffe in die Hand und versuchte, die Leiste von der Wand zu hebeln. Endlich gab das Holz nach und fiel mit lautem Scheppern auf die Steinplatten. Laute »Ahs« und »Ohs« begleiteten den Erfolg ihres Bemühens. Alle blickten mit atemloser Spannung in das dunkle Loch, das sich aufgetan hatte. Außer tiefer Dunkelheit konnten sie allerdings nichts erkennen. Ermelind fasste sich ein Herz und griff in die Öffnung. Als sie mit den Fingerspitzen an einen Gegenstand stieß, blitzten ihre braunen Augen auf. Sie wandte sich mit Triumph in der Stimme an die Äbtissin: »Da ist etwas versteckt, gleich habe ich es!«

Ihre Finger klaubten einen kleinen Gegenstand aus der Aussparung hervor und hielten ihn ans Licht. »Das ist nur eine kleine Figur aus Tierknochen«, sagte sie enttäuscht und hielt den Fund in die Runde.

Das wusste die Mater besser: »In diesen Figuren werden Reliquienteile verwahrt. Das ist schon etwas Besonderes, meine Liebe«, mischte sie sich ein und nahm der Priorin die kleine Kostbarkeit aus der Hand. Mit prüfendem Blick besah sie das Fundstück. Als sie seinen Mechanismus verstanden hatte, drehte sie ihn vorsichtig auf. Schon bald gab das Gewinde nach und Gertrudis hatte zwei nahezu gleich große Teile in ihren

Händen. Aus der unteren Hälfte lugte ihr ein kleines Knochensplitterchen entgegen.

»Es enthält sogar einen Corpus«, sagte sie scheu und verschloss das Gefäß vorsichtig und ehrfürchtig wieder.

»Das ist doch hoffentlich kein Stück unserer Reliquien. Dann wäre der Mörder auch noch ein Dieb an unseren Heiligen«, meinte Ermelind Odenthal furchtsam.

»Dazu hätte er eine Helfershelferin aus unseren Reihen gebraucht. Vielleicht die Tote«, warf Mechthild von Soest ein. Sie sah sich dabei Zustimmung heischend in der Runde um. Jede im Raum kannte ihre Vorbehalte gegen Almut. Aber in dieser furchtbaren Situation wollte ihr keine der Schwestern zustimmen. Sie hielten die Blicke stumm gesenkt.

Die Äbtissin widersprach ihr sogar mit klarer Stimme: »Sachte, sachte, liebe Mechthild! Bedenkt Eure Worte, bevor Ihr solch schwere Verdächtigungen kundtut. Im Übrigen, hat Jesus nicht gefordert, den Balken im eigenen Auge zuerst zu entfernen, bevor man den Splitter im Auge des Nächsten sucht? Das Szenario sieht für mich ganz anders aus: Würde ein Dieb seine Helferin ermorden?«

Die stolze Bibliothekarin ließ sich nicht einschüchtern. »Warum nicht«, sagte sie mit provozierendem Ton. »Sie hatte ja ihre Schuldigkeit getan, und Zeugen hat kein Übeltäter gern! Außerdem wissen wir doch, alle heiligen Gebeine wehren sich, wenn sie von ihrem angestammten Platz nicht wegwollen. Sie strafen den Dieb und seine Helfer.« Das Wort »Helfer« betonte sie besonders.

»Den Dieb und Mörder scheinbar nicht, der ist schließlich entkommen«, widersprach ihr Ermelind trocken.

»Jetzt lasst es genug sein«, fiel ihnen die Magistra mit schärferem Ton ins Wort. »Über Tote sollte man nicht unbedacht reden. Mir scheint viel naheliegender, dass die arme Almut den Dieb auf frischer Tat ertappt hat und deswegen ihr junges Leben lassen musste.«

Mechthild gab sich noch immer nicht geschlagen. »Was hatte sie denn überhaupt zu so früher Stunde im Lesesaal zu suchen?« Nun sah sich Ermelind aufgerufen, der Äbtissin beizustehen. »Seht, hier auf dem

Tisch liegt noch die ›Cronica der hilligen Stadt Coellen‹ aufgeschlagen mit dem Bildnis unserer heiligen Schutzpatronin. Ich weiß genau, dass Almut vorhatte, das Bild in unser Register einzutragen. Das war für sie Grund genug, in diesem Raum zu sein, wenn überhaupt eine von uns der Rechtfertigung bedarf, sich in unserem Stift frei zu bewegen«, setzte sie mit schneidender Stimme hinzu. »Unser Nesthäkchen wollte fleißig sein und hat darüber sogar Laudes vergessen!«

Mechthild bemerkte erbost, dass es ihr nicht gelang, die Mitschwestern auf ihre Seite zu ziehen, und so schwieg sie endlich still. Man kann sich alles schönreden. Wir werden ja sehen, wer am Schluss Recht behält. Noch ist nicht aller Tage Abend, dachte sie grimmig. Was waren das für Zeiten, als man die Stiftsdamen noch ausschließlich aus dem Hochadel rekrutierte! Sie war zu feige, ihre Gedanken laut auszusprechen, denn sie hatte ein wenig Angst vor einem offenen Konflikt mit der Äbtissin.

Gertrudis war erleichtert, als die störrische Bibliothekarin endlich Ruhe gab. Sie hatten jetzt wahrlich Wichtigeres zu tun, als sich zu streiten. »Wir müssen schnellstens überlegen, was zu tun ist, meine Lieben. Ihr, Mechthild, solltet Magdalena herbeirufen. Nur unsere Kustodin kann mit Bestimmtheit sagen, ob das Knöchelchen aus unserem Kirchenschatz entwendet wurde.«

Mechthild war froh, den Saal verlassen zu können, und machte sich ohne erneuten Widerspruch auf den Weg.

»Was machen wir mit der armen Toten?«, fragte Ermelind unentschlossen.

»Das ist eine gute Frage«, stimmte ihr die Magistra zu. »Wir sind der armen Almut eine würdige Totenruhe schuldig. Doch darf dieses schlimme Geschehen in keinem Fall unsere Teilnahme an der morgigen Prozession infrage stellen.«

»Du hast recht, ehrwürdige Mutter«, pflichtete ihr die Dechantin bei und war bemüht, ihr krauses volles Haar wieder unter die Haube zu schieben, aus der es bei all der Aufregung hervorgequollen war.

»Aber wir werden uns den üblichen Prozeduren nicht verschließen können. Almuts Familie muss informiert werden und der Gewaltrichter Kenntnis erlangen von der ruchlosen Tat!«

Die Stiftsdamen wurden in ihrer Beratung jäh unterbrochen, als Mechthild und die Kustodin in den Saal gestürmt kamen. Magdalenas allzeit schlaffe Körperhaltung wirkte noch viel eingefallener als sonst. Sie bestätigte mit leichenblassem Gesicht: »Auch wenn er noch so klein ist, ich muss bekennen, der Corpus ist aus unserem Kirchenschatz. Ich habe alles überprüft, zwar nur auf die Schnelle, aber ich fand Spuren eines Eindringlings unter dem Sarkophag des heiligen Hippolytus. Das Gefäß, das Ihr gefunden habt, enthält sicher auch noch Reliquien aus Knochenstaub. Denn jemand hat verbotenerweise unter dem Schrein des Heiligen Staub entfernt. Dabei wurden heilige Knöchelchen durcheinandergestoßen und sicher auch das eine, von dem Mechthild mir berichtete, stibitzt. Ich kann mir bei Gott nur gar nicht erklären, wann das geschehen sein soll. Ich habe gestern Abend, wie alle Tage, noch einen Rundgang durch die Kirche gemacht und nichts Befremdliches entdeckt. Die Außentür habe ich dabei verschlossen und nach dem Nachtgebet auch noch die Türe, die von der Sakristei aus in das Kircheninnere führt.« Wie zur Bekräftigung ihrer Worte schlug sie auf den großen Schlüssel der Kirchentüren, der ihr als Zeichen ihrer Verantwortung am Gürtel hing.

»Wenn Ihr recht habt, dann kann die Tat nur geschehen sein, während wir alle zur Komplet im Kapitelsaal versammelt waren«, schlussfolgerte die Priorin. »Und Almut kommt als Helferin nicht infrage, denn sie war unter uns beim Nachtgebet«, fügte sie erleichtert hinzu und sah die Bibliothekarin an, als wollte sie sagen: »Damit bricht auch dein Verdacht zusammen.«

Mechthild überging den stillen Vorwurf geflissentlich. Ermelinds Überlegungen waren logisch. Sie fand keine passenden Widerworte, wenn ihr auch noch so sehr danach war.

Magdalena von Quedlinburg war sich sicher: »Der Helfer muss aus dem Inneren des Klosters stammen, denn die Außentür habe ich ja schon bei meinem letzten Rundgang geschlossen, und da war alles noch in Ordnung.«

Schon wieder entstanden wilde Verdächtigungen in den Köpfen der Stiftsdamen. »Dann haben sich also unsere schlimmsten Befürchtungen bewahrheitet, und es ist umso wichtiger, dass wir schnell zur Tat schreiten«, seufzte die Äbtissin. »Ihr, Mechthild, macht Euch auf den Weg zu Herrn von Anheim, unseren Gewaltrichter. Bittet ihn zu uns und sorgt dafür, dass nichts von der schrecklichen Tat nach außen dringt! Ihr, Johanna«, wandte sie sich sodann an die hagere Dechantin, »bereitet alles vor, dass wir Almuts Leichnam drunten im kühlen Kirchenkeller aufbahren können, wenn die Stadtpolizei ihn examiniert hat. Ich selbst möchte Almuts Familie unterrichten. Ich glaube, es ist richtig, Almuts Bruder Walter aufzusuchen. Er hat sich von ihren Verwandten stets am meisten um seine jüngere Schwester gekümmert.«

Die Magistra sah sich fragend im Kreis der Schwestern um. Als sie keinen Widerspruch zu hören bekam, sputete sie sich, ihre Aufgabe auszuführen. Doch dann drehte sie sich nochmals zu den anderen um: »Eins ist wichtig: Wir müssen vorankommen mit den Untersuchungen, aber morgen ist die große Prozession, und das schlimme Geschehen darf den heiligen Tag nicht überschatten. Unser Stift muss sich sauber und ohne Makel präsentieren. Das müssen wir allen, die wir nun informieren, klarmachen, liebe Mitschwestern!«

Die Gruppe löste sich auf, und alle gingen gerne fort vom Ort des feigen Mordes. Schnell lief die Kunde von Mund zu Mund, und bald wussten alle Bewohner und Bewohnerinnen des Stiftes von der Untat.

Die Küchenmeisterin traf Jan in der Küche und war zufrieden, ihn heute so früh bei der Arbeit zu sehen. Als sie hereinkam, fragte er neugierig: »Was ist geschehen? Ich habe Schreie gehört.« Sie schilderte ihm, was sie selbst vernommen hatte, und fügte mit bedrohlicher Stimme hinzu: »Und es sieht ganz danach aus, als ob jemand von uns an dem Verbrechen beteiligt war.«

Der Junge wurde schneeweiß und schlotterte am ganzen Körper. Schuldbewusst glaubte die Küchenmeisterin, sie habe ihm zu viel zugemutet. Sie hatte wirklich nicht gedacht, dass Jan die Nachricht so nahe gehen würde. Almut hatte ihn zwar immer liebevoll behandelt, aber eine so starke Reaktion des Knaben nahm Felicitas doch wunder.

Jan hielt nichts in der Küche. Kopflos rannte er aus dem Raum. Er wollte nur noch allein sein. Ein Vorwurf jagte den anderen. Er war der Helfershelfer. Er hatte mitgeholfen. Er war an Almuts Tod schuld! Gott wird mich strafen, hier auf Erden oder oben vor der Himmelspforte, dachte er unglücklich. Er fand jedoch nicht den Mut, den Schwestern seine Missetaten zu beichten, beschloss, ihnen zunächst lieber aus dem Weg zu gehen und sich irgendwohin zu verdrücken. Felicitas von Ebern zählte eins und eins zusammen: Den Jungen bedrückt mehr als nur die Nachricht von Almuts Tod. Da muss mehr sein …

Sie wollte mit ihm so bald wie möglich ein ernstes Wörtchen reden. Mit ihrer Marktfrauenstimme rief sie nach ihm, aber er blieb verschwunden.

Von Anheim, einer von Kölns Gewaltrichtern, erreichte das Stift als Erster. Mit seiner aufgeschossenen, hageren Gestalt und seinen langen Beinen hatte er ein solches Tempo vorgelegt, dass weder Mechthild von Soest noch die drei Gewaltmeister, die ihn begleiteten, ihm folgen konnten.

Mit dem großen Türklopfer pochte er an die Seitenpforte des Klosters und begehrte Einlass. Es dauerte nur einen Moment, dann wurde von innen ein schwerer Riegel fortgeschoben. Ein gramgebeugter Mann öffnete die Türe. Es war Peter Goedde, ein Tagelöhner, kurzatmig und lungenkrank. Er war früher Weber gewesen, hatte seine Frau vor drei Jahren bei der Geburt des zweiten Kindes verloren und suchte heute mit allerlei Reparaturen und Gartenarbeiten bei den frommen Schwestern sein Auskommen. Er lächelte die Ankömmlinge schief an und zeigte dabei seine schwarzen, angefaulten Zahnstümpfe. Sein sonst gräulich stinkender Atem war an diesem Tage von scharfem Zwiebelgeruch überdeckt, den von Anheim genauso abstoßend fand wie den Mann selbst. Er grüßte ihn nicht einmal, sondern sagte nur mit barscher, befehlender Stimme: »Bring uns sofort zu der Toten.«

Ohne das dumme Grienen von seinem Gesicht zu verlieren, hinkte der Mann dienstbeflissen vor ihnen her. Mechthild war etwas gekränkt, weil der Gewaltrichter sie übergangen hatte, darum nahm sie nun selbst das Heft in die Hand und ging der kleinen Gruppe ins Scriptorium voran.

Gertrudis traf den Kaufmann Walter in seinem Kontor an. Er schaute sie erstaunt an, erhob sich ehrerbietig und fragte lächelnd: »Bringt Ihr Neuigkeiten von meiner lieben Schwester?«

Almut war die jüngere seiner beiden Schwestern und er war immer ihr Beschützer und Vertrauter gewesen. Er hatte seine Eltern fast gehasst, als die, nach alter Familientradition, ihre Jüngste dem christlichen Dienst versprochen hatten. Die Vertrautheit mit Almut und das tägliche Zusammensein hatten Walter viel bedeutet. Zu seiner Erleichterung hatte seine Schwester nicht die monastischen Gelübde abgelegt. Als Kanonissin musste sie sich zwar verpflichten, ein Gott geweihtes Leben zu führen, aber ihr war nicht verboten, das Stift in späteren Jahren wieder zu verlassen. Walter hoffte im Stillen darauf, dass das noch geschehen würde. Er selbst war in die Fußstapfen seines Vaters getreten und ein erfolgreicher Weinhändler geworden. Sein Kontor lieferte bis in den Haushalt des Erzbischofs, und wenn alles so glücklich weiterging wie bisher, konnte er in wenigen Jahren mit einem Platz im Rat rechnen.

Die so starke Gertrudis verließ fast der Mut, als sie in die erwartungsvollen Augen des Kaufmanns blickte. Doch dann gab sie sich einen Ruck und berichtete so einfühlsam wie möglich von der schlimmen Tat.

Walter Bonnheim weigerte sich zunächst, das Gehörte zu glauben. Dann war er am Boden zerstört und haderte lautstark mit Gott. »Wie kann Gott so etwas zulassen!« Als er endlich die ganze Tragweite des Geschehens erfasste, hielt ihn nichts mehr in seinem Geschäft. Zusammen mit der Äbtissin eilte er zum Kloster der heiligen Ursula. Die beiden trafen fast gemeinsam mit dem Gewaltrichter ein, betraten das Gebäude aber durch den Haupteingang. Dort stand Gertrudis erneut vor einer schweren Aufgabe. Sie musste Almuts Bruder bitten, erst einmal im Empfangsraum zu warten. Sie wollte ihm die Untersuchungen der toten Schwester durch die Stadtpolizei ersparen. Die Leiche sollte erst etwas hergerichtet werden, damit er sie so unversehrt wie irgend möglich in Erinnerung behalten konnte. Gertrudis musste ihr ganzes Gewicht als Hausherrin einsetzen, um den störrischen Kaufmann von der Richtigkeit ihrer Absicht zu überzeugen. Danach eilte sie in den Schreibsaal.

Der Gewaltrichter erkannte die Äbtissin, ging auf sie zu und grüßte respektvoll. Fast im gleichen Moment sah er den leblosen Körper vor der langen Außenwand liegen. Er verschwendete keine weitere Zeit auf Begrüßungsfloskeln, ging zu der Toten, kniete sich vor sie hin und begann, den Leichnam zu untersuchen.

»Sie war unsere Jüngste und hatte ihr ganzes Leben noch vor sich. Ihr müsst den Unhold finden, der das getan hat, und ihn Gottes gerechter Strafe zuführen«, hörte er Gertrudis mit vor Trauer brüchiger Stimme sagen.

Er drehte sich zu ihr um und sah sie aus seinen stahlblauen, etwas schmal geschnittenen Augen an. Die steilen Magenfalten links und rechts von seinem Mund und die energische Kerbe in seinem kantigen Kinn unterstrichen den tiefen Ernst seiner Antwort: »Wir werden unser Bestes geben. Doch auch wir sind auf Gottes Hilfe angewiesen und brauchen alle Informationen, die für eine schnelle Aufklärung von Nutzen sind.«

»Eines steht fest: Es muss jemand von uns aus dem Stift gewesen sein«, mischte sich Mechthild mit spitzer Stimme ein. »Alle Außentüren waren zur Tatzeit verriegelt und verrammelt.« Die Bibliothekarin war die Einzige, die nach dem Morgenlob Kutte und Haube wieder abgelegt hatte. Sie pflegte sich meist wie weltliche Frauen ihres hohen Standes zu kleiden und als Zeichen ihrer Zugehörigkeit zum Stift nur ein Kapitelabzeichen auf der Brust zu tragen. Sie stand da in einem weißen Kleid mit roter Bordüre.

»Das sind Symbole für Reinheit der Gesinnung und Adel des Blutes«, hatte sie zufrieden gedacht, als sie sich nach dem Umkleiden noch einmal im Spiegel angeschaut hatte.

Von Anheim sah sie aus schmalen Augenschlitzen an.

Die Äbtissin warf ihr einen bösen Blick zu und winkte müde mit ihrer rechten Hand ab. »Ihr solltet Eure Zunge hüten und vorsichtig sein mit dem, was Ihr sagt, Mechthild. Viele Wege führen nach Rom, und wer von uns kann mit Sicherheit sagen, welchen der Mörder genommen hat?«

Niemand im Raum ahnte, wie nahe die Magistra mit ihrem Ausspruch der Herkunft des Täters gekommen war. Sie wandte sich nochmals an Mechthild und sagte: »Ihr seid die Schreibkundigste von uns allen und sollt deshalb für Almut die Totenrotel verfassen. Später könnt Ihr Euch dann mit diesem Nachruf auf den Weg zu allen Klöstern der Region machen, um Gebete für die Seele der Verstorbenen einzufordern. Arbeitet gründlich. Beachtet endlich wieder einmal feste Regeln, und sei es nur in der Rhetorik. Schreibt sorgfältig, ihr wisst, wie teuer die Pergamentrollen sind!«

Mechthild war wie vom Donner gerührt. Für einen Moment sah es aus, als würde sie die Beherrschung verlieren. Aber dann ballte sie nur ihre knochigen Hände, sodass die Knöchel weiß hervortraten, und akzeptierte wortlos und verbittert, was ihr die Äbtissin aufgetragen hatte.

Sie war sich des Ausmaßes ihrer Strafe bewusst, aber viel zu sprachlos, um sich zu wehren. Ihr schien es das Beste, sich einfach umzudrehen und den Saal mit entrüsteter Pose zu verlassen. Das wollte sie gerade tun.

Der Gewaltrichter mischte sich jedoch in den Disput der zwei Frauen ein: »Ich werde nicht umhinkommen, alle Bewohner des Stiftes zu befragen, ehrwürdige Mutter. Der Saal ist groß und ich bitte Euch, alle aufzufordern, sich hier zu versammeln.«

Gertrudis nickte bekümmert, dann wandte sie sich erneut an die Bibliothekarin, die gerade den Raum verlassen wollte, und sprach immer noch verärgert: »Da Ihr ja Eure Meinung schon wie sauer Bier angeboten habt, könnt Ihr jetzt wirklich einmal helfen. Sorgt dafür, dass alle Schwestern und die anderen Bewohner des Stifts sich hier versammeln.«

Mechthild sah die Äbtissin mit ungläubigen Augen an. Wollte sie ihr nun auch noch solch niedrige Arbeit zumuten?

Gertrudis hielt ihrem Blick unbeeindruckt stand, und die stolze Schwester musste erkennen, dass es der Äbtissin mehr als ernst war. Beleidigt drehte sie sich auf dem Absatz um und rauschte hinaus. Ihr blieb nichts anderes übrig, als dem Geheiß der Ordensmutter zu folgen.

Die blassblauen Augen der Magistra sahen ihr bekümmert nach. Es machte ihr kein Vergnügen, Mechthild mit solchen harten Strafen immer wieder auf den Weg der Demut zu bringen. Almuts schlimmes Ende ließ eigentlich keine Zeit, sich in solchen Erziehungsmaßnahmen zu verzetteln.

Der Gewaltrichter richtete seine Aufmerksamkeit wieder auf die Tote. Sie lag gekrümmt da, wie ein Fragezeichen. Ihr von der weiten Kutte verhüllter Körper schien gänzlich unversehrt. Wenn ihr Gesicht nicht gewesen wäre, hätte man annehmen können, sie schliefe. Aber das Antlitz zeigte deutlich die Spuren roher Gewalteinwirkung. Die blauen Augen waren vom letzten Schreck weit aufgerissen, der Mund leicht verzerrt und geöffnet. Die Zungenspitze guckte an der Seite heraus. Am langen, zarten Hals schimmerten blutunterlaufene Würgespuren. Ganz vorsichtig, als wolle er die zarte Person nicht verletzen, nahm von Anheim den Kopf der toten Frau in seine Hände und hob ihn behutsam an. Das blonde Haar fiel auseinander. Der Gewaltrichter schreckte zusammen, als zwei Haarnadeln mit klingenden Geräuschen auf die Steinplatten fielen. Nun ging die Hochsteckfrisur, die Almuts dichtes Haar unter der Haube zusammengehalten hatte, gänzlich auseinander. Gründlich besah sich von Anheim den Hinterkopf der Toten sowie ihren Rücken. Seine forschenden Augen fanden keine Spuren gewaltsamer Einwirkung.

»Die Arme ist also bei vollem Bewusstsein zu Tode gedrosselt worden«, stellte er fest. So wie sich ihr zarter Körper gibt, so starr, geschah dies schon vor Stunden, dachte er. »Warum hat man uns so spät gerufen?«, wandte er sich an die Magistra. Vorwurf schwang in seiner Stimme.

Gertrudis ließ den nicht gelten, sie war sich keiner Schuld bewusst. Aber sie reagierte besonnen und antwortete: »Obwohl wir Schwestern alle nach dem Satz leben: ›Morgenstund hat Gold im Mund‹, muss Almut noch früher aufgestanden sein als wir. Aber auch wir waren schon um Laudes, zum Frühgebet, im großen Kapitelsaal versammelt. Als rechte Christenmenschen begannen wir den jungen Tag mit Gottes Lobpreisungen. Das dauerte natürlich seine Zeit. Bis eine von uns den Weg in den Schreibsaal nahm, verrann noch mehr davon. Es darf Euch nicht verwundern, dass es Mechthild war. Denn dies hier ist ihr Reich. Sie ist unsere Bibliothekarin. Sie hat uns nach dem Auffinden der Toten zusammengerufen. Schon kurz darauf hat sie sich auf den Weg gemacht, Euch zu holen.« Von Anheim nickte, die Antwort der Äbtissin war schlüssig. Er richtete das Wort an die drei Gewaltmeister, die bisher stumm herumgestanden waren: »Seht zu, ob Ihr hier im Saal oder auch draußen noch etwas von Belang findet. Macht Eure Augen auf!«

Die drei gingen sofort ans Werk.

»Ich glaube, Ihr habt genug gesehen«, wandte sich Gertrudis an von Anheim. »Draußen wartet der Bruder der Toten. Ich wollte ihm Eure Untersuchungen an dem Leichnam ersparen. Aber nun sollte man ihn nicht länger warten lassen.« Von Anheim war einverstanden. »Ich werde jetzt noch mit den Bewohnern des Stifts reden. Ihr könnt der Toten gern die Augen schließen und das Gesicht etwas richten, damit ihr Bruder sie nicht so entstellt in Erinnerung behält.«

Ermelind Odenthal wartete gar nicht, bis Gertrudis über diesen Vorschlag befunden hatte. Sie kniete sich vor die Tote und schloss ihr mit sanften Bewegungen die Augen. Dann richtete sie auch den Mund und scheute sich nicht, die Zunge in ihn zurückzuschieben und den Mund zu schließen. Das Ganze machte etwas Mühe, denn in Almuts Gesicht war die Totenstarre schon eingetreten. Zum Abschluss zeichnete Ermelind mit ihrem Zeigefinger ein flüchtiges Kreuz auf die Stirn der Erwürgten, kam wieder in die Höhe und bot sich an, den Bruder hereinzuholen. Die Äbtissin war ihr dankbar dafür. Zu unerfreulich waren die verbitterten Reaktionen von Walter Bonnheim gewesen. Die Mater war froh, dass jemand es ihr abnahm, ihn hereinzubitten.

Als Walter die Tote sah, entfuhr seiner Brust ein trockenes Schluchzen. Sie lag dahin gebettet wie ein schlafender Engel. Ihr blondes Haar war geordnet, die Augen geschlossen und ihre Hände auf der Brust gefaltet. Er nahm seine Schwester in die Arme, wiegte sie leicht und haderte laut mit ihrem Schicksal. »Das wäre alles nicht geschehen hätte Mutter nicht immer wieder Druck auf dich ausgeübt, und hätte Vater, dieser verdammte Pfeffersack, nicht alles darangesetzt, keine Mitgift bereitstellen und kein Hochzeitsfest ausrichten zu müssen. Ich hasse beide dafür!«

Diese Sicht der Dinge war für die Magistra völlig neu. Nie hatte Almut zu ihren Lebzeiten etwas von den häuslichen Umständen angedeutet, die sie ins Stift gebracht hatten. Almut war immer fröhlich und aufgeschlossen gewesen, keinesfalls unglücklich erschienen.

»Ihr solltet nicht so garstig über Tote reden, erst recht nicht über Eure Eltern. Das verbieten die Zehn Gebote. Lasst Euren Eltern die wohlverdiente Ruhe«, mahnte sie den Kaufmann.

Doch der winkte wütend ab und fuhr genauso aufgebracht fort wie zuvor: »Aber ihr Mörder muss so schnell wie möglich her. Der soll auf dem Neumarkt am Strick baumeln, vor allen Bürgern. Ich werde vor ihn spucken und ihn in die schlimmste Hölle wünschen.«

Als er die Augen wieder auf sein Gegenüber fixierte, bemerkte er, dass nicht mehr die gestrenge Magistra vor ihm stand, sondern die junge Kanonissin, die ihn hereingeholt hatte. Sie lächelte ihn sanft an und sagte: »Beruhigt Euch, alles Menschenmögliche wird getan. Der Gewaltrichter hat sich schon ein gründliches Bild gemacht, und nun, seht, dort am Tisch, forscht er noch alle Bewohner unseres Klosters aus.«

Walter wurde von ihrer ruhigen Art angesteckt. Seine Stimmung wurde etwas versöhnlicher. Die hübsche Priorin legte ihre kleine weiße Hand auf seinen Arm und führte ihn weg von der Toten. Er suchte mit einem letzten Blick noch einmal die geliebte Schwester und murmelte verzweifelt: »Sie ist nicht tot, sie ist nicht tot.« Beschwörend schüttelte er dabei sein Haupt. Auch wenn er ein Mann war, nun konnte er seine Tränen nicht mehr zurückhalten. Ermelind blieb einige Schritte zurück und gönnte ihm das Alleinsein in seinem Kummer. Die anderen hatten abrupt aufgehört zu reden, sie schwiegen betroffen. Die plötzliche Stille brachte Walter wieder zur Besinnung. Er sah sich um und ging auf die Gruppe zu. Er musterte den Gewaltrichter, und schon platzte er heraus: »Was habt Ihr vor? Gibt es schon eine Spur des Mörders? Er muss seine gerechte Strafe erhalten! Er muss hängen!«

Von Anheim war nicht gewohnt, dass man so respektlos mit ihm sprach. Aber unter den gegebenen Umständen brachte er Verständnis für Bonnheim auf. Er antwortete ruhig: »Ihr habt mein Wort, der Mord an diesem jungen Leben bleibt nicht ungesühnt. Doch ich muss zugeben, wir stehen noch ganz am Anfang der Untersuchung. Der Hinweise sind noch nicht allzu viele. Vielleicht bringt die Befragung der Bewohnerinnen des Stifts etwas Neues.«

Er wies mit einer Hand auf einen leeren Stuhl. Walter setzte sich widerspruchslos zu den anderen und verfolgte das Verhör. Das war jedoch nicht sehr ergiebig. Von Anheim hörte nichts Neues. Keiner hatte etwas Verdächtiges gesehen oder gehört. Er wollte gerade abbrechen, als ihm noch eine Frage in den Sinn kam: »Und das sind wirklich alle, die hier wohnen oder in den letzten Stunden hier ein und aus gegangen sind?«

Gertrudis schaute über die Häupter ihrer Lieben, dann antwortete sie: »Es scheint nur einer zu fehlen, unser Zugehjunge, der Jan! Er ist ein rechter Rumtreiber. Bestimmt ist er schon wieder in Kölns Gassen.«

Der Gewaltrichter schüttelte unwillig den Kopf. »Ein kleiner Junge bringt wohl kaum die Kraft auf, eine Frau zu erdrosseln!«

Da mischte sich die Küchenmeisterin schüchtern ein: »Da könnte noch etwas wichtig sein. Wir hatten vier Schlafgäste, Pilger. Sie schliefen über Nacht im Gästehaus. Sie sind allesamt schon ausgeflogen. Nur drei davon haben bei mir noch Frühstück eingenommen.«

»Das interessiert mich schon mehr«, brummte von Anheim. Dann wandte er sich vorwurfsvoll an die Äbtissin: »Wie konntet Ihr sie gehen lassen? Vielleicht hat sich ja einer von ihnen für die Untat eingeschlichen, wie einst das Pferd ins alte Troja.«

Der Gedanke erschreckte die Magistra sehr. »Wirklich, bei all dem Schreck und all den Wirren habe ich nicht an sie gedacht.« Sie nahm, wie sie es immer tat, die Schuld ganz allein auf sich.

So viel Einsicht versöhnte von Anheim, und er fragte schon freundlicher in die Korona: »Kann jemand von Euch mir etwas zu den Pilgern sagen?«

Da meldete sich die Kustodin zu Wort. »Einer von ihnen war Italiener, ein Römer, glaube ich. Der Jan hatte ihn herbeigebracht. Der Mann hatte langes schwarzes Haar. Besonders aufgefallen ist mir sein feines, blasses Gesicht mit bohrenden, dunklen Augen. Und sicher kann ich sagen, dass er einen kurz geschnittenen Vollbart trug.« Sie unterbrach ihren Redefluss für einen Moment, blickte versonnen vor sich hin, dann fuhr sie leise fort: »Das ist wirklich merkwürdig. Ich glaube, der Mann suchte das Grab des heiligen Hippolytus. Von da wurde nun das Knöchelein entwendet!«, setzte sie atemlos hinzu. »Ich erinnere mich noch so genau, denn ich traf den Mann bei meinem Rundgang in der Kirche an. Er wollte dort nächtigen, wie es im heiligen Rom für Pilger wohl gang und gäbe ist. Ich habe ihn auf unsere Herberge verwiesen, und Jan hat ihn hingebracht. Zumindest hab ich ihm das befohlen.«

»Dann werde ich mit diesem Jan wohl doch noch sprechen müssen.« Von Anheim nickte bedächtig. Die grobschlächtige Küchenmeisterin hatte plötzlich auch noch etwas hinzuzufügen: »Ich weiß bestimmt, dieser Mann hat unser Morgenmahl ausgelassen. Dort saßen nur drei Pilger aus deutschen Landen. Sie redeten mit einer Zunge und schienen sich sogar zu kennen.«

»Ein Dreierkleeblatt also, das macht das Suchen leichter!« Von Anheim ließ sich das Aussehen der Männer beschreiben. Vielversprechender erschien ihm jedoch der Römer. Den wollte er so schnell wie möglich finden. Doch vor dem großen heiligen Fest platzte Köln vor Fremden fast aus den Nähten. Es würde kein leichtes Spiel werden!

Schließlich kamen die Gewaltmeister mit hängenden Schultern in den Raum zurück. Sie hatten nichts gefunden. Ihr Wortführer bestätigte das mit knappen Worten.

»Dann müssen wir eben in der Stadt weitersuchen und dort die Leute befragen. Wir müssen schnell ein Zeichen setzen, dass im hilligen Köln noch Recht und Ordnung herrscht!«, fasste von Anheim ihre weiteren Aufgaben zusammen.

»Es ist sicher Gottes Wille, dass Ihr den Mörder fasst«, ergänzte Walter Bonnheim eindringlich.

Da sah Gertrudis den Moment gekommen, nochmals das Wort zu ergreifen. »Eine Bitte gewährt mir. Versucht Übel und Schande von unserem Stift fernzuhalten. Zumindest für den nächsten Tag, den Tag der großen Prozession. Lasst uns in Unschuld, ohne Makel an ihr teilnehmen. Es ist für uns das höchste Fest des Jahres. Unsere Schutzpatronin, Sankt Ursula, spielt für alle Gläubigen eine große Rolle dabei.«

Von Anheim war ein gläubiger Mann und schnell bereit, der Magistra entgegenzukommen. Almuts Bruder, der schon aufbrausen wollte, besann sich eines Besseren und war auch einverstanden. »Doch danach gibt es kein Halten mehr. Dann muss überall gesucht, gefragt und geforscht werden«, forderte er.

Der Gewaltrichter wandte sich zum Abschied noch einmal an die Äbtissin: »Ehrwürdige Mutter, Euer Wort in Gottes Ohr, wir werden uns daran halten. Aber sicher sahen viele Gaffer unseren kleinen Zug hierher zum Stift hin eilen. Kölns Gerüchteküche wird schon kochen! Lassen wir sie zumindest für den nächsten Tag auf kleiner Flamme brodeln!«

Die Magistra richtete ihr Wort an Walter Bonnheim: »So schwer es mir fällt, Herr Walter, aber es muss noch etwas geregelt werden. Almut bedarf alsbald einer würdigen Bestattung. Die Hitzewelle erlaubt nicht allzu langen Aufschub. Ich schlage vor, sie morgen früh, noch vor der heiligen Prozession, zu Grabe zu tragen. Morgen ist ein heiliger Tag, ein würdiger Tag für dieses traurige Ereignis. Wenn Ihr einverstanden seid, werde ich das Weitere mit Pater Adrian regeln. Almut war eine von uns, und das mit ganzem Herzen«, betonte sie sanft. »Sie soll auf unserem kleinen Kirchhof unter Gleichgesinnten die letzte Ruhe finden.«

Walter versuchte erst gar nicht, das eigene Familiengrab ins Gespräch zu bringen. Er wollte nicht, dass seine Schwester bei Vater und Mutter zur Ruhe kam. Die hatten sie schließlich zu den Kanonissen getrieben! Er fügte sich dem Vorschlag und übernahm es, seine Familie zu informieren. Zur Terz wollte man in Sankt Ursula zusammentreffen. In stillem Kummer machte sich der Kaufmann auf den Weg. Dabei kamen seine Gedanken auf die junge Schwester, die ihn von daheim abgeholt hatte. Ermelind Odenthal hatte ihn auch in der Bibliothek mit ihrer sanften Güte mehrmals vor allzu lautstarker Verbitterung bewahrt. Diese Stiftsdame berührte etwas in ihm, und wie er dies dachte, stand ihr Bild vor seinen Augen.

5

Die Stiftsdamen verbrachten den restlichen Tag mit Vorbereitungen für die Prozession. Als sie spätabends zum Nachtschlaf gingen, war Jan noch nicht ins Kloster zurückgekehrt. »Hoffentlich ist dem Jungen nichts passiert«, sagte Ermelind Odenthal und richtete in ihrem Nachtgebet eine entsprechende Bitte an Gott. Ihr zweiter Gedanke, kurz vor dem Einschlafen, ging zu dem stattlichen Kaufmann Walter Bonnheim. Wie sehr hatte der Arme den Tod seiner Schwester betrauert! Sie fühlte mit ihm und fragte sich, ob ihr Gefühl für ihn wirklich nur Mitgefühl war.

Mechthild hingegen saß noch wach in ihrem Zimmer und brütete mürrisch über der Totenrotel für Almut. Es fiel ihr maßlos schwer, einen würdigen Nachruf für sie aufzusetzen. Almut und ihre bürgerliche Abstammung waren ihr schon immer gegen den Strich gegangen. Aber die Bibliothekarin bezähmte ihren Unmut. Die Güte des Nachrufs stand schließlich für die Würde des eigenen Ordens. Persönliche Animositäten mussten zurückstehen. Deshalb bemühte sie sich um einen Text, der für fremde Ohren eingängig war und die Hörenden wirklich dazu anhielt, für die Tote zu beten. So hatte die Äbtissin einmal mehr ihr Ziel erreicht und der stolzen Adelsfrau etwas Einsicht und Demut abgetrotzt.

Francesco Bovatieri war wie von Sinnen. Nun war er wirklich in Teufels Küche geraten. Dabei hatte er doch für Carla nur das Beste gewollt. Alles hatte sich so gut angelassen. Er hatte die junge Kanonissin wirklich nicht töten wollen. Aber nun war er ein Mörder! Bald würde man ihn wie das Wild im Wald hetzen und jagen. Ohne Plan war er aus der Stolkgasse gerannt, am Andreaskloster vorbei bis zur Trankgasse. Er hatte den Dom links liegen gelassen und war durch die Straße »Unter fetten Hennen«

bis »An der gulder Wagen« gehastet. Erst da, schon ein bisschen atemlos, begann er seine Gedanken wieder zu ordnen. Was sollte er nur tun? Eine Stimme in ihm riet, sofort zu fliehen. Weg aus Köln, bevor man seine Tat entdeckte und ihn zur Rechenschaft zog! Doch konnte er das wirklich tun? Seine Reise nach Köln hatte schließlich einen Beweggrund! Er durfte nicht ohne ein Heiligtum von Hippolytus Sanctus nach Rom zurückkehren! Aber es war genauso unmöglich, in das Stift zurückzugehen, als wäre nichts geschehen. Ob er noch in seine Herberge am Heumarkt zurückkonnte? Vielleicht hatte Jan geredet und der »Güldene Löwe« wurde längst von Häschern überwacht! Langsam bog er in die Botengasse und ging bis zum Altermarkt weiter. Er entschied sich, seine Unterkunft erst einmal vorsichtig zu beobachten. Es sprach vieles dafür, dass der Junge geschwiegen hatte. Er war doch selbst in die Untat verstrickt! Ohne eine Aussage von Jan war es aber kaum möglich, Francesco aufzuspüren. Nachdem er so Für und Wider abgeschätzt hatte, war der Heumarkt erreicht.

Von Weitem sah er das schmucke Giebelhaus mit der leicht angerosteten Wetterfahne auf der Spitze, die sich kein bisschen bewegte. Immer noch stand die Hitze in Kölns Innenstadt. Von Morgenkühle war nichts zu merken. Francesco trieb sich lange auf dem Heumarkt herum. Er suchte nach irgendetwas Verdächtigem. Es war zwar schon viel Volk unterwegs, Einheimische wie auswärtige Pilger. Der Tag der großen Prozession stand bevor. Alles schien friedlich, keiner schenkte ihm Beachtung, und auch vor dem »Güldenen Löwen« blieb es ruhig. Zweimal sah der Römer die dralle Wirtin vor die Tür treten und Tische und Bänke ordnen, damit alles für frühe Zecher parat und einladend war. Gar nichts deutete daraufhin, dass die Stadtpolizei bereits nach ihm suchte. Francesco war erleichtert. Er hatte also recht, der blonde Junge hatte nicht geplaudert. Der hatte wohl wirklich an sich selbst gedacht und geschwiegen. Nach gründlichem Nachdenken beschloss der Römer, auf jeden Fall noch einmal den Versuch zu machen, für Carla die Reliquie zu besorgen. Er war sich im Klaren, dass er dafür bis zum Dunkelwerden warten musste. Sobald er im Besitz des Heiligtums war, wollte er die Stadt verlassen.

Ihm war aufgefallen, dass trotz niedrigen Wasserstands besonders flache Rheinschiffe in der engen Fahrrinne den Fluss aufwärts fuhren. Diese Schiffe machten sich, so hatte er in Erfahrung gebracht, selbst in der Dunkelheit auf den Weg. Auf einem von ihnen wollte er sich für gutes Geld eine Mitfahrgelegenheit besorgen und so die viel auffälligere Flucht zu Pferd vermeiden. Es galt, seine Spuren so gut wie möglich zu verwischen. Francesco hoffte auf dem Schiff über Koblenz und Mainz hinauf bis Speyer zu kommen. Dort hatte er Geschäftsfreunde. Sollte er bis dahin unentdeckt bleiben, konnte er in Ruhe weitersehen und die Fortsetzung seiner Reise planen.

Er entschloss sich, zunächst zum Stall zu gehen, wo sein Pferd unterstand, um zu versuchen, es zu verkaufen. Die Geldstücke für den Gaul mussten seine Reisekasse auffüllen. Dass ihn bisher niemand suchte, ermutigte ihn.

Mit den neuen Zielen wuchs sein Selbstvertrauen.

Als er das Wirtshaus passierte, erkannte ihn die Wirtin und winkte ihm von Weitem zu. Er grüßte zurück und dachte erleichtert: Sie ist ganz ohne Arg. Ich habe nichts zu befürchten.

Im Stall dauerte es einige Zeit, bis er handelseinig wurde. Der Stallbesitzer hatte kein Interesse an dem Pferd. Es sah zunächst sogar danach aus, als würde Francesco gar keinen Käufer finden. Doch dem Stallmeister fiel jemand ein, der für den Kauf infrage kam. Er schickte einen Knecht los, den Interessenten zu suchen. Francesco musste sich in Geduld üben. Das war ihm gar nicht unrecht. Er setzte sich auf einen Stein in die Sonne, genoss die Wärme und hatte von seinem Platz aus einen guten Blick auf das Geschehen. Besonders der Trubel um seine Herberge band seine Aufmerksamkeit. Die Stimmung blieb friedlich, und er nickte sogar, sich in Sicherheit wiegend, kurz ein. Er hatte in der letzten Nacht wenig geschlafen.

Der Römer schreckte erst auf, als ihn von hinten ein Schlag auf die Schulter traf. Er blinzelte schlaftrunken nach oben und sah in das lachende Gesicht von José, seinem spanischen Zechkumpan. Der Spanier redete auch schon in einer Mischung von Spanisch und Latein mit Händen und Füßen auf ihn ein: »Sieh da, Amigo, sagt man nicht auch bei euch: Morgenstund hat Gold im Mund? Und ihr sitzt hier faul in der Sonne. Das ist mir ja ein Lotterleben!«

Francesco war nicht danach, mit dem Spanier zu parlieren, deshalb nickte er nur und grinste wortlos. Doch der tapfere Spanier gab nicht auf: »Mein Freund, wir treffen uns Schlag drei vor unserem Wirtshaus. Wir wollen hinunter an den Rhein ins Knusperdösje. Man hat uns dieses Wirtshaus empfohlen. Wir wollen nochmals richtig feiern, bevor es morgen heilig wird. Es wird bestimmt lustig. Willst du nicht mit uns kommen?«

Francescos Antwort kam schnell: »Ja, gerne, wenn du mir versprichst, dass es so lustig wird wie an unserem ersten Abend.«

José schlug ihm erneut auf die Schulter und lachte schallend. »Ja, ich verspreche es! Dann also bis drei, wir werden zu fünft sein.« Er winkte noch einmal und ging vergnügt vor sich hinpfeifend auf den »Güldenen Löwen« zu. Francesco überdachte seine Entscheidung nochmals und kam zu dem Schluss, dass er richtig gehandelt hatte: Wenn man mich doch suchen sollte, dann sucht man nach einem einzelnen Italiener und nicht nach einer Fünfergruppe! Wenn ich mich mit Worten zurückhalte, wird man von unserem Tisch sogar nur spanische Klänge hören. Es kann also für den Fall der Fälle überhaupt kein besseres Versteck für mich geben als in der Gruppe der Spanier.

Endlich erschien der Interessent. Er war ein bisschen unwillig. Der Zeitpunkt für den Handel schien ihm nicht zu passen. Vielleicht hatte man ihn bei etwas Schönerem gestört. Doch als er die gepflegte Stute im Stall stehen sah, wuchs sein Interesse merklich. Bald war man sich einig. Der Stallmeister besiegelte den Kauf mit einem Schnaps für jeden. Nach kurzer Zeit gingen Käufer wie Verkäufer zufrieden ihrer Wege. Francesco verstaute die Geldstücke sorgsam in seinem Geldsack. Den trug er an einem Gürtel unter der Hose. Er beschloss, die Zeit bis um drei nicht ungenutzt zu lassen. Er stieg die engen Gassen hinab zum Hafen und fand dort Bestätigung, dass kommende Nacht noch mehrere Schiffe flussaufwärts reisen wollten.

Keiner der Schiffsbesitzer war abgeneigt, sich mit einem zusätzlichen

Fahrgast etwas Geld dazuzuverdienen. Zufrieden machte sich der Römer auf den Weg zum Heumarkt. Er wollte in seiner Kammer seine Habe für eine schnelle Abreise zusammenpacken und sich danach noch für einen Moment aufs Ohr legen. Bis die Zeit reif war, sich mit den spanischen Freunden zu treffen.

Francesco schlief fest und traumlos. Er erwachte erst auf den letzten Augenblick und musste sich beeilen, um pünktlich zu sein. Der Schlaf hatte ihn für kurze Zeit seine Sorgen vergessen lassen. Er fühlte sich ausgeruht und frisch. Der Römer stieg geschwind in seine Kleider und eilte die Stiegen hinab. Seine Kumpane warteten bereits vor dem Haus auf ihn. Das Wetter war gut, die Sonne schien. Sie hatten alle miteinander schon Krüge voll Keutebier in den Händen. Ein lautes Hallo empfing Francesco. Seine Freunde freuten sich, dass es nun losging. Hinunter zum Rhein ins Knusperdösje. Raoul rieb sich seinen kleinen, festen Wanst, rollte die dunklen Augen und sagte erwartungsvoll: »Ich habe ganz schön Hunger.«

José pflichtete ihm lautstark bei: »Erst essen und kauen und dann schöne Frauen! Dort unten im Wirtshaus soll es gute Speisen geben. Salmklößchen mit Gemüse und Reis hat man mir empfohlen. Oder Rheinsalm gekocht in Weinsauce. Auch gebratener Salm mit Kraut oder Pfannkuchen mit Speck sind nach dem Urteil unserer Wirtsfrau ein Gedicht.«

Seine Worte erregten frohe Erwartungen, denn alle waren darauf aus, sich einen vergnüglichen Abend zu machen. Dazu gehörten gutes Essen und reichlich Trinken!

Sie fanden das Wirtshaus, ohne nach dem Weg fragen zu müssen. Vor der Tür des Gasthofs waren alle Tische und Bänke besetzt. So mussten sie sich trotz der Wärme wohl oder übel nach innen begeben. Das kam Francesco gut zupass, dort würde er noch weniger auffallen als draußen. Zum Glück sprach nichts dafür, dass er sich verstecken musste. Aber er wollte lieber übervorsichtig sein.

Auch drinnen quoll der Schankraum über vor Betriebsamkeit. Viele Männer, die unten im Hafen ihr Tagwerk verrichteten, labten sich am kühlen Keutebier, dem Lieblingstrank aller Kölner. Vom Kornmüder, Butterträger, Stöcker, Speckschneider, Kannenzähler bis zum Kohlenschürger und Salzmüder waren alle braven Arbeiter vertreten. Die weißen Spitzkragen der Patrizier und die Samtröcke der dicken Pfeffersäcke fehlten hier. Es war nicht der richtige Platz für Ratsherren und Kaufleute. Fast alle Tische waren belegt. Es wurde gelärmt, gesungen und gelacht. Auf manchem der groben Holztische spielte man Brett- und Würfelspiele. In dem niedrigen Raum stand eine Geruchswolke aus Tabakrauch, verschüttetem Bier und Wein. Die fünf Ankömmlinge wurden skeptisch gemustert. Sie gehörten nicht so recht hierher, waren aber wenigstens nicht aus den verhassten hohen Familien, die mit immer neuen Verordnungen und Abgaben das harte Leben der kleinen Leute erschwerten. So ließ man sie unbehelligt. Sie fanden einen gemütlichen Tisch in einem Erker ganz hinten im Raum. Schon bald standen volle Weinkrüge mit kräftigem Roten von der Ahr vor ihnen. Sie konnten als Südländer auf Dauer ihre Vorliebe für den guten Tropfen aus würzigen Trauben nicht verhehlen!

Als die dampfende Schüssel mit Fischklößchen kam, ließen es sich die Männer gut schmecken. »So lässt es sich leben«, meinte einer der beiden Händler schmunzelnd. Der Einzige, der sehr schweigsam blieb, war Francesco. Er stocherte lustlos auf seinem Teller herum, trank nur kleine Schlucke Wein, und das selbst nur, wenn die anderen ihm zuprosteten. Er hielt sich bei den Gesprächen und Blödeleien so auffällig zurück, dass José ihn fragte, welche Laus ihm denn über die Leber gelaufen sei. Francesco drückste herum, dann begann er zu erzählen: »Ihr wisst ja, warum ich hier bin. Ich suche für meine Frau nach einer Reliquie des heiligen Hippolytus. Die soll der schwer Erkrankten Heilung bringen. Nun bin ich bereits einige Tage hier, aber all mein Bemühen blieb erfolglos. Ich weiß mir nicht mehr zu helfen.«

»Geh morgen mit zur Prozession, bete um die Kraft der vielen Heiligen, die du dort zu sehen bekommen wirst. Versuche, ihnen nahe zu kommen, das wird dir die Stärke geben, die du brauchst. Du wirst sehen, alles wird gut! Mach dir heute keine Sorgen, vertrau auf morgen«, tröstete ihn José.

Francesco nickte abwesend und wenig überzeugt. Die vier Spanier ließen ihn bald links liegen. Sie wollten sich die gute Stimmung nicht vermiesen lassen und bestellten immer wieder neue Runden. Bald glühten ihre Wangen und glänzten ihre Augen. Die Zeit verging wie im Flug. Draußen war es dunkel geworden. Die ersten Schlupfhuren mischten sich unter die fröhlichen Zecher. Sie suchten gierigen Blickes nach Freiern mit dicken Geldbeuteln. Ihr aufforderndes Zwinkern und die frechen Zurufe kamen bei den angetrunkenen Männern gut an. Rot wurde zur Farbe des Abends: Rot war der Wein im Glas, rot die aufgeheizten Wangen, und die Hübschlerinnen trugen rote Schleier. Man sollte sie daran erkennen. Keiner sollte in Köln eine brave Frau statt ihrer unehrenhaft ansprechen.

Eine Schwarzhaarige mit großen Glutaugen und grell geschminktem Mund näherte sich dem Tisch der fünf Freunde. Sie hatte ihr Augenmerk auf den stillen Römer in der Ecke gerichtet. Schließlich sprach sie ihn an: »Na, mein Schöner, was stimmt dich so traurig? Hier kann man doch alles haben. Was willst du noch mehr?«

Francesco war unglücklich, so in den Mittelpunkt geraten zu sein. Er wollte doch möglichst wenig auffallen. Nun blickten ihn all die anderen Männer an den Nebentischen neugierig an. José knuffte ihn sogar mit seinem Ellbogen in die Seite und frotzelte: »Los, Italiano, bei uns heißt es: Essen und kauen und dann schöne Frauen! Die Glutäugige bringt dich bestimmt auf andere Gedanken.«

Francesco reagierte mit einem säuerlichen Grinsen.

Da ergriff Raoul das Wort und radebrechte: »Ihr habt Euch den Falschen ausgesuukt, schönes Frau. Dem suukt nicht nach Frauenfleisch und Lust, dem suukt nach heiliges Knöchelchen für seine liebe, kranke Frau in Roma. Dabei wirst du ihm kaum helfen können.«

Die Hübschlerin schaute den jungen Spanier verächtlich an. »Wie will ein Grünschnabel wie du wissen, was ich kann?« Wieder wandte sie sich an Francesco, der sie sehr zu interessieren schien. »Vielleicht kann ich dir helfen, trauriger Römer. Doch bestell mir zuerst einen Krug Roten. Dann gehen mir die Worte leichter über die Lippen.«

Der Römer ließ sich nicht lumpen, er wollte kein Aufsehen erregen.

Die Hure hatte sich einen Hocker herangezogen und saß nun rittlings vor ihm. Schnell kam der bestellte Wein. Sie trank lustvoll davon. »Du suchst also Reliquien und findest sie nicht in unserem ›hilligen Coellen‹? Das mag ich gar nicht glauben. Heiligtümer gibt es hier doch fast an jeder Ecke.«

»Das mag schon sein«, seufzte Francesco. »Aber ich suche etwas Spezielles. Carla, meine kranke Frau, träumte vom heiligen Hippolytus. Sie glaubt daran, seine Kraft könne ihr helfen, wieder gesund zu werden. Und da habe ich eben noch nichts gefunden.«

»Ich glaube, ich kenne jemanden, der dir behilflich sein kann. Siehst du dahinten den langen Kerl mit ersten grauen Haaren? Simon heißt er, der kennt sich mit Reliquien aus. Unter der Hand sagt man, doch das hast du nicht von mir, sein Haus hinter Sankt Pantaleon sei der berüchtigtste Treffpunkt im kölnischen Reliquienschachern. Simon Holländer trinkt gern auf fremdes Geld. Wenn du willst, bring ich ihn dir an den Tisch. Es dürfte dich ein paar Gläser kosten, bis der Kerl gesprächig wird. Umsonst ist nur der Tod! Überlege dir gut, was du ihm sagst, und du weißt nichts von mir, vergiss das nicht! Schau dir seine starken Arme und Pranken an. Du solltest dich hüten, ihn zu reizen. Eines ist aber gewiss: Wenn es einen gibt in unserer Stadt, der dir helfen kann, dann ist es Simon.«

Francesco war von ihrem Redefluss ganz verdattert. Mit großen Glotzaugen schaute er zu dem Tisch hin und sah dort den langen Schlaks mit anderen windigen Typen sitzen. Holländer rauchte ein Pfeifchen und hatte einen großen Pokal vor sich stehen, den er immer wieder zum Munde führte.

Francesco musste die Chance nutzen, die sich ihm bot. Er hatte sich geschworen, Köln nicht zu verlassen ohne das heilige Gut für Carla. Erwartungsvoll ging er auf den Vorschlag der Schönen ein. Die zwinkerte ihm noch einmal zu, bevor sie den gastlichen Tisch verließ, und meinte mit verführerischem Lächeln, das ihre schlechten Zähne freigab: »Wenn du mit Simon handelseinig bist, dann denk an mich. Wir machen uns ein paar schöne Stunden. Ein junges Weib bringt Zeitvertreib und nimmt dir deine Sorgen zumindest bis zum nächsten Morgen! Übrigens, Pia ist mein Name, die Heilige«, setzte sie kichernd hinzu. »Und wie heißt du, mein armer Italiano?«

»Francesco«, antwortete der Kaufmann und errötete vor Scham bis hinter beide Ohren. Seine Kumpane, die dies bemerkten, lachten hämisch und fanden rohe Scherze für ihn.

Die Schlupfhure ging nicht sofort an Simons Tisch. Sie schritt noch alle anderen Tische ab und begutachtete die übrigen Gäste. Der gute Mensch denkt an sich selbst zuerst, dachte sie vergnügt. Natürlich wollte sie für die Nacht noch jemanden finden, der ihr das Kostgeld für die nächsten Tage einbrachte. Aber wohin immer sie auch schaute, der ein oder andere war ihr zwar bekannt, doch keiner sagte ihr mehr zu als der Römer.

Francesco wurde schon ungeduldig. Aber endlich ging Pia an Holländers Tisch. Der lange Kerl merkte instinktiv, dass jemand etwas von ihm wollte. Er blickte auf. Als er Pia erkannte, ging ein geiles Lächeln über seine groben Züge. Seine rechte Pranke klatschte krachend auf ihr pralles Hinterteil und blieb dort liegen. Pia quiekte entrüstet und schüttelte seine Hand verärgert ab. Aber Holländer hatte die Lacher bereits auf seiner Seite.

Die Hübschlerin zeigte sich nicht nachtragend, bückte sich tief über den langen Mann, wobei ihre wohlgeformten Liebesäpfel aus dem roten Schleier quollen. Dann flüsterte sie ihm etwas ins Ohr. Dabei legte sie verführerisch ihren Arm um seine breiten Schultern. Als sie sich wieder aufrichtete, wies sie mit dem Kopf dorthin, wo Francesco saß. Simon folgte ihr mit den Augen und maß den Italiener mit einem abschätzenden Blick. Er traf auf dessen ängstliche Augen. Was er sah, verstärkte sein Interesse. Simon hasste normale Arbeit, aber immer wenn es möglich war, mit wenig Aufwand schnell Geld zu verdienen, war er dabei. So stand er auf und schlenderte zu Francescos Tisch hinüber. Von nichts kommt nichts, dachte er und ließ sich unaufgefordert auf den Hocker fallen, der eben noch die Hure getragen hatte.

José kommentierte sein Kommen mit einem Scherz: »Oh, Francesco, dein neuer Freund ist uns aber lange nicht so lieb wie deine Freundin.«

Das Lachen der Spanier erfror, als sie sahen, wie finster der kräftige Kölner reagierte. Sie hielten es für besser, sich wieder nur miteinander zu beschäftigen. Keinesfalls wollten sie diesen Koloss reizen und ärgern. Der schien kein Kämpfchen zu scheuen.

Simon beachtete sie mit keinem Blick mehr, sondern wandte sich an Francesco: »Du willst mich kennenlernen? Das geht am besten, wenn ich einen Krug Roten vor mir habe. Das spült den Schlund und macht die Zunge leicht. Es redet sich dann viel besser.«

Francesco nickte zustimmend und bestellte zweimal Wein. Dabei überlegte er fieberhaft, wie er das Gespräch beginnen sollte. Zu sehr ging ihm noch Pias Warnung durch den Kopf, ja nichts auszuplaudern, was er von ihr gehört hatte.

Der Kölner kam ihm nach ersten Schlucken zuvor: »Du hast ein Pilgerzeichen an, bist wohl wegen der Prozession hier, oder geht es um mehr? Geht es vielleicht um Heiligtum für den eigenen Besitz?« Francesco schluckte betreten. Es überraschte ihn, wie schnell der Fremde auf den Punkt gekommen war. Der fühlte sich anscheinend sehr stark und sicher, fürchtete weder Tod noch Teufel. Francesco wollte ihm nicht nachstehen. Er nickte und erklärte, zum wiederholten Male, was ihn nach Köln verschlagen hatte. Simon Holländer hörte aufmerksam zu. Dann zog er mehrmals an seiner kurzen Pfeife und dachte nach. Dabei blies er den Rauch langsam in den Raum. Er wiegte sein schweres Haupt hin und her. Schließlich sagte er leise: »Das verlangt natürlich ein schönes Stück Arbeit und kostet einen Batzen! Da musst du schon ein Häuflein Gulden in die Hand nehmen. Manus manum lavat!« – Eine Hand wäscht die andere!

Er beäugte den Italiener gespannt und wartete auf dessen Reaktion.

Francesco wollte das Gespräch um jeden Preis in Gang halten. Endlich sah er wieder einen Hoffnungsschimmer. Er nickte nur. Seine Wangen glühten vor Aufregung.

»Darüber bin ich mir im Klaren. Für meine Frau will ich alles tun, alles, was ich kann.«

»Wenn Ihr nicht allzu fordernd seid, sollten wir zusammenkommen.«

Die beiden Männer belauerten sich noch eine Weile. Das Geschacher ging hin und her. Schließlich einigten sie sich auf den stolzen Betrag von fünfunddreißig Goldgulden für die Reliquie.

»Das sind fünfunddreißig Tagelöhne eines guten Handelsvertreters«, stöhnte Francesco und versuchte ein letztes Mal, den hohen Preis zu drücken. Simon reagierte rüde und fuhr ihm unwirsch über den Mund: »Das ist eigentlich viel zu wenig, um meinen Hals für dich zu wagen. Bist du nun einverstanden, oder willst du es bleiben lassen?«

Francesco willigte kleinlaut ein und nahm die Weisungen des Kölners entgegen, der nun seinerseits maulte: »Da hat man gar nichts Böses im Sinn, will sich nur noch kurz vor der Nachtruhe einen letzten Schlummertrunk gönnen und muss sich auf einmal sputen, denn die Arbeit ruft schon wieder! Die Nacht gilt es zu nutzen und den morgigen Tag, denn da hat man in der Stadt anderes zu tun, als Reliquien zu schützen. Also, es gilt! Morgen gegen vier begib dich zur Badestube. Sie dient als Kontakthof für Kölns Dirnenhaus auf dem Berlich. Dort lass dich pflegen und verhalte dich unauffällig. Du wirst von mir hören.«

Simon ließ kein Widerwort zu und sagte noch einmal mit der Rechten winkend: »Also auf morgen«, und verschwand zurück an den Tisch, an dem seine Freunde saßen. Er wurde dort nicht alt. Schon bald verließ er das Wirtshaus, und die fünf Freunde waren froh, als sie wieder unter sich waren.

Francesco sah die Zukunft wieder rosiger. Vielleicht wendet sich doch noch alles zum Guten, dachte er.

Seine Freunde versprachen, ihn am nächsten Nachmittag ins Badehaus zu begleiten. Mit schweren Beinen und Zungen verließen sie bald das Wirtshaus. Pia trat Francesco in den Weg. Er musste sich mit einem weiteren Schoppen Rotwein freikaufen, bevor sie ihn in Frieden ziehen ließ. Dann torkelten die fünf über den Unrat in den Gassen zu ihrer Unterkunft, um trunken in ihre Betten zu fallen.

Nicht viel früher hatte Jan ein Lager für die Nacht gefunden. Der Junge hatte sich nicht ins Stift zurückgewagt. Zu schuldig fühlte er sich. Er befürchtete, die Stiftsdamen würden ihm seine Schuld an der Nasenspitze ablesen. Er hatte sich den ganzen Tag in einer Stallung herumgetrieben, deren Pferdemeister er gut kannte. Für einen Silberpfennig auf die Hand und einen guten Bissen hatte er dort schon öfters ausgeholfen. Gerade heute, einen Tag vor der Prozession, war dort Hochbetrieb gewesen, und man hatte den Jungen sehr gut brauchen können. Jan war den ganzen Tag über geblieben und hatte sich schließlich, wie die Knechte, zur Nachtruhe im Stall ein Lager gesucht. Dort lag er nun im würzig riechenden Stroh, das ihn überall zwickte und piekte, und konnte nicht einschlafen. Schwere Sorgen lasteten auf seiner Brust. Doch am Schluss zollte er seiner Erschöpfung Tribut und schlief ein.

6

Gertrudis von Mainz war schon früh auf den Beinen. Es war der Tag der großen Prozession, und sie wollte, dass die Bestattung von Almut Bonnheim noch vorher in würdiger Form stattfand. Sie hatte alle Vorbereitungen selbst in die Hand genommen. Noch bis in die Nacht hatte sie mit Walter Bonnheim über die Beerdigung gestritten. Die Äbtissin wollte die Ermordete nur in ein linnenes Leichentuch gehüllt bestattet sehen. Sie hatte auf dem Standpunkt beharrt, Almut sei immer mit besonderer Schlichtheit aufgetreten. »Das letzte Hemd hat keine Taschen, warum sollen wir die Arme mit beschwerenden Lasten auf die ewige Reise schicken?« Walter wollte seine Lieblingsschwester aber in einem Sarg begraben. »Ich will mich nicht lumpen lassen und bin das dem Stand unserer Familie schuldig«, hatte er mehrmals störrisch wiederholt und sich damit schließlich durchgesetzt. Als dies der Magistra alles noch einmal durch den Kopf ging, begann schon die Sterbeglocke von Sankt Ursula dumpf zu läuten.

Gertrudis erschauerte und sagte leise vor sich hin: »Die Lebenden ruft sie, die Toten beklagt sie.« Dabei füllten Tränen ihre Augen. Ihr war die junge Kanonissin lieb gewesen. Deshalb haderte sie mit Gott, der Almut einfach zu früh zu sich gerufen hatte! Um einen richtigen Tränenausbruch zu vermeiden, biss sie sich fest auf die Unterlippe. Und richtig, der Schmerz lenkte sie ab von ihren traurigen Gedanken und ließ den Tränenfluss versiegen. Worte des Apostels Paulus kamen ihr in den Sinn und gaben ihr etwas Trost: *Gesät wird ein irdischer Leib, auferstehen ein überirdischer Leib.* Dieser Ausspruch versprach Almut ein schöneres Leben. Almut würde auferstehen in überirdischer Form. Das musste einfach besser sein als das schuldige, weltliche Leben!

Auch Pater Adrian war früh aufgestanden. Der Augustinerchorherr lebte in Gemeinschaft mit seinen Kanonikerbrüdern und übte von seinem Kloster aus die Pfarrfunktion für Sankt Ursula aus. Er lebte, wie es sich für einen Augustiner geziemte, mit seinen Mitbrüdern *in vita communis* – in mönchischem gemeinsamem Leben in Gütergemeinschaft. Alle Einkünfte wurden geteilt, man betete, speiste und nächtigte zusammen. Gerne suchte der Priester trotzdem den Weg nach draußen zur Seelsorge und den Predigten in Sankt Ursula. Er liebte diese Arbeit mehr als die Klausur in klösterlicher Abgeschiedenheit.

Adrian hatte sich schon fertig angekleidet und machte sich mit seinem blütenweißen Talar und dem darüber getragenen verkürzten Chorrock über dem kleinen rundlichen Leib auf den Weg in die Stolkgasse. Bevor er aus der Haustüre trat, schützte er sein helles Gewand mit der *Mozetta*, einem Umhang aus derber Wolle, gegen den Schmutz der Straße. Reinlichkeit ging ihm über alles. Deshalb trug er das warme Kleidungsstück selbst während dieser heißen Tage. Er nahm ein Tuch und wischte sich den Schweiß von der Stirn. Die Schwüle war fast flüssig, wie Nieselregen.

Er stöhnte bekümmert. Er musste sich sicher nochmals umziehen. An diesem hohen Festtage, an dem er in der Prozession mitgehen würde, wollte er die glockenförmige Kassel, das prächtige Messgewand aus Seide und Brokat, bestickt mit Goldfäden und bunter Seide, tragen. Er freute sich darauf und erschrak doch gleichzeitig über seine Eitelkeit. Draußen auf der Straße wurde der kleine Mann von den Passanten ehrerbietig gegrüßt. Er erwiderte jeden Gruß freundlich. Manchmal zeichnete seine Rechte das Kreuz in die Luft, und er segnete die Vorbeieilenden mit gütigem Lächeln.

Almuts Angehörige waren schon zu früher Stunde im Kontor ihres Bruders zusammengetroffen. Alle waren in dunkle Festtagsgewänder gekleidet und trugen mit gramverzerrten Mienen tiefe Trauer zur Schau. Es wurde wenig geredet. Die Bediensteten des Kontors und das Gesinde, das Almut gekannt hatte, hatte Erlaubnis erhalten, zur Grablegung mitzukommen. Sie waren nicht so gut gekleidet wie ihre Herrschaft, trugen aber ihre reinlichsten Gewänder. Sie warteten verlegen vor der Tür, dass sie der Hausherr zum Aufbruch rief. Als er das endlich tat, machten sich alle gemeinsam auf den Weg nach Sankt Ursula, dem traurigen Ruf der Totenglocke entgegen.

In Kölns Straßen hatte sich herumgesprochen, dass im Kloster der Kanonissen ein Mord geschehen war. Nicht alles, was als Gerücht von Mund zu Mund ging, entsprach der Wahrheit. Es wurde hinzugedichtet und gemutmaßt. Das Häuflein Trauernde auf dem Weg zum Kloster gab erneut Anlass für Spekulationen.

Auch Jan war zu Ohren gekommen, dass für diesen Morgen Almuts Beisetzung angesetzt war. Als schließlich die Totenglocke zu läuten begann, wurde dieses Gerücht für ihn zur Gewissheit. Er kannte den Klang der Glocke genau und auch ihre Bedeutung. Unruhig ging er im Stallhof auf und ab. Allzu gern wäre er bei der Beerdigung dabei gewesen. Almut hatte immer ein liebes Wort für ihn gehabt. Er hatte sie sehr gemocht. Nun traute er sich nicht, zu ihrer Trauerfeier zu gehen. Er hatte zu viel Angst vor der gerechten Strafe der Schwestern.

Auf dem Pferdehof hielt es ihn auch nicht. Er begab sich in die Gassen, und unbewusst näherte er sich langsam aber stetig der Klosteranlage.

Almuts sterbliche Hülle war in einem zierlichen Holzsarg in der Krypta der Kirche aufgebahrt worden. Vier Stiftsdamen trugen sie von dort in die Kirche hinauf und setzten die Bahre inmitten des Innenraums zwischen acht brennenden Kerzen ab. Im Kircheninneren hatten sich die Trauernden versammelt. Pater Adrian war bereit für die Predigt. Vor Verlesung des Evangeliums sprach der Priester das *Dies irae* in donnernden Sätzen. Sie passten gar nicht zu dem so gütigen Aussehen des Geistlichen. In drastischen Worten beschrieb er das Jüngste Gericht: »Dem Zorn des Richters entspricht das Zittern der Angeklagten; die Posaune ertönt; vor Schrecken erstarrt sogar der Tod …!«

Als er so düstere Worte gefunden hatte, zog eine dunkle Wolke vor die Sonne, und das bisher sonnenerhellte Kirchenfenster wurde, wie zur Bekräftigung seiner Worte, glanzlos. Das gesamte Kirchenschiff tauchte in Düsternis und passte sich der Totenliturgie an. Erst mit der nächsten Passage seiner Predigt wuchs wieder Hoffnung in der kleinen Gemeinschaft der Trauernden. Sie erfuhr, dass zwar ihrer Sünden wegen für die Seelen eigentlich keine Aussicht auf Rettung bestand, die Barmherzigkeit Jesu aber, der für alle Sünder gelitten hatte, trotzdem Hoffnung auf Rettung in einem ewigen Leben versprach. Pater Adrian kam mit drei *Agnus dei* zu dem Schluss: »*Agnus dei qui tollis peccata mundi: dona eis requiem.*« – Lamm Gottes, das du hinwegnimmst die Sünden der Welt; gib ihnen die Ruhe.

Diese Bitte verstärkte er zum Abschluss mit den Worten: »*Dona eis requiem aeternam.*« – Schenke ihr ewige Ruhe.

Dann tröstete er die Trauernden mit den Lobpreisungen des heiligen Augustinus: »Auf dich hin hast du uns erschaffen, Herr, und ruhelos ist unser Herz, bis es ruht in dir. Unsere Schwester Almut hat diese Ruhe nun gefunden.«

Ermelind Odenthal hatte die Predigt sehr bewegt. Ihr war deutlich geworden, wie sehr sie das Nesthäkchen unter den Stiftsdamen vermisste. Sie fand es ungerecht, dass die lebensfrohe, junge Almut so früh von dieser Welt abgerufen worden war. Ihre Mundwinkel begannen zu zittern. Sie konnte nicht verhindern, dass einige Tränen auf ihre Kutte tropften. Verstohlen wischte sie die Augenwinkel mit einem weißen Taschentuch aus und senkte ihr Haupt so, dass ihr Kummer möglichst unbemerkt blieb. Walter Bonnheims Blick aber war er nicht verborgen geblieben.

Mit einer kleinen Geste seiner fleischigen Hände forderte der Pater die vier Stiftsdamen auf, sich wieder um die Bahre zu scharen, um den letzten Weg auf den Kirchhof anzutreten. Dort hatten der Totengräber und sein Helfer ein frisches Grab ausgehoben.

Der Trauerzug setzte sich in Bewegung. Er war wohlgeordnet. Zunächst kamen die Stiftsdamen, danach die Familie und dann die Bediensteten. Die Äbtissin trug ein Vorzeigekreuz. Einige der jüngeren Schwestern schwenkten Weihrauchfässer oder trugen Lichter.

Das Grab befand sich direkt an der Kirchmauer. Ein kleines Holzkreuz mit einem Dach war hinter dem offenen Grab aufgestellt. Die Totengräber senkten den Sarg hinab, und der Priester besprengte ihn ein letztes Mal mit Weihwasser. Dann nahm er die Schaufel und warf Erde auf den Sargdeckel. Alle anderen taten es ihm gleich.

Am Ende der Trauerzeremonie lud Walter zum Leichenschmaus ein. Gertrudis entschied, dass sie der Familie die Ehre ihrer Anwesenheit geben musste. Die anderen Kanonissen jedoch hatten genug mit der Vorbereitung der Prozession zu tun und blieben auf ihr Geheiß im Kloster zurück. Die Magistra übergab die Verantwortung an Ermelind.

Walter war traurig, dass gerade diese sympathische Schwester nicht zum Leichenschmaus kam. Er suchte für einen Moment ihre Nähe und fragte sie leise: »Ihr habt geweint. Hat Euch meine Schwester so viel bedeutet?«

Der Priorin war peinlich, dass Bonnheim ihren Kummer bemerkt hatte, doch sie nickte bekümmert.

»Sie war auch mir das Liebste«, fuhr Walter fort. »Ich bedaure sehr, dass Ihr bei der Trauerfeier nicht dabei sein könnt. Ich bedaure das wirklich sehr«, wiederholte er zur Bekräftigung.

Ermelind ließ diesen Satz ohne Antwort. Es war alles gesagt. Walter hatte mit seinen Worten ihr Herz getroffen. Sie merkte, wie schon bei den vorangegangenen Zusammentreffen, dass der Kaufmann sie stark ansprach.

Pater Adrian nahm Walters Einladung dankend an. Seine rundliche Figur war nicht angeboren. Er liebte gute Speisen und guten Trank. Seine rote, großporige Nase sprach eine genauso beredte Sprache wie sein mächtiger Bauch. Trotz des bevorstehenden beschwerlichen Prozessionsweges wollte er den Schmaus nicht auslassen.

»Es ist leichter, den Gaumenschmaus zu lieben als Gott«, seufzte er schuldbewusst …

Erst als er direkt vor der Klostermauer stand, wurde sich Jan bewusst, wohin er gelaufen war. Er sah, wie die ersten Trauergäste die Kirche wieder verließen. Er hatte Almuts Beisetzung versäumt. Dann lief er der Küchenmeisterin direkt in die Arme. Er sah ein, dass er nicht ewig vor seiner Strafe fliehen konnte, und stellte sich.

Vielleicht kann ich doch auf Milde hoffen. Ich habe eigentlich nichts Böses gewollt, auch wenn ich jetzt als Helfer von Almuts Mörder dastehe, dachte er zerknirscht.

Die Kanonisse packte ihn an der Schulter und rüttelte ihn. »Wo warst du Kerl? Was hast du angestellt? Ab mit dir, die Äbtissin erwartet dich. Du bist uns einige Erklärungen schuldig! Geh hinauf und klopf an ihre Tür, und bleibe bei der Wahrheit, mein Junge. Lügen haben kurze Beine«, fügte sie hinzu und stupste den Knaben aus dem Raum zur Treppe hinauf.

Die Mater selbst wartete also auf ihn. Jans Herz pochte vor Angst bis zum Hals. Er erreichte ihr Zimmer, klopfte schüchtern an die Türe und trat erst ein, als er von innen aufgefordert wurde.

Gertrudis schaute ihn ernst an. Ihr Blick war ohne Tadel, aber voll maßloser Trauer. Mit leiser Stimme begann sie: »Jan, ich glaube, du hast mir etwas zu sagen.«

Weil es ihm die Äbtissin so leicht machte, kam der Junge über sein anfängliches Gestotter schnell hinweg. Seine Angst verlor sich in einem wahren Redefluss, den Tränen der Reue begleiteten. Er redete sich all sein Leid und Vergehen von der Seele. Die Äbtissin hörte aufmerksam zu und fand ihre schlimmsten Befürchtungen bestätigt. Sie erkannte aber auch, dass der Junge nur mit besten Absichten gehandelt hatte. Er wollte ein gottgefälliges Werk verrichten! Trotzdem war er zum Helfer bei einer Bluttat geworden. Eine schnelle Entscheidung tat not. Der Gewaltrichter musste über alle Einzelheiten informiert werden und erfahren, wer wahrscheinlich der Täter war. Das musste Zeit haben bis nach der Prozession. Sie beschloss, das Gehörte nicht an die große Glocke zu hängen, und sagte zu Jan: »Was du mir erzählt hast, soll zunächst unter uns bleiben. Du hast bestimmt unter dem, was auf deine Seele drückt, schon genug zu leiden. Zieh dich zurück in deine Kammer und verbringe den Nachmittag mit Bußgebeten. An der Prozession wirst du nicht teilnehmen. Du bist ihrer nicht würdig!«

Die Worte der Magistra trafen den Knaben wie Peitschenhiebe. Trotzdem fühlte er sich erleichtert. Er hatte seine Schuld gestanden und durfte dort bleiben, wo er hingehörte, wo sein Zuhause war. Wie ein geprügelter

Hund verließ er den Raum und betete in seiner Kammer mit Inbrunst, wie ihn die Mater geheißen hatte.

Walter Bonnheim hatte für seine Lieblingsschwester ein würdiges Trauermahl vorbereiten lassen, registrierte Gertrudis mit Genugtuung. Sechs Schüsseln wurden aufgetragen, Schinken mit Pfeffer und warmem Brot, Pastete von der Ente, Kapaun mit Kapern, Salmklößchen, eine Schüssel Flusskrebse und gebackener Hecht. Dazu gab es allerlei Gemüse und als Nachtisch frisches Obst und süße Speisen.

Die Äbtissin hielt sich zurück, denn sie hatte noch einen langen Tag vor sich. Den wollte sie geziemend überstehen. Mit besorgter Miene beobachtete sie Pater Adrian. Der kleine beleibte Geistliche langte immer wieder mit viel Genuss zu, als gelte es, ja nichts verderben zu lassen. Sein Gesicht hatte schon vor Gier und Anstrengung eine violette Farbe angenommen. Schweiß rann ihm von der Stirn, und seine großen fleischigen Ohrläppchen waren puterrot. Die Magistra mochte den Priester. Das ließ sie mit Sorge denken: Hoffentlich schafft er noch den langen Prozessionsweg zu Fuß!

Der Geistliche hatte solche Art Sorgen ganz verdrängt und schwelgte in den herrlichen leiblichen Genüssen. Immer wieder sang er ein Loblied auf die Güte der Küche und ihre Vielfältigkeit.

Der Blick der Äbtissin ging an den Trauernden entlang. Viel Trauer war da nicht zu erkennen, nahm man Walter Bonnheim aus! Sie musste an die arme Almut denken. Am Tisch zeigte sich keine neue Rangordnung. Es war weder ein Platz für die tote Kanonissin freigehalten worden – sie war ja hier nicht mehr zu Hause gewesen – noch war jemand anderes erkennbar nachgerückt.

Die Arme ist viel zu früh aus dem Leben gerissen worden und hat weder in ihrer Familie noch im Stift richtig Spuren hinterlassen. Das ist ein Trauerspiel, dachte Gertrudis und entschied für sich, dass es Zeit wurde, die Feierlichkeit zu verlassen. Sie gab dies dem Hausherrn dezent zu verstehen.

Walter bot ihr und dem Pater mit großer Höflichkeit einen Kutschwagen an. Die Magistra wollte schon in aller Bescheidenheit abwinken. Aber der Priester war schneller und nahm das Angebot mit überschwänglichem Dank an.

Für ihn ist es wirklich besser, dachte Gertrudis und unterdrückte ihren Widerspruch.

Bald saßen die beiden im Wagen und fuhren zunächst zum Augustinerkloster, um den Geistlichen abzusetzen. Auf der kurzen Wegstrecke fielen dem Pater, trotz allen Gerumpels auf den unebenen Gassen, die Augen zu. Am Ziel angekommen, stieß ihn Gertrudis sacht an und weckte ihn voll Bedauern. Adrian verließ schwerfällig und mit einem tiefen Seufzer das Gefährt. Nur die Vorfreude auf die goldene Glockenkasel, die er bald tragen würde, ließen ihn die Mühsal ertragen.

Gertrudis fuhr weiter zu ihrem Stift. In der Kirche war alles für den Auszug bereit. Der Konvent hatte entschieden, dass nur der Schrein der heiligen Ursula auf der Prozession mitgetragen werden sollte. Die beiden anderen mächtigen Heiligtümer mussten heute zurückbleiben. Zu viele Kirchen nahmen mit ihren Heiligen an der großen Heiligtums-Schau teil, und nur die wichtigsten *pignora sanctorum* – Reliquien der Heiligen – sollten gezeigt werden.

Die Kustodin hatte bereits die schwere eiserne Kette auf der Rückseite des dreigeteilten Holzgehäuses aufgeschlossen, das auch die Särge des heiligen Hippolytus und des heiligen Aetherius enthielt. Sie hatte zusammen mit dem Kirchenmeister aus dem erhobenen Mittelteil den Schrein der Schutzpatronin ihrer Kirche herausgeholt. Der stand nun auf einer Bahre in der Mitte des Hauptschiffes. Alle Stiftsdamen, der Kirchenmeister, die Kirchspielleute und viele andere Gläubige hatten sich in der Kirche eingefunden.

Gertrudis war genau zur rechten Zeit zurückgekehrt, um den Aufbruch zum Dom anzuführen. Bald machte sich die feierliche Schar auf den Weg zu Kölns größter Kathedrale. Sie trugen alle ihre Festtagsgewänder. Die waren viel zu warm für die hochsommerliche Hitze. Die armen Menschen dampften und schwitzten. Schon bald stand ihnen das Wasser in den Schuhen.

Zu Ehren des großen Tages hingen in den Eingängen und Fenstern vieler Häuser Fahnen und Teppiche. Auch standen dort Kreuze, Heiligenfiguren und Blumen. Die schweren gestickten Fahnen baumelten schlaff herab. Nicht die kleinste frische Brise kühlte die Mittagshitze. Als die Gläubigen den Dom erreichten, mussten sie feststellen, dass sie nicht die Ersten waren. Die mächtige Kirche barst schon vor Menschen, die auf den Beginn des Gottesdienstes warteten.

Die Reliquien waren im Westchor aufgebaut. Hinter dem Petrusaltar hatte man ein gewaltiges Gerüst errichtet und mit prächtigen Tüchern und fein geknüpften Teppichen verhängt. Dieser Zierrat verstärkte in seiner Farbenpracht die Schönheit der wunderbaren Heiligtümer. Auf dem Petrusaltar waren der Petrusstab und der prunkvolle Schrein der Heiligen Drei Könige inszeniert. Mit Stolz sahen die Stiftsdamen, dass noch Platz gelassen war für den Sarkophag ihrer mächtigen Schutzheiligen. Mit großer Sorgfalt und Vorsicht setzten sie ihn auf dem Tisch des Herrn nieder und vollendeten dabei einen Sprechgesang zur Lobpreisung der Heiligen: »Durch sie, dass ihre Tugend sich erweise, kehrt Heil und Heilung auf des Herrn Geheiße zurück, den Siechen die gelähmten Glieder erstarken wieder.«

Sechzehn weitere unschätzbare Heiligtümer hatten auf dem Halbrund des Gerüsts hinter dem Altar Platz gefunden. Der erlauchte Kreis der Kölner Heiligen erstrahlte im Glanz der Kronleuchter, die mit unzähligen Kerzen bestückt waren. Die güldenen Materialien der Schreine und anderer Kostbarkeiten mit unzähligen Edelsteinen leuchteten zum Ruhm des Schöpfers um die Wette und waren Beweis für die hohe Kölner Goldschmiedekunst.

Alles bot den Gläubigen ein Bild großen Reichtums und unüberbietbarer Heiligkeit. Der Prunk bestärkte die Gläubigen in ihrer Überzeugung, dass für die Ruhestätten ihrer Heiligen nur die besten Materialien verwendet werden durften. Brennende Fackeln in den Händen der Kirchendiener und goldene und silberne Gerätschaften vergrößerten den Lichterglanz. Aus vielen Rauchfässern strömten Weihrauchdüfte.

Die Domherren hatten im Chorgestühl Platz genommen, in das die

Wappen ihrer Geschlechter eingeschnitzt waren. Die Kirchenfürsten zeigten sich stolz mit den Insignien ihrer Macht. Der Erzbischof Herman von Wied war der prunkvollste von allen. Er zelebrierte das Hochamt und pries die versammelten Märtyrer Christi als Bitthelfer und Fürbitter für aller Menschen Seelenfrieden.

Am Ende des Hochamtes zerstreuten sich die Gläubigen schnell, um am Rande des Prozessionsweges Aufstellung zu nehmen. Sie hörten dabei nicht auf zu singen.

Die Prozessionsteilnehmer ordneten sich schon innerhalb der Kathedrale zu einem Zug. Dabei achteten sie mit Sorgfalt auf die Rangfolge.

7

Endlich setzte sich die Prozession in Bewegung und strebte ihrem ersten Ziel, der Stiftskirche Groß Sankt Martin, entgegen. Viele Pfarrkinder dieser Kirche, Pilger und sonstige Gläubige säumten den Weg und winkten freudig mit Wimpeln und Fahnen. Eine Schar Fischer hob den Schrein des heiligen Eliphius, ihres Schutzpatrons, auf einen dafür vor dem Gotteshaus errichteten Altar. Staunende Augen betrachteten das Heiligtum, und die Gläubigen beteten es an. Der Zug des Klerus in seinen prunkvollen Gewändern kam zum Stehen. Chorknaben in Engelskleidern schwenkten ihre Lichter und Weihrauchgefäße. Die Bürger taten mit großen Wachsfackeln und Schildlampen das Ihrige zu dem festlichen Augenblick hinzu und sangen zum Lob ihres Heiligen.

Die nächste Station war Sankt Maria im Kapitol. Hier ehrten die Bewohner des Thurnmarktes den Schrein des heiligen Vitalis. Gemächlich näherte sich dann der Zug Sankt Cäcilien. Dort übernahmen die Weber den Schrein des heiligen Paulinus und die Maler den des heiligen Evergislus. Das Kirchspiel von Sankt Georg feierte mit besonderer Aufmerksamkeit die Reliquien des heiligen Georg.

Sein Corpus war in einem silbernen Armreliquiar enthalten, an dem das Schild mit seinem Wappen hing. Dahinter trug man ein großes Georgsbild, zu dem sein Dolch und Schwert gehörten.

Vor Sankt Severin hielt der Zug ein weiteres Mal, und die Gebeine des heiligen Cornelius und des heiligen Zyprian, die in einem silber-vergoldeten Büffelhorn gefasst waren, grüßten ihre Kirche. Der mit Edelsteinen geschmückte Schrein des dritten Erzbischofs der Stadt wurde von den Gläubigen immer wieder Hosianna singend umschritten.

Vor Sankt Pantaleon trugen Schöffen den Schrein des heiligen Albanus.

Dessen Gebeine hatte die Kaiserin Theophanu, die Mutter Kaiser Ottos III., der Kirche geschenkt.

Vor Sankt Apostel stimmte der Zug den Hymnus zu Ehren der Apostel an. Die Särge des heiligen Felix und des heiligen Adauctus fanden ihren Ehrenplatz auf dem Schaugerüst vor dem Kirchportal. Ein Kölner Bürger, den die Angst vor dem ewigen Höllenfeuer plagte, warf sich vor den Heiligen auf die Knie und schwor, für den Ausbau der Kirche ein Schiff voll Steine zu kaufen. Am Tage des letzten Gerichts, wenn seine guten Taten gegen seine schlechten aufgewogen würden, sollte diese schwere Last zu seinen Gunsten ausschlagen!

Noch einige Kirchen wurden passiert, bevor es dann zurück zum Dom ging. Dort wurde noch einmal das heilige Sakrament gebetet. Der Erzbischof schloss mit einem *Beatus vir qui timet dominum.* – Wohl dem, der den Herrn fürchtet. Dann kehrten alle Konvente mit ihren Heiligtümern in ihre Kirchen zurück. Das Öl der Lampen, die den Heiligen nahe gekommen waren, wurde sorgsam abgefüllt und an die Pilger verkauft. Sie rissen sich darum, denn sie glaubten fest an seine heilende Kraft.

Nicht alle in der Stadt fieberten in frommer Erwartung der großen Prozession entgegen. Simon Holländer war mit seinem Adlatus, einem ausgestoßenen Bettelmönch, zusammengekommen, um den Reliquienraub aus Sankt Ursula zu besprechen. Der hagere, spitznasige Mönch mit den bohrenden dunklen Augen war mit Schimpf und Schande aus seinem Kloster verstoßen worden, nachdem er das sechste Gebot nicht ernst genommen hatte. Aber Ludger, so war sein Name, hatte profunde Kenntnisse von den *pignora sanctorum Colonia Sancta* – den Reliquien Kölns.

Er führte mit Akribie Buch über alles Wissenswerte. Das war Holländer bei seinen dunklen Geschäften schon oft von Nutzen gewesen. Wenn sich Simon in den Wirtshäusern als Geschäftsmann ausgab, nannte er Ludger seinen Buchhalter. Buchhaltung war wirklich Ludgers Aufgabe. Er führte dem Reliquienräuber alle Listen und Register zu den verbotenen Geschäften, und zwar so verschlüsselt, dass sie ein Fremder schwerlich lesen konnte.

Verschleierung und Verschlüsselung war wichtig in diesem gefährlichen Metier. Natürlich wurden die Aufzeichnungen zusätzlich gut verborgen. Man konnte ja nicht vorsichtig genug sein! Ludger hatte für den römischen Kaufmann auch schnell in seinem Register das Richtige gefunden: Neben dem großen Sarkophag des heiligen Hippolytus beherbergte die Kirche Sankt Ursula noch kleine, lose Knöchlein des Heiligen, aber auch ein prächtiges Armreliquiar. Stolz wies Ludger auf seine Aufzeichnungen. Dort stand verschlüsselt vermerkt: Psalm 118, 16. Die Rechte des Herrn ist erhöht. Die Rechte behält den Sieg. In der fein gearbeiteten Hand befand sich ein ganzes Konvolut einzelner Überreste des Heiligen. Was in ihr enthalten war, war auf einer Silberplatte, die den Armstumpf verschloss, sorgsam eingraviert. Holländer gefiel der Plan, den sein Kumpan umsetzen wollte. Er schlug Ludger anerkennend auf die Schulter.

Der Reliquienräuber hatte sich schon stadtfein gemacht. Er trug eine Kniebundhose mit Schnallen an der Seite, die »Botz« des einfachen Bürgers. Die flachen Schuhe über den langen Strümpfen hatten zur Feier des Tages silberne Rinken. Seine kurze, hochgeschlossene Weste war aus dünnem Tuch. Der bis zur Wade reichende Überrock, unter dem man gut etwas verbergen konnte, hing noch am Haken, genau wie sein Brabanter, der runde Hut, der zur Zeit in Köln Mode war. Holländer wollte auf keinen Fall auffallen und ohne Aufsehen im Gewühl der brodelnden Stadt lavieren. Er war beileibe kein gläubiger Mensch. Das vertrug sich nicht mit seiner Profession. Er war aber abergläubisch und wusste genau, welche drastischen Strafen auf seine Untaten standen. Der Gedanke an den Tod durch den Henker machte ihm Angst. Diese Sterbensangst verstärkte sich immer, kurz bevor er seinem ruchlosen Handwerk nachgehen wollte. Er versuchte sich deshalb, mit allen Mitteln gegen aufkommendes Unheil abzusichern. Von Kölns Henker hatte er eine abgeschnittene Diebeshand erworben und trug sie auf allen Streifzügen mit sich. Der Aberglaube versprach, dass man unter ihrem Schutz unbemerkt und ungestraft stehlen konnte!

Simon hatte sich natürlich auch vergewissert, dass der heutige Tag nicht der dreizehnte des Monats war! Er würde auf seinem Raubzug auch darauf achten, dass keine schwarze Katze seinen Weg kreuzte. Solchen bösen Vorzeichen wich er stets aus.

Er nahm Rock, Hut und einen groben Sack für die Beute und machte sich auf den Weg. In den Gassen herrschte Mittagsglut. Selbst Kot und Unrat lagen vertrocknet und zu Staub zerfallen herum. Man brauchte weder Trippen noch Springsteine, um sauberen Fußes von Haus zu Haus zu kommen. Aber in der windstillen, heißen Sommerhitze stand der Gestank von Fäulnis und Verwesung unangenehm in der Luft. Von Sankt Pantaleon ging der Räuber zunächst an mehreren Weingärten vorbei. Es war ein langer Weg bis Sankt Ursula. Simon beschloss, nicht durch die größeren Straßen zu gehen. Auf Schleichwegen wollte er ohne Zeugen bleiben. Als er auf die Höhe des Kölner Rathauses kam, schlug die Turmuhr zwei Uhr Nachmittag.

Jetzt streckt der Platzjabbeck bei jedem Schlag die Zunge heraus. Hoffentlich zeigt er sie meinen Häschern, dachte Simon und griente in sich hinein.

Der Platzjabbeck war ein grotesker Kopf, aus Eichenholz geschnitzt und direkt über der Turmuhr angebracht. Schließlich erreichte Simon Sankt Ursula. Die Gegend war menschenleer. Der Prozessionszug würde erst später die Kirche passieren. Zurzeit waren alle Bewohner des Sprengels an anderer Stelle. Vorsichtig versuchte er, die Tür der Kirche zu öffnen. Aber sie war verschlossen und er hatte Scheu, sie aufzubrechen. Er sah sich nach einer anderen Möglichkeit um, in das Kloster einzusteigen. Sein Auge streifte den Baum, der auch Francesco Bovatieri bei seiner Flucht aus dem Stift geholfen hatte. So wollte er einsteigen! Er holte seine Hilfsmittel aus dem Sack, und schon bald verfing sich der Haken an dem Seil um einen dicken Ast. Ein paar Klimmzüge und Simon stand, ohne dass ihn jemand gesehen hatte, im Klosterhof.

Auch im Hof herrschte absolute Stille. Holländer begann, die innere Tür des Gotteshauses aufzubrechen. Er erschrak vor dem eigenen Lärm.

Ganz allein war der Räuber nicht. Jan saß in seiner Kammer auf einem groben Holzschemel, tat Abbitte für seine Sünden und sinnierte über

83

seine Tat. Wie oft hatte er in der Predigt gehört, dass alle, die im Leibe lebten, von den heiligen Märtyrern und ihren Gebeinen beschirmt würden. Nichts anderes hatte er für die kranke Carla in Rom gewollt!

Wenn man aus dem Leib scheidet, dachte er weiter, nehmen die Heiligen einen auf und sorgen dafür, dass der Makel der Sünde einen nicht befleckt und der Schrecken der Hölle einen nicht ergreift. Was für ein Trost für die arme Almut! Christus wird sie erleuchten und die Schatten der Finsternis vertreiben!

Mitten in diese Gedanken drängte sich von draußen ein Geräusch. Jan sprang von seinem Hocker und lugte aus dem Fenster. Eigenartig, die Tür zur Kirche war leicht geöffnet und schwankte hin und her, als wäre sie gerade noch bewegt worden. Ob jemand von der Prozession zurückgekommen war? Jan beschloss nachzuschauen.

Simon Holländer stand inzwischen im Hauptschiff der Kirche. Der beeindruckende Anblick des schönen Baus berührte ihn gar nicht. Er war ganz und gar auf seinen Plan konzentriert. In die Stufe vor dem Altar stand gemeißelt: *Beatus vir qui timet dominum.* – Glücklich ist, wer den Herrn fürchtet. Ich gehöre jedenfalls nicht dazu, dachte Holländer voll Spott und suchte das Retabel nach der Armreliquie ab. Er sah sie hinter der Mensa, ein wahrhaft schönes Stück! Ohne jedes Zeichen von Gottesfurcht eilte er zum Altaraufsatz und griff nach dem glänzenden Heiligtum.

Er erstarrte, denn eine helle Knabenstimme erklang unverhofft hinter seinem breiten Rücken: »Das dürft Ihr nicht tun, auch wenn Eure Frau krank ist. Lasst ab davon, Ihr habt schon genug Leid angerichtet.«

Jan war unbemerkt in das Kirchenschiff getreten und hielt den frechen Räuber im Zwielicht für den römischen Kaufmann. Als der Mann sich erstaunt umdrehte und den Jungen mit dem Armreliquiar in seiner Pranke lauernd anstarrte, erkannte der Knabe seinen Irrtum. Er erschreckte sich bis ins Mark.

In Holländers Hirn überschlugen sich die Gedanken. Dieser Knabe durfte kein Zeuge seiner Untat bleiben. Er hatte schon viel zu viel gesehen. Sein Mund und seine Augen mussten für immer geschlossen werden! Langsam ging der kräftige Mann auf den Knaben zu.

Jan stand mit vor Angst geweiteten Augen auf der Stelle und harrte bewegungslos der Dinge, die da kommen würden. Da hob der Räuber seine Rechte und schlug ihm, ohne Respekt vor dem Heiligtum, mit dem Reliquiar gegen die Schläfe.

Mit einem tiefen Seufzer sackte Jan in sich zusammen und blieb reglos auf den kühlen Steinplatten liegen.

Kann ich es damit bewenden lassen? Holländer zauderte für einen Moment. Doch er wusste es besser: Keinen Zeugen durfte es geben! Der Junge konnte sich sonst, wenn er wieder zu sich kam, an ihn erinnern. Holländer nutzte die Gunst des Augenblicks. Er setzte das Reliquiar ab und hob den Bewusstlosen vom Boden. Dann schlossen sich seine großen Hände um den zarten Hals und drückten immer fester zu.

Jan war gerade dabei gewesen, aus seiner Ohnmacht zurückzukehren. Doch nun flackerte das Tageslicht nur kurz vor seinen Augen auf. Dann ging es über in ein grelles Feuerwerk bunter Lichter. Er fiel für immer zurück in die dunkle Schattenwelt. Sein kurzes Leben war ganz ohne Beichte und priesterliche Lossprechung ausgelöscht!

In der Kirche wollte Holländer den kleinen Leichnam nicht lassen. Ihm musste etwas einfallen, wie er den Mord vertuschen konnte. Das Reliquiar steckte er in den Sack und band sich die Beute an seinen Gürtel. Sie verschwand unter dem langen Überrock. Dann packte er den Toten unter den Achseln und zog ihn aus der Kirche in den Gang zum Kapitelsaal. Die Tür, die dahin führte, hatte der Junge geöffnet. Simon schaute sich um. An der Wand stand ein kleiner Hocker und im Deckengewölbe hing ein großer Messingleuchter. Beides brachte ihn auf einen abscheulichen Gedanken. Er wollte den Erdrosselten am Leuchter aufknüpfen. Vielleicht würde man glauben, er habe sich selbst entleibt.

Teuflisch lächelnd machte er sich ans Werk. Zuerst holte er den Hocker von der Wand und stellte ihn unter den Leuchter. Dann knüpfte er eine Öse, führte das Seil über einen Arm des Leuchters und befestigte es. Danach schob er die Öse über den Kopf des Knaben und zog sie um seinen Hals. Nun hob er den leblosen kleinen Körper an, stellte ihn für einen Moment auf den Hocker und stieß den Schemel weg. Mit einem Ruck schloss sich die Schlaufe um den Knabenhals. Der Junge baumelte kreiselnd über den Bodenplatten.

Jeder flüchtige Betrachter muss annehmen, er habe sich selbst entseelt, dachte der Räuber zufrieden und zeigte keinerlei Bedauern, zum Mörder geworden zu sein. Er ergriff den Sack mit der Beute und gab Fersengeld, fort vom Ort seiner Tat.

Die Stiftsdamen von Sankt Ursula waren erschöpft. Beim Tragen der vielen Gerätschaften wurde der Weg zurück in der brennenden Hitze lang. Schon der Prozessionsweg hatte Jung und Alt an den Rand der Kräfte gebracht.

Pater Adrian sah aus wie das Leiden Christi. Er hatte seine letzten Kraftreserven verbraucht und zählte heimlich die Schritte, die ihn noch von zu Hause trennten. Das gute Essen vom Leichenschmaus lag ihm schwer im Magen und rächte sich bei jedem Schritt bitterlich.

Trotzdem herrschte in der müden Schar Zufriedenheit und Stolz darüber, dass die heilige Ursula wieder eine so herausragende Rolle im Umzug gespielt hatte. Sie, die mit ihren elftausend Jungfrauen vor den Toren Kölns den Märtyrertod gestorben war, wurde zu Recht mit den elf kleinen Flämmchen im Stadtwappen der Reichsstadt geehrt. Sie war mit den Heiligen Drei Königen die höchste Schutzpatronin Kölns und trug gewaltig zu deren Namen »Stadt der Heiligen« bei.

Endlich bogen die Träger des Schreins in die Stolkgasse ein, und das Gotteshaus war zu sehen.

Der kleine runde Pater atmete bei all seiner Kurzatmigkeit auf. Mit höchster Anstrengung legte er einige Schritte zu, um endlich anzukommen.

Die Tür der Kirche war verschlossen. Magdalena von Quedlinburg trat vor, griff nach dem Schlüssel an ihrem Gürtel und drehte ihn im Schloss. Der schwere Riegel auf der Innenseite gab quietschend die Tür frei. Die Kustodin stieß sie mit ihrer Schulter auf und betrat das Gotteshaus. Das Kircheninnere lag in gleißendem Licht, das durch die bunten Glasscheiben hereinströmte. Überall auf dem Boden und an den Wänden brachen sich farbige Lichtflecken.

Unsere Kirche ist wunderschön, dachte Magdalena. Sie ging ins Mittelschiff, vorbei an den vielen Heiligtümern, die überall an den Wänden angebracht waren. Wo heilige Überreste durch eingesetzte Bergkristalle in ihren Gefäßen sichtbar gemacht waren, brach sich das Sonnenlicht in strahlendem Funkeln. Bergkristalle galten als Symbol der Reinheit des Himmels. Hell und klar spiegelten sie das Licht aus der Höhe wider. Die kleine Stiftsdame spürte nach dem langen Marsch starke Gliederschmerzen. Sie presste bei jedem Schritt ihre Lippen fest zusammen, um nicht aufstöhnen zu müssen. Aber sie war gewillt, ihre wichtige Aufgabe klaglos zu Ende zu bringen. So strebte sie dem Altar entgegen, wo die Heilige ihren Platz wieder einnehmen sollte.

Magdalena war stolz, jedes noch so kleine Heiligtum in ihrer Kirche zu kennen. Bei allem Schmerz registrierte sie, dass alle Heiligtümer wohlgeordnet an ihrem angestammten Platze standen. Plötzlich stutzte sie. Da sie den anderen voranging, brachte sie das ganze Grüppchen zum Stehen. Schon hörte sie die Stimme der Magistra: »Was lässt Euch innehalten, Magdalena?«

Die Kustodin schaute noch mal genau dorthin, wo sie eben schon hingeguckt hatte. Was sie nicht sah, versetzte sie in Schrecken. Ihre Augen hatten sie beim ersten Blick nicht betrogen: Auf dem Altar war beileibe nicht alles in gewohnter Ordnung. Das Armreliquiar des Hippolytus fehlte! Noch einmal keimte Hoffnung in ihr auf. Vielleicht hatte sie nicht bemerkt, dass jemand beim Hinausziehen das Heiligtum zur Seite gestellt hatte. Vielleicht um den Schrein der heiligen Ursula herauszuholen. Verbissen hielt sie sich an diesem Hoffnungsschimmer fest. Sie eilte weiter vor, um das Reliquiar zu suchen, aber es blieb verschwunden. Magdalena drehte sich fassungslos um und antwortete der Priorin mit brüchiger Stimme: »Das Armreliquiar des heiligen Hippolytus ist fort.« Die schüttelte den Kopf und fügte hinzu: »Das kann gar nicht sein, die Kirche war doch fest verschlossen!«

Unruhe brach unter den Schwestern aus. Alle liefen wie aufgeschreckte Hühner umher und suchten nach dem Heiligtum, fanden es aber nicht. Die ersten Mutmaßungen ließen nicht auf sich warten. Denn alle suchten nach einer Erklärung: »Dann hat wohl der Römer seine Untat wiederholt, und dieses Mal mit Erfolg«, argumentierte Mechthild von Soest. Zustimmung heischend schaute sie sich im Kreis ihrer Ordensschwestern um. Dass auch dieses Mal wieder ein Mord im Spiel war, ahnte noch keine.

Gertrudis von Mainz schoss ein furchtbarer Gedanke durch den Kopf, der ihr gar nicht über die Lippen kommen wollte. Sie hatte Jan befohlen, im Kloster zurückzubleiben, um seine Sünden zu bereuen. War der Knabe etwa rückfällig geworden? War er dem Römer zum zweiten Mal behilflich gewesen? Gertrudis mochte das partout nicht glauben. Sie beschloss, weiter für sich zu behalten, was nur sie wusste, und sagte bekümmert, aber voll Glaubens: »Bei den Korinthern kann man lesen: Wer den Leib eines Heiligen und damit den Tempel Gottes verletzt, den wird Gott strafen.«

Die Dechantin Johanna meinte trocken: »Oh, hätten wir nur den Bitten unserer Schwesterkirche in Rom stattgegeben und ihr das Heiligtum geschenkt! Dann wäre heute nur eitle Freude unter uns. Wir hätten Gebetsverbrüderung mit Rom und einen gemeinsamen Tag im Jahr, an dem beide Stifte zusammen für die Toten unser beider Orden beten könnten.«

»Ihr wisst doch, Johanna«, erwiderte Ermelind Odenthal, »schon seit dem vierten Laterankonzil ist uns durch päpstliches Dekret verboten, über solche Geschenke zu befinden.« Die kräftige Küchenmeisterin warf in ihrer naiven Gottesgläubigkeit ein: »Ein so mächtiges Heiligtum kann gar nicht gestohlen werden. Es ist stark genug, seinen Diebstahl zu verhindern. Der Corpus kann uns nur auf eigenen Willen verlassen haben. Wie schrecklich!«

»Ja, ja«, ergänzte die stolze Bibliothekarin spöttisch, »Hippolytus war sicher böse auf uns, weil wir ihn zur Prozession nicht mitgenommen haben. Das wird es sein!«

Die Magistra hob beruhigend ihre Hände und tadelte Mechthild geschwind: »Die Gedanken Gottes und seiner Heiligen sind für uns Sterbliche unergründbar. Schweigt still, Mechthild. Ihr solltet nicht so spotten. *Favete linguis!* – Hütet Eure Zunge! Da lob ich mir den braven Glauben unserer Küchenmeisterin! Ihr Einwand ist durchaus bedenkenswert.«

Nun mischte sich auch der Pater ein. Er war wieder zu Atem gekommen, nickte bekräftigend und sprach im Brustton der Überzeugung: »Vielleicht hätten wir Hippolytus ja wirklich bei unserem Wallen mitnehmen sollen. Es wäre bestimmt besser gewesen.«

Auch Clara, die rundliche Küchenmagd, rang ihre roten, rauen Hände und meldete sich mit stockenden Worten und starkem Lispeln: »Äh, der Unhold wird ›gewisch‹ seiner gerechten Strafe nicht ›entwissen‹. Wer ein Heiligtum raubt und mit sich trägt, den wird es ›böze‹ treffen. Der Heilige wird sich wehren. Trägt der Dieb die heiligen Knöchelein in seinem Hosenbein, so wird sein Bein anschwellen. Trägt er es am Busen, so wird ihn Ausschlag plagen. Er wird Schmerz am ganzen Körper haben, bis er die Reliquie zurückgibt. So habe ich es gelernt.«

Die Äbtissin merkte, dass das Geschwatze so nicht weitergehen durfte, ergriff das Wort und schlug eine Beratung im Kapitelsaal vor.

»Auch den Gewaltrichter müssen wir in Kenntnis setzen, so will es das Gesetz«, meinte sie.

Sie drehte sich um und ging auf die innere Kirchentür zu, und alle folgten ihr willig nach.

Kurz bevor sie die Tür erreicht hatte, hörte sie hinter sich einen erstaunten Schrei der Kustodin.

»Das kann nicht sein, die Tür ist angelehnt. Ich hatte sie doch verschlossen, genau wie die vordere.«

Gertrudis schwante Böses. War Jan wirklich in die Kirche eingestiegen und hatte den Diebstahl begangen? Er allein war im Kloster zurückgeblieben. Sie wollte Gewissheit haben!

Die Stiftsdamen traten vorsichtig in den Gang zum Kapitelsaal. Gertrudis stutzte, dort vorne schwebte etwas über dem Fußboden. Bei nochmaligem Hingucken erkannte sie, dass dort etwas hing, und zwar vom Deckenleuchter herab. Es sah aus wie ein menschlicher Körper.

Ihr Atem wurde eiskalt. Sie bekreuzigte sich und flüsterte, was auf dem Altarsims stand: »*Beatus vir qui timet dominum.*« – Glücklich ist, wer den Herrn fürchtet. Dann zwang sie sich weiterzugehen.

Die anderen Schwestern folgten ihr zögernd. Bald hatte Gertrudis Gewissheit: Dort hing ein Mensch, und sie kannte ihn: Es war Jan!

»Es ist unser Jan«, sagte sie mit tonloser Stimme. »Es scheint, als habe er sich selbst entleibt.« Und leise dachte sie: »Ich bin schuld. Ich habe ihn zu hart angefasst, zu hart bestraft.«

Sie entschloss sich, vor ihren Ordensschwestern nun nichts mehr zu verschweigen, und erzählte, was ihr Jan gestanden hatte. Dass sie ihm befohlen hatte, in seinem Zimmer zu bleiben, zu beten und zu büßen. Danach herrschte betroffenes Schweigen.

Mechthild von Soest fand als erste die Worte wieder. Ihre Schlussfolgerung war wieder einmal hart und gnadenlos: »*A sacris abstinenda manus!*« – Vom Heiligen halte deine Hand zurück. Gott hat ihn gestraft.

Gertrudis sah sie erschrocken an und widersprach ihr aus tiefstem Herzen: »Nein, Gott ist ein gnädiger Gott. Es ist allein meine Schuld, *mea culpa, mea maxima culpa*« – meine Schuld, meine große Schuld. »Ich habe den Knaben allein gelassen in seiner Not. Er ist mit seiner Schande nicht fertig geworden, und mir war anderes wichtiger, als ihm eine Hilfe zu sein.« Sie barg ihr Gesicht in ihren Händen und ließ ihre Schultern mutlos hängen.

Ermelind Odenthal hatte das Gespräch nur mit einem Ohr verfolgt und litt mit ihrer Äbtissin. Sie konnte sich mit deren Darlegung nicht abfinden. Einiges passte nicht zusammen. Sie näherte sich dem toten Knaben, ging um ihn herum und betrachtete alles ganz genau. Irgendetwas musste ihren Augen bisher entgangen sein. Ihr guter Geruchssinn ließ sie die Nase rümpfen. Zwischen Jans Hosenbeinen leuchtete ein großer dunkler Fleck. Der Erdrosselte hatte sich in seiner letzten Stunde besudelt. War dies aus Angst geschehen oder nur ein natürliches Zeichen dafür, dass mit Eintritt des Todes die Beherrschung der Organe dahingeschwunden war? Wenn es Angst gewesen war, hatte vielleicht doch ein anderer nachgeholfen! Sie sah sich weiter um und fand den Hocker am Boden auf der Seite liegen.

Darauf musste Jan gestanden und ihn dann weggestoßen haben, um sich zu erhängen. Ermelind nahm den Hocker auf und stellte ihn unter den Jungen. Das passte. Jans Füße berührten den Schemel, aber trotzdem stimmte irgendetwas nicht. Sie musterte alles nochmals sorgfältig und konzentriert. Endlich hatte sie die Lösung: Auf dem Hocker stehend war Jan viel zu klein, das Seil oben am Leuchter festzuknoten. Das konnte nur ein ausgewachsener Mann. Sie ließ alle Ordensschwestern an ihrer Überlegung teilhaben. Erleichtert sagte sie zu Gertrudis und legte ihr tröstend die Hand auf den Arm: »Ihr müsst Euch also keine Vorwürfe machen. Euch trifft keine Schuld. Jan wurde ermordet. Es kann nur so gewesen sein. Nirgendwo ist eine Leiter oder ein Holzbock, auf dem der Junge das Seil befestigt haben könnte. Keiner wird wohl glauben, dass Jan eine Leiter benutzt und vor seinem Freitod wieder fortgeräumt hat. Das tut niemand in den letzten Minuten, bevor er Hand an sich legt!«

Ihre Meinung blieb unwidersprochen. Einige ihrer Mitschwestern nickten sogar zustimmend. Ermelinds Worte taten der Mater gut. »Was für ein Scheusal kann so etwas nur tun?«, fragte Gertrudis durch einen Tränenschleier.

Die fleißige Priorin fuhr indessen schon wieder mit ihren Untersuchungen fort. Sie besah sich Jans Hals und seinen Kopf und sagte: »Hier sind noch weitere Zeichen, die von Mord sprechen. Der Junge hat eine Wunde an seiner Schläfe, und an seinem Hals sind Striemen, die nicht von dem Seil herrühren.« Sie wandte sich an die Magistra: »Ich glaube, es wird Zeit, den Gewaltrichter zu rufen. Wir dürfen hier nichts verändern. Er muss sich selbst ein Bild machen können.«

Gertrudis hatte sich etwas gefangen und war bereit, die Führungsrolle wieder zu übernehmen. Sie gab der Küchenmagd Clara Weisung, die Obrigkeit herbeizuholen. Sie musste dem Mädchen alles zweimal erklären. Es bibberte vor Angst und wusste nicht, was es als Erstes tun sollte. Doch dann machte es sich flugs auf den Weg ins Amtshaus von Otto von Anheim.

Niemand wollte länger bei dem Toten stehen. Gertrudis führte die verstörte Schar der Schwestern in den Kapitelsaal. Dort warteten sie schweigend auf die Untersuchungen der Stadtpolizei. Gertrudis überlegte fieberhaft, wie sie von Anheim am besten über alles unterrichten konnte. Besonders über das, was sie bisher verschwiegen hatte. Sie bat Ermelind, ihre Feststellungen selbst vorzutragen. Die Kustodin wies sie an, dem Richter das gestohlene Heiligtum genau zu schildern und auch das Aussehen des Römers. Es schien ihr nun sonnenklar, dass der zurückgekommen war, sich eine Reliquie geholt und Jan erdrosselt hatte. Sie selbst musste von Anheim wohl oder übel von Jans Beichte berichten. Bei allem Unglück war die Magistra erleichtert, dass Jan nicht der Helfer des Mörders war. Der Junge hatte die Tat nur beobachtet und womöglich sogar verhindern wollen. Das hatte Jan sein junges Leben gekostet. Der Dieb hatte den Zeugen seines zweiten Mordes beseitigt!

8

Von Anheim kam schnell und alle waren froh, als das Warten ein Ende hatte. Die Magistra trug vor, was sie sich sorgsam zurechtgelegt hatte. Auch die anderen Kanonissen gaben ihre Berichte exakt und vollständig ab. Der Gewaltrichter war erbost, dass man ihm so wichtige Informationen verschwiegen hatte.

»Mord gehört zu den *causae majores*« – den wichtigen Angelegenheiten, »die der hohen weltlichen Gerichtsbarkeit vorbehalten sind! Dieses Recht steht vor Euren eigenen Interessen, das müsst Ihr doch wissen, Ihr handeltet *contra legem*« – gegen das Gesetz, tadelte von Anheim Gertrudis vorwurfsvoll.

Die Magistra wusste nichts Besseres, als schuldbewusst zu schweigen. Der Gewaltrichter hatte recht.

Das Verhalten der Äbtissin stimmte von Anheim milder, und so sagte er: »Was hilft es uns zu lamentieren, wir müssen nach vorne schauen.«

Er besah sich die Leiche und ließ sie von seinen Gewaltmeistern abbinden. Dann begann er zwischen der Raummitte und der Tür, die nach draußen führte, hin und her zu wandern, streichelte immer wieder bedächtig sein kantiges Kinn und dozierte: »Wie bei jedem Verbrechen wollen wir nun versuchen, die entscheidenden sieben Fragen zu beantworten:

Quis – wer ist der Mörder? Das scheint nach Eurer Schilderung«, dabei guckte er die Kanonissen an, »der Römer gewesen zu sein, der bei Euch übernachtet und wohl auch Almut von Bonnheim auf dem Gewissen hat. Er ist der Mörder!

Quo modo – wie? Der Hals des Knaben zeigt Würgespuren und an der Schläfe befinden sich Zeichen eines Schlages. Schwester Ermelind hat recht, der Selbstmord ist nur vorgetäuscht. Jan wurde erwürgt oder erschlagen.

Ubi – wo?«, ergänzte der Gewaltrichter. »Der locus delicti – der Tatort – scheint mir nicht ganz klar. Was aber auch nicht ganz so wichtig ist. Der Junge kann schon in der Kirche gestorben sein. Ihr sagtet, die Tür war geöffnet. Vielleicht hatte Jan den Dieb am Altar gestellt. Möglicherweise finden sich dort noch Blutspuren von dem Schlag.«

Er schickte einen der Gewaltmeister los und hieß ihn nachsehen. Aufgeregt kam der zurück und strahlte seinen Vorgesetzten an: »Ihr habt wie immer recht. Dort findet sich Blut!«

Von Anheim nickte zufrieden. »Dann ist auch dies geklärt, der Mörder legte schon im Gotteshaus Hand an den armen Tropf.

Quibus – womit? Hier haben wir nun die Wahl. Waren es des Mörders Hände, die den Knaben erdrosselten, oder ein schwerer Gegenstand, der seine Schläfe tödlich traf? So ruchlos, wie der Mörder ist, könnte es das Reliquiar gewesen sein. Aber der Schlag kann den Jungen auch nur niedergestreckt haben. Einen Toten würgt man schließlich nicht mehr! Jan wurde also wohl erdrosselt.

Quando – wann? Auch die Zeit ist eingegrenzt. Es muss während der Prozession geschehen sein, als nur Jan im Hause war.

Quid – was hat den Mörder veranlasst? *Nihil fit sine causa!* – Nichts geschieht ohne Grund! Der Mörder wollte das Reliquiar. Wir wissen es aus Jans Geständnis, und zum Beweis sind die *res sacrae* – die heiligen Güter – auch verschwunden, mit Gottes Hilfe nur für den Moment!«

Er atmete tief durch und kam zum Schluss: »Auch *cur* – warum –, lässt sich erklären. Der Mörder wollte keinen Zeugen! Alles spricht also dafür, dass wir den Römer finden müssen, um den Mörder festzusetzen und das Heiligtum zurückzubekommen.«

Die Stiftsdamen bewunderten die Gedankengänge des Beamten und in Ermelinds Brust keimte ein kleines bisschen Stolz auf, weil von Anheim ihre Schlussfolgerungen so vollständig übernommen hatte. Damit erwies sich die Befürchtung, die Magistra sei schuld an Jans Tod, endgültig als haltlos.

Gertrudis sagte erleichtert: »Quod deus bene vertat!« – Gott möge es zum Guten wenden. Sie bekreuzigte sich und fügte dabei hinzu: »In hoc signo vinces.« – In diesem Zeichen wirst du siegen.

Die Gewaltmeister verschnürten den Leichnam in Tüchern. Pater Adrian sprach noch ein letztes Gebet und segnete die sterbliche Hülle des Botenjungen, bevor man sie forttrug: »Mors porta vitae est.« – Der Tod ist die Tür zum Leben.

Dann begann die Jagd auf den Mörder, und das wurde kein Zuckerschlecken. Die Stadt war überfüllt mit Menschen, und es war nicht einmal auszuschließen, dass der Unhold bereits aus ihr geflohen war.

Simon Holländer sah vor sich die Türme von Sankt Pantaleon und wusste, dass er es bald geschafft hatte. Keiner hatte ihn gesehen oder gar aufgehalten. Sein wertvolles Diebesgut, für das er sogar gemordet hatte, war bald in Sicherheit. Trotzdem war er sehr unzufrieden. Der Diebstahl einer Reliquie allein hätte ihm schon genug Häscher auf den Hals gehetzt. Nun, nach dem Mord, musste er mit dem Allerschlimmsten rechnen. Kölns Bürger wurden schnell ungemütlich, wenn ein Mord in ihren heiligen Mauern länger ungesühnt blieb.

Es ist besser, wenn ich fürs Erste einmal verschwinde, dachte er. Im Zusammenhang mit dem Reliquienraub wird sowieso bald mein Name fallen, und die Gewaltmeister werden mir gründlich auf die Finger gucken. Ludger muss die Übergabe der Reliquie an den Römer vornehmen. Er fühlt sich ja besonders wohl in Badehäusern, meinte Holländer und griente bei diesem Gedanken anzüglich. Auf jeden Fall wird ein höherer Preis fällig. Das größere Risiko trage ich nicht ohne Aufpreis!

Der Mörder schaute sich noch einmal verstohlen um, aber alles blieb ruhig. Er öffnete die Tür zu seinem Haus und verschwand im Inneren, wo Ludger auf ihn wartete. Zunächst freute sich der ehemalige Bettelmönch, als er seinen Kumpanen wohlbehalten wiedersah und dieser ihm auch noch die wertvolle Beute zeigte. Doch sein Gesicht wurde immer bedenklicher, als er Simons Bericht über den unglücklichen Tatverlauf zu hören bekam.

»Du wirst verstehen, dass ich jetzt erst einmal abtauchen muss«, schloss Simon seine Erzählung.

»Du wirst zu dem Römer ins Badehaus gehen und unseren Auftrag zu Ende bringen.«

»Immer muss ich die Kastanien aus dem Feuer holen«, maulte Ludger misslaunig.

»Dafür bekomme ich aber ein paar Silberlinge extra und Spesen für das Badehaus«, forderte er gierig.

Simon war zwar verärgert über Ludgers zusätzliche Forderungen, doch er ließ sich das nicht anmerken. Er sah im Moment keine andere Möglichkeit, als zuzustimmen.

Die Sonne brannte immer noch gnadenlos vom Himmel. Francesco wischte sich erschöpft mit dem Ärmel den Schweiß von der Stirn. Er hatte den prachtvollen Prozessionszug nur mit halbem Herzen verfolgt und immer wieder an den Reliquienräuber denken müssen. Heute noch sollte er das Heiligtum erhalten. Sein Herz pochte vor Aufregung. Oder war das Klopfen nur die Folge der großen Hitze?

Dem Römer war nicht verborgen geblieben, dass die Heiligtümer des Hippolytus nicht im Festzug mitgetragen worden waren. War der Heilige vielleicht doch nicht so mächtig, wie sich das seine Frau vorstellte? Das durfte nicht sein, die Reliquie von Hippolytus musste Carla unbedingt wieder gesund machen!

Seine spanischen Freunde waren beim Umzug voll auf ihre Kosten gekommen. Sie hatten mit der Prozession wieder eine Etappe ihrer Wallfahrt hinter sich gebracht. Bald sollte es zurück nach Hause gehen. Das Heimweh nahm bei ihnen von Tag zu Tag zu.

Die lange Prozession hatte die beiden spanischen Kaufleute so angestrengt, dass sie sich entschlossen, nicht mit ins Badehaus zu kommen.

So verabredete sich Francesco für den späten Nachmittag nur mit José und Raoul. Die Kaufleute gaben ihnen unter lautem Gejohle mit auf den Weg, sich ja vor den Franzosenpocken zu hüten.

»Die jucken und schwären gar jämmerlich, viel schlimmer als Filzläuse!«

Francesco nahm sich vor, diese Freuden der Badestube ganz auszulassen. Er wollte seiner Carla treu bleiben. Er freute sich allerdings nach den Stunden in der prallen Sonne auf eine Abkühlung seines Körpers in frischem Wasser. Auch Abreiben mit Badewedeln sowie eine kräftige Massage wollte er nicht verachten. Er dachte auch an eine Rasur und einen frischen Haarschnitt.

Seine beiden Begleiter schienen da ganz anderes im Sinn zu haben. José wiederholte immer wieder schwärmerisch, dass das Badehaus am Berlich auch ein wohlfeiles Dirnenhaus sei. Die beiden Spanier dachten deshalb weniger an Badebürsten, Schröpfköpfe und Blutegel als an fesche Weibsbilder.

An der Tür ihrer Herberge nahm Francesco José kurz auf die Seite und bat ihn um einen Gefallen: »Du weißt, dass ich heute die Reliquienteile für meine Frau erhalten soll.«

Der Spanier nickte. »Ich will danach schnell fort von hier, es ist ja bei Strafe verboten, solche Heiligtümer aus der Stadt zu tragen. Bitte nimm diese Goldmünzen zu treuen Händen und zahle bei deiner Abreise auch meine Zeche. Es wird mehr als reichen. Von dem, was übrig bleibt, trinkt auf mein Wohl und wünscht mir Glück.«

José war verblüfft über dieses Anliegen, aber gern bereit, die Bitte zu erfüllen.

Nun galt es, die restliche Zeit zu nutzen. Francesco wollte noch für die nächtliche Flucht ein Schiff suchen. Er hatte sich seinen Fluchtplan immer wieder durch den Kopf gehen lassen und war bei der ersten Überlegung geblieben. Er wollte mit dem Schiff fliehen.

Ein Oberländer war zwar nicht die schnellste Möglichkeit fortzukommen, aber deshalb würden ihn Verfolger auf dem Wasser auch am wenigsten vermuten. Außerdem war eine Schiffsreise weniger mühsam als reiten oder laufen. Er wollte seine Kräfte aufsparen für die Überquerung der Alpen.

Francesco ging vom Altermarkt die Lintgasse hinab. Trotz des Feiertages saßen Kinder und Frauen vor den Häusern und flochten aus Lindenbast

Körbe und Kiepen, die für den Transport der Güter im Hafen gebraucht wurden.

Sieh an, die ehren den Feiertag nicht. Da werden wohl nach der nächsten Beichte einige Wachsspenden fällig, dachte Francesco. Für Sonn- und Feiertagsarbeit wurde nämlich mit Wachsspenden gesühnt.

An der Kaufhalle vorbei bog er nach links auf den Fischmarkt. Obwohl am heutigen Feiertag die Verkaufsbuden geschlossen waren, stank es fürchterlich nach altem Fisch, denn in der Gosse häuften sich glitschige Schlachtabfälle vom Vortage. Francesco hielt sich angeekelt ein Tuch vor die Nase und beschleunigte seinen Schritt. Zügig strebte er auf die Rheingassenpforte zu und sah bald das Rheinufer vor sich.

Über den Feiertag lagen weniger Schiffe im Hafen als sonst. Aber selbst so wenige sorgten dafür, dass die Arbeit nicht ruhte. Der große Ladekran stand jedoch still. Francesco wusste, dass er nach Schiffen der Oberländischen Gilde Ausschau halten musste. Die fuhren flussauf bis Mainz. Diese Schiffe waren von besonderer Bauweise und in ihrer Form flach, von trapezförmigem Grundriss, der zu befahrenden Stromstrecke und dem Fahrwasser angepasst. Man konnte sie von Weitem schon erkennen. Sie hatten einen vierundzwanzig bis achtundzwanzig Fuß hohen Mast, der ausschließlich zum Treideln diente. Eines dieser Schiffe fiel Francesco sofort auf. Vor ihm herrschte mehr Betrieb als vor den anderen. Davor standen rund zwanzig mit Brandzeichen gesiegelte Heringsfässer. Die Fische stammten aus den Niederlanden. Sie waren hier in Köln geprüft und umgepackt worden und gingen nun mit dem städtischen Brand versehen weiter flussaufwärts, also genau in Francescos Wunschrichtung.

Der Römer hatte Dusel. Der Schiffer war oben an Deck. So breitbeinig wie er vor ihm stand, konnte er nicht verleugnen, viele Stunden seines Lebens auf schwankenden Schiffsplanken zugebracht zu haben. Francesco ging das befestigte Flussufer entlang, bis er genau vor dem Oberländer stand. Das Schiff hieß Lydia.

Mit einem freundlichen Kopfnicken wandte er sich an den Kapitän: »Gott zum Gruß, wo geht die Reise hin?«

Der Schiffsherr taxierte den Fragesteller, der da in seinem Pilgergewand vor ihm stand, etwas von oben herab und antwortete kurz angebunden: »Wohin soll es schon gehen? Nach Mainz natürlich, die übliche Route eines Oberländers.«

»Wann geht die Reise los?«, fragte Francesco unverzagt weiter.

»Was hat Euch das zu interessieren, oder sucht Ihr etwa eine Mitreisegelegenheit?«, antwortete der Schiffer.

»So ist es, und ich kann zahlen«, erwiderte ihm der Römer keck. Zum ersten Male glomm Neugier in den Augen des Schiffers auf. »Meister Caspar ist mein Name, kommt an Bord, dort lässt sich leichter reden«, lud er Francesco ein und wies mit seiner Rechten auf den hölzernen Steg, der vom Ufer auf das Schiff führte.

Das ließ sich der Römer nicht zweimal sagen, und schon bald standen die beiden Männer nebeneinander. Was Francesco zu hören bekam, passte genau in seine Pläne: Das Schiff sollte noch im Dunkeln ablegen, wahrscheinlich mit dem ersten Morgengrauen. Am Oberlauf des Rheins hatten schon starke Regenfälle eingesetzt, und der Flussschiffer erwartete zum nächsten Morgen einen gestiegenen Wasserpegel und damit eine breitere Fahrrinne.

Eine Kabine war für Francesco nicht mehr zu haben. Die zwei Kabinen, die das Schiff außer der Kapitänskajüte hatte, waren schon mit vier Mann belegt.

»Bei dieser Witterung kann man es gut an Deck aushalten. Ich werde Euch einen Strohsack besorgen, und Ihr sucht Euch eine gute Stelle am Heck. Glaubt mir, Ihr werdet es dort besser haben als unter Deck. Dort ist die Luft wegen der vielen Heringsfässer schlecht!«, verriet ihm der Käpten leutselig.

Für das Treideln war das Schiff bestens gerüstet.

»Vier gute Pferde werden uns ziehen. Wenn alles gut geht, sind wir in sieben Tagen in Mainz«, ergänzte der Schiffer stolz. Über den Fahrpreis wurden sich die beiden schnell einig und vereinbarten, dass der Italiener, wie alle anderen Fahrgäste, schon in der Nacht an Bord kommen sollte, damit man mit dem ersten Hochwasser ablegen konnte.

»Ihr seid Spanier?«, fragte ihn der Kapitän zum Schluss.

Francesco freute sich, dass auch der Schiffsherr ihn nicht als Italiener erkannt hatte, und nickte zur Bestätigung. Dann verabschiedete er sich und ging zu seiner Herberge zurück. Seine letzten Stunden in Köln waren eingeläutet! Etwas beunruhigte ihn allerdings die Information, dass am Oberrhein bereits die Schlechtwetterperiode eingesetzt hatte. Hoffentlich komme ich noch vor Wintereinbruch über die Alpen!, dachte er sorgenvoll.

Auch noch am späten Nachmittag strömte viel Volk durch Kölns Straßen. Das gute Wetter ließ die Leute ins Freie drängen. Allen, die beim großen Prozessionszug etwas für ihr Seelenheil getan hatten, stand nun der Sinn nach weltlichen Gelüsten. Dafür fand sich viel Verlockendes, denn unter dem Krummstab des Erzbischofs ließ sich's trefflich leben. Die Keutebierhallen warben mit kaltem Trank, und so saßen viele mit gut gekühlten Pokalen vor den Wirtshäusern. Allerlei Essensdüfte schwebten durch die Luft und ließen den Hungrigen das Wasser im Mund zusammenlaufen. Kölns unzählige Hübschlerinnen hatten sich parat gemacht und boten sich an wie Sauerbier. Die Beutelschneider und kleinen Gauner hatten Hochzeit. So mancher Pilger empfahl sich als Opfer, besonders dann, wenn er dem Bier oder Wein schon reichlich zugesprochen hatte und sorglos mit seinem Geld im Gürtel umging.

Francesco hatte sich mit seinen Freunden in das Getümmel gestürzt und auf den Weg ins Badehaus auf dem Berlich gemacht. Vor Sankt Laurentius hielt der Römer inne und bat seine Kumpanen, einen Moment auf ihn zu warten.

Er betrat die Kirche durch das offene Portal und brauchte im Halbdunkel einen Augenblick, um sich zurechtzufinden. Er wollte mit einer Wachsspende für das Böse sühnen, das er zu Carlas Wohl begangen hatte. Er wollte sich nicht lumpen lassen und pulte ein ganzes Goldstück aus seinem Gürtel. Er stiftete eine gewaltige Kerze. Dann kniete er vor dem prächtigen Kreuz mit dem leidenden Herrn nieder und betete um Gottes Gnade und Vergebung. Als er sich wieder erhob, fühlte er sich erleichtert. Nun erst trat er in das helle Tageslicht zurück.

Er musste einige Male blinzeln, bevor er seine Freunde wieder sehen konnte. Francesco schritt zu ihnen, und die drei machten sich ohne weitere Unterbrechung durch die Breitestraße auf den Weg zum Badehaus. Je näher sie ihrem Ziel kamen, umso ärmlicher wurden die Häuser. Es gab nur noch dürftig zusammengenagelte Bretterbuden und der Unrat türmte sich vor ihnen noch höher als sonst. Aber die Zahl der Bummelanten nahm nicht ab, denn es hatte sich herumgesprochen, dass man in dieser Gegend etwas erleben konnte.

José entdeckte das Badehaus als Erster. Es herrschte Hochbetrieb! An der Tür begutachtete sie ein schmieriger Alter mit zwei langen weißen Haaren am Kinn. Die drei Freunde bestanden die Prüfung. Mit geilem Lächeln, das schlechte Zähne entblößte, bat er sie herein: »Hereinspaziert, die Herren! Bei uns werden Kummer und Sorgen schnell weggespült, und ein jeder findet das Richtige fürs Herz.«

Bei diesen Worten zwinkerte er ihnen verschwörerisch zu.

Francesco lugte dem Türhüter misstrauisch über die Schulter und sah am Ende des Ganges mehrere leicht bekleidete Weiber vorbeieilen. Lärm, Gelächter, Gefiedel und Lautenklänge schallten den neuen Gästen entgegen. Gerüche von Speisen und Badezusätzen aus allerlei Kräutern lagen in der Luft.

»Mir ist nicht nach Fleischeslust«, sagte der Römer bestimmt. »Führt mich in die Abziehstube zum Abziehen und Pellen. Auch Fußpflege und ein bisschen Schröpfen wäre mir angenehm.«

Dem Alten war das recht, denn die Weiber waren alle gut beschäftigt. Zum Schein protestierte er jedoch: »Bei uns braucht Ihr keine Angst vor den Franzosenpocken zu haben. Die Hübschen sind alle gesund, echte *virgines colonienses*« – –Kölner Jungfrauen –, »dafür bürge ich persönlich.«

José ging auf ihn ein. »Das Abziehen und Pellen darf nicht alles sein, mein elfter Finger braucht auch dringend seine Pflege, und zechen und speisen will ich auch.«

Sein Freund Raoul lachte zustimmend und setzte sich in Richtung der Musik in Bewegung.

Der Alte hielt ihn am Kittel zurück. »Langsam, mein Freund, alles nacheinander. Zunächst hier rechts hinein, da wäscht man Euch die Glieder mit Essig und Wasser. Von da aus geht's dann sauber ins heiße Wannenbad. Wenn Ihr wollt, zusammen mit einer schönen Maid.«

José grunzte zufrieden und ließ sich ohne weiteren Widerspruch in die Kammer führen.

Das kleine Badestübchen war spärlich beleuchtet und der Boden mit glitschigen Tonziegeln ausgelegt. Die Luft im Raum war durch das flackernde Feuer unter dem Rauchfang stark aufgeheizt. Wasser dampfte im schweren Holzzuber. Scharfer Essiggeruch lag in der Luft und war daran schuld, dass die dämmrige Stimmung nicht richtig gemütlich wurde. Vor einem zweiten Bottich stand ein nackter Mann von enormer Leibesfülle. Der Bader lachte in seine Richtung und frotzelte: »Auch die Dicken haben eine gottgefällige Aufgabe. Sie wurden zur Freude der Friedhofswürmer geschaffen.«

Die beiden Spanier verstanden den derben Scherz nicht ganz, hielten es aber für besser, mit dem Alten zu lachen.

Francesco war unschlüssig auf dem Gang zurückgeblieben. Seinen Gefährten wollte er jedenfalls nicht folgen. Am liebsten hätte er an Ort und Stelle auf den Reliquienräuber gewartet und das sündige Haus nach der Übergabe des Reliquiars so rasch wie möglich wieder verlassen.

Nachdem der Alte die Spanier verarztet hatte, kümmerte er sich auch um Francesco. Er rief eine mollige Bademeisterin herbei und übergab ihr den Italiener. Francesco musterte die Frau. Sie war schon älter und weckte keine lüsternen Gedanken mehr in einem Mann. In einen Leinenkittel gehüllt, aus dessen Ärmel zwei kräftige Arme herausguckten, stand sie vor ihm.

Die kann pellen, walken und massieren, dachte er zufrieden und ergab sich seinem Schicksal.

Die Frau geleitete ihn in eine Kammer, in der ein großer Holzzuber auf vier Eisenfüßen stand. Er war voll heißem Wasser.

»Zieht Euch aus und weicht Euch ordentlich ein. Dann kann ich Euch besser abschälen«, befahl sie ihm.

Francesco zögerte, denn er hatte das Gold im Gürtel und mochte es nicht unbeaufsichtigt weglegen. Er suchte nach einem Ausweg. Als er den Schemel am Fußende des Zubers sah, entschied er sich, seine Kleidung dort abzulegen. Da hatte er sie im Blick und konnte nicht bestohlen werden.

Aus dem Zuber roch es angenehm nach Kräutern. Der Italiener meinte, Lavendel zu erkennen, und fühlte sich an den heimischen Garten erinnert.

Vorsichtig steckte er einen Zeh in den dampfenden Trog. Das Wasser war so heiß, dass es Überwindung bedurfte hineinzugleiten.

Eigentlich hatte Francesco ja eine Erfrischung erhofft. Aber als er sich an die Hitze gewöhnt hatte, genoss er das Bad voller Wohlbehagen. Unruhe und Nervosität fielen von ihm ab. Die Baderin bot ihm zusätzlich ein Gebräu aus getrockneten Lavendel- und Hopfenblüten und Ingwer als Beruhigungstrunk an. Doch Francesco lehnte ab.

Er wollte hellwach und aufmerksam bleiben!

Schließlich begann die Frau, ihn mit einem Badewedel und Seife abzureiben.

»Ihr sollt bei mir nicht nur sauber werden. Das warme Bad muss auch gegen die kalte Materie in Eurem Körper wirken, ganz im Sinne der Säftelehre«, sagte sie wichtig. »Wann habt Ihr das letzte Mal Schröpfköpfe und Sauger gesetzt bekommen? Einmal im Monat braucht das ein gesunder Körper!«, fuhr sie fort.

»Erst vor wenigen Tagen«, wehrte Francesco rasch ab. Er wollte handlungsfähig sein, wenn Simon Holländer erschien.

Die Alte guckte skeptisch und wollte ihm nicht glauben. »An Euch ist wohl kein zusätzlicher Pfennig zu verdienen«, murmelte sie mürrisch und fuhr laut fort: »Dann lasst Euch wenigstens die Haare stutzen. Das tut bei Euch wirklich not. Oder ist es in Italien Mode, sie so lang zu tragen? Habe ich Eure Herkunft an Euren wenigen Worten richtig erkannt?«

Francesco nickte. Er brachte nicht noch einmal den Mut auf, sich gegen den gut gemeinten Vorschlag der Frau zu wehren.

So fuhrwerkte schon bald ein blankes Schermesser um seinen Kopf. Zwischen dem Haarschneiden goss die Frau immer wieder heißes Wasser in den Bottich. Francesco fühlte, wie seine Haut langsam schrumpelig wurde.

Als das Weib mit dem Haarscheren fertig war, besah es seine rechte Hand und meinte: »Nun ist es Zeit zum Pellen und Schaben. Eure Haut fällt ja schon von alleine vom Fleisch!« Sie nahm einen Schaber zur Hand und Francesco gewann Gefallen an dem gründlichen Kratzen auf seinem Rücken. Viel weiter kam die Alte nicht. Plötzlich ging die Türe auf und ein Kerl trat ein. Es war nicht Simon Holländer!

Der hagere, spitznasige Ludger trat in den Raum und sah die Baderin mit seinen stechenden schwarzen Augen so grimmig an, dass sie wegen der geöffneten Tür nicht einmal protestierte.

Dann wandte er sich zu dem Italiener und sagte mit seiner Bassostimme: »Man schickt mich, ich habe etwas für Euch.« Dabei hob er einen Leinensack in die Höhe und schwenkte ihn vor den Augen des Badenden hin und her.

Francesco stieg aus dem Zuber, griff sich ein Handtuch, rieb sich damit ab und wand es sich um die Hüften. Dann sprach er zur Baderin: »Lass uns einen Augenblick allein. Ich muss etwas regeln. Ich ruf dich wieder, wenn ich fertig bin.«

Die Frau sah die beiden Männer einen Wimpernschlag lang an und verließ dann unwirsch die Kammer.

Francesco deutete auf den Leinensack. »Dann seid Ihr also ein Bote von Simon Holländer? Das ist zwar gegen die Abmachung. Aber wenn da drinnen das ist, was ich erwarte, soll es mir egal sein.« Beim Reden stieg er so schnell wie möglich in seine Kleider.

Ludger musterte ihn amüsiert und ließ, wie zur Bestätigung, einen Teil des Armreliquiars aus dem Beutel blitzen: »Euer Hoffen wird von höchster Stelle erhört, natürlich nur, wenn auch Ihr Euren Teil der Abmachung erfüllt.« Genüsslich rieb er dabei Daumen und Zeigefinger zusammen, als würde er Geldstücke zählen. »Pacta sunt servanda – Verträge müssen eingehalten werden«, antwortete Francesco und holte seinen Geldgürtel hervor. Sorgfältig zählte er die ausgemachte Summe ab und schob sie Ludger über den Tisch. Der griff sich grinsend eines der Goldstücke. »Gold prüft man mit Feuer, Frauen mit Gold und Männer mit Frauen!« Er ging an die Feuerstelle und hielt das Goldstück hinein.

Francesco hob seine Rechte und griff fordernd nach dem Sack, doch Ludger hinderte ihn: »Moment, Moment, das Gold ist zwar echt, aber ich brauche mehr davon!«

Francesco antwortete verblüfft: »Das fordert Ihr ohne Fug und Recht. Überspannt den Bogen nicht und bleibt bei unserer Abmachung!«

»Warum soll ich um den heißen Brei herumreden?«, brummte der ehemalige Mönch. »Es ist etwas dazwischengekommen. Das macht mehr Gold erforderlich. Also ziert Euch nicht so!«

Francesco schüttelte den Kopf und ging auf den Leinensack zu. Doch Ludger ließ sich von seiner Forderung nicht abbringen. Seine Augen zogen sich zu drohenden Schlitzen zusammen. Auf einmal hatte er aus dem weiten Ärmel seines Hemdes einen kleinen Dolch hervorgeholt und verlangte von dem Italiener den gesamten Geldgürtel.

Dessen Augen weiteten sich. Er durfte sich darauf nicht einlassen. Im Gürtel war sein letztes Geld, und das brauchte er für die Heimreise: »Haltet die Absprachen ein, sonst schreie ich Zeter und Mordio. Dann kommt Ihr in Teufels Küche!«, drohte er dem hageren Mann. Da sich Ludger die Drohung des Italieners nicht zu Herzen nahm, schrie der um Hilfe.

Das Unglück nahm seinen Lauf. Die Tür zum Baderaum wurde aufgerissen und José stürmte herein. Als er sah, dass sein Freund durch einen Fremden bedroht wurde, griff er mutig zu seiner Waffe. Er stellte sich Ludger in den Weg. Der richtete seinen Dolch gegen den neuen Gegner. Doch der tapfere Spanier war schneller als er. Ohne lange zu fackeln, stieß er Ludger sein Stilett in die ungeschützte Seite.

Ein ungläubiger Blick erschien in den Augen des Getroffenen, dann brachen sie, und ein tiefroter Blutfleck leuchtete auf seinem Wams. Ludger sackte über dem Tisch zusammen, riss die abgezählten Goldstücke mit auf den Boden und blieb leblos liegen.

Francesco und José standen wie zur Salzsäule erstarrt da. Erst als die Baderin im Türspalt erschien und wie angestochen schrie, kam Leben in sie. Francesco reagierte als Erster. Er forderte seinen Kumpan zur Flucht auf: »Mein Gott, wir müssen hier weg. Wenn man uns ergreift, sind wir verloren!« Er bückte sich und zog den Leinenbeutel über die Reliquie. Er griff sie und raste, ohne sich nochmals umzusehen, aus dem Raum, den Flur entlang, durch die Haustür hinaus ins Freie.

Draußen war es inzwischen dunkel. Bevor ihn jemand aufhalten konnte, verschwand er und wurde eins mit der Nacht.

José reagierte nicht so schnell. Wie ein gehetztes Tier sah er sich um. Als sein Blick auf die vielen Goldstücke fiel, siegte die Gier. Er bückte sich und klaubte die Münzen hastig zusammen. »*Pecunia non olet*« – Geld stinkt nicht, murmelte er und stopfte sich die Goldstücke in die Taschen. Erst dann versuchte er zu flüchten.

Der Augenblick der Gier wurde ihm zum Verhängnis.

Das Geschrei im Badehaus war so laut gewesen, dass es bis hinaus auf die Straße gedrungen war. Leuchten wurden angezündet und »Haltet die Mörder!« schallte es alsbald durch die Dunkelheit. So nahm es nicht wunder, dass der Spanier in die Arme eines Trupps aufmerksam gewordener Stadtsoldaten rannte.

»Wohin so eilig, Bürschchen?«, fragte ihn deren Anführer und stellte sich ihm in den Weg. Seinen Spieß hielt er wie eine Schranke bedrohlich vor sich. In Josés Hirn arbeitete es fieberhaft. Doch ihm fiel nichts Besseres ein, als zu antworten: »Ich möchte schnell nach Haus, Amigo!«

Der Satz war ihm kaum aus dem Mund entwichen, da wusste er, dass er einen Riesenfehler begangen hatte. Wenn die Soldaten ihn nicht schon an seinem Akzent als Ausländer erkannt hatten, so hatte spätestens das Wort »Amigo« dafür gesorgt.

»Das ist aber ganz schön weit, mein Lieber! Willst du heute wirklich noch bis Hispanien?« Der Anführer griente lauernd. »Ich glaub dir kein Wort. Was für die Braven der Sonnenaufgang, ist für lichtscheue Brut wie dich die dunkle Nacht. Dich setzen wir fest!«, fuhr er fort.

José wusste, dass er etwas zu seiner Rettung unternehmen musste. Als Fremdling würde er sonst immer den Kürzeren ziehen. Er schlug einen Haken und versuchte an dem Mann vorbeizustürmen.

Einer von dessen Gefährten war jedoch zu schnell und füllte mit seinem Spieß die frei gewordene Lücke.

Bevor sich der Spanier versah, war er mit voller Wucht in den Speer gerannt und hatte sich aufgespießt.

Ein letztes Stöhnen entrang sich seiner Brust, dann hauchte er sein Leben aus.

»Armer Teufel, das wollte ich nicht«, stotterte der Stadtsoldat vor Aufregung. Doch da legte sich schon die Pranke seines Hauptmanns auf seine Schulter und er hörte dessen Stimme: »Warum denn nicht? Du hast doch nur deine verdammte Pflicht getan!«

Die Männer untersuchten den Leichnam und fanden die Goldmünzen. »Ein Dieb also«, kommentierte der Anführer. »Dann hatte er einen gnädigen Tod. Schnell aufgespießt ist wahrlich schöner, als lang am Galgen zu zappeln!«

Zwei der Soldaten wickelten den Toten in ein Tuch und trugen ihn fort. Der Zug setzte sich zum Badehaus in Bewegung, von wo immer noch aufgeregtes Geschrei herüberdrang.

Vor dem Haus hatte sich eine große Menge Gaffer versammelt. Es war fast kein Durchkommen für die Büttel. Aber der ein oder andere feste Knuff mit der Hellebarde sorgte dafür, dass sich doch noch eine schmale Gasse öffnete. Als Erstes riegelten die Männer das Haus gänzlich ab und ließen niemand mehr hinein oder heraus. Mit gekreuzten Hellebarden standen sie vor den Ausgängen, als Otto von Anheim eintraf.

Der schmierige Bademeister empfing den Gewaltrichter sehr beflissen. Der Kerl wusste genau, dass Kölns Obrigkeit sein Etablissement auf dem Kieker hatte. Er musste achtgeben. Er wollte seine Einkünfte ja nicht verlieren.

Triefend vor Höflichkeit führte er den Gewaltrichter in ein Separee. »Hier könnt Ihr Eure Befragungen ungestört durchführen. Auch wir wollen, dass der Übeltäter schnell bestraft wird und kein Schatten auf unserem ehrlichen Haus bleibt«, fuhr er kriecherisch fort.

Von Anheim sah ihn angewidert an. Gegen den Raum konnte er nichts sagen, trotzdem widersprach er dem Kerl sofort: »Nichts da, ich will den Tatort sehen. Ich hoffe für dich, dass nichts angerührt worden ist!«

Der Bader schüttelte den Kopf und ging in leicht gebückter Haltung vor dem Polizeichef her, zum Raum, in dem der Erstochene lag. »Ihr werdet sehen, es ist alles unverändert. Nur der Mörder ist natürlich geflohen!«

Der Richter hatte nur ein missmutiges Brummen für ihn übrig, dann fragte er barsch: »Warst du bei der Tat zugegen?«

»Nein, Herr«, kam die Antwort wie aus der Pistole geschossen. »Rosanna hat den Italiener abgeschabt, soll ich sie holen lassen?«

»Aha, ein Italiener«, murmelte von Anheim vor sich hin und wies den Bader grimmig an: »Natürlich, hol sie her.«

Die Baderin war eine resolute Alte. Sie ließ sich nicht so leicht die Butter vom Brot nehmen. Als sie in den Raum trat, stand sie noch ganz unter dem Eindruck des Geschehenen. Sie war totenblass und zitterte leicht.

Von Anheim begann, sie mit beruhigender Stimme zu befragen: »Was kannst du mir über den Vorfall berichten? Lass nichts aus, und sprich frei von der Leber weg!« Er hatte erkannt, dass die Alte noch unter Schock stand und freundlicher Zurede bedurfte, wollte man etwas Rechtes von ihr erfahren.

Die Baderin beruhigte sich etwas und guckte ihn überrascht an. Einen solch freundlichen Ton war sie von der Obrigkeit nicht gewohnt. Wenn die sonst auftauchte, musste man auf beißende Befehle hin springen. Man blieb am besten zugeknöpft und ließ nur heraus, was wirklich nicht zu verschweigen war. Dieses Mal klangen die Fragen höflich. So war sie richtig froh, sich das Erlebte von der Seele reden zu können. Es musste heraus und verarbeitet werden. Da half auch der warnende Blick des Hausherrn nicht.

»Ich war mit einem Kunden in diesem Raum, Herr. Er wollte gewaschen und geschabt werden. Ein gut gepflegtes Mannsbild, ein Italiener, kann ich sagen.«

»Aha, wirklich ein Italiener – vielleicht der, den wir suchen«, fiel ihr von Anheim ins Wort. »Ist dir irgendetwas an ihm aufgefallen?«

Die Frau dachte einen Moment nach, dann kam eine Antwort, aufgeregt wie ein Wasserfall, hervorgesprudelt: »Aber ja doch, Herr. Er wollte nur baden und sich pflegen lassen. Er hatte keine Lust auf Fleischessünde, wie die meisten Kerle, die hier hereinkommen. Er war sehr besorgt um seine Habe. Sie musste immer in seinem Blickwinkel liegen. Das kann man ja verstehen«, sagte sie und wies mit ihrem knochigen Zeigefinger auf die wenigen Goldmünzen, die José auf dem Boden gelassen hatte. Sie schaute sie dabei mit gierigen Augen an. »Und«, fügte sie ohne Atem zu holen hinzu, »der Mann schien auf jemanden zu warten. So unruhig, wie er bei jedem Geräusch von draußen reagierte und auf die Tür sah.«

»Das ist interessant«, murmelte der Gewaltrichter. »Dann hatte der Kerl wohl einen Spießgesellen?«

»Ich verstehe nicht, was Ihr meint, Herr. Aber als Ludger eintrat, war der Italiener überrascht. Mit dem hat er jedenfalls nicht gerechnet. Die zwei passen auch nicht zusammen.«

»Wer ist Ludger?«, fragte der Richter und sah sie gespannt an.

»Der Tote natürlich.« Mit ihrem Kopf wies sie eifrig auf die Leiche. »Ich kenne den. Er war schon öfters hier, hat nur Weiber im Kopf. Als Mönch wurde er aus seinem Orden geworfen, weil er es mit Hübschlerinnen trieb.«

Von Anheim musterte den Toten aufmerksam. Er vermeinte an seinem Hinterkopf noch den Rest einer Tonsur zu erkennen. Die Frau schien die Wahrheit zu sprechen! Er wandte sich erneut an die Alte: »Weißt du, wo er gewohnt hat?«

»Gewiss, er war der Adlatus von Simon Holländer und wohnte meist bei ihm im Haus hinter Sankt Pantaleon. Aber hierher kam er immer allein. Oh ja, ich erinnere mich, dieses Mal kam er wohl als Holländers Bote. Deshalb kannte ihn der Italiener auch nicht.«

Der Gewaltrichter frage einen seiner Leute: »Simon Holländer, ist das nicht der windige Kerl, den wir schon lange als Reliquienschacherer verdächtigen, dem wir aber trotz aller Anstrengung nichts nachweisen können?«

Sein Untergebener nickte und vermeldete wichtig: »Und Ludger ist uns auch bekannt. Es stimmt, was die Alte von ihm sagt.«

Das Wort »Alte« bescherte ihm einen bitterbösen Blick der Baderin, die danach fortfuhr, von Anheim weiter zu berichten: »Heiligtümer, Reliquien, die spielten hier eine Rolle«, brabbelte sie aufgeregt. »In einem Sack hatte Ludger etwas dabei, das ich von den heiligen Prozessionen her kenne. Einen Arm aus Silber und Gold mit allerlei funkelnden Steinen. Er lag auf dem Boden, als ich wieder in den Raum kam. Ludger wird das Heiligtum doch nicht aus einem Kloster gestohlen haben?«

An der Reaktion des Gewaltrichters merkte sie, dass sie etwas sehr Wichtiges gesagt hatte, und bemühte sich, weiter im Rampenlicht zu bleiben. »Über diesen Sack sind die beiden zu Streithanseln geworden. Ludger wollte viele Goldstücke dafür. Als der Italiener sich von dem Strolch bedroht fühlte, hat er um Hilfe geschrien. Da stürzte der andere Kerl an mir vorbei, und es kam zum Kampf. Als ich wieder in den Raum blickte, lag Ludger entleibt da.«

Von Anheim unterbrach ihn: »Wer hier ein Strolch ist, lass mich mal ruhig entscheiden.« Es schien sicher, dass der Italiener der Gesuchte war. Die Baderin hatte schließlich das gestohlene Armreliquiar gesehen. Aber war er auch der Mörder von Almut Bonnheim und dem blonden Zugehjungen? Das Reliquiar hatte sich im Besitz des ausgestoßenen Mönchs befunden. War er oder Simon Holländer der Täter und der Italiener nur der Hehler?

»Ich muss Holländers oder des Italieners habhaft werden, um das zu klären! Kannst du den Mann beschreiben, der den Kerl erdolcht hat?«, fragte er die Baderin.

»Nur ungenau Herr, ich war zu bestürzt, aber er war schwarzhaarig, bestimmt auch ein Ausländer.« Sie zögerte einen Moment, um dann mit einem Nicken fortzufahren: »Die beiden haben sich gekannt. Ich erinnere mich genau, der Italiener hat dem anderen zugerufen: ›Los, wir müssen weg. Wenn man uns greift, sind wir verloren.‹ Sie hatten also ganz schön Dreck am Stecken.« Von Anheim seufzte gequält. Die ewigen Mutmaßungen der Alten gingen ihm langsam auf die Nerven. Aber er musste zugestehen, sie war eine gute Beobachterin und hatte ihm sehr geholfen. Als der Richter seine Befragung am Ende glaubte, mischte sich der schmierige Hausherr nochmals katzbuckelnd in das Gespräch: »Herr, vielleicht kann ich noch etwas von Wichtigkeit beisteuern. Der Italiener ist mit zwei Kumpanen hier angekommen. Ich selbst habe sie am Eingang überprüft. Die waren mit Sicherheit aus Spanien. Einer von ihnen wurde zu Ludgers Mörder.«

Von Anheim sah ihn fassungslos an. In seinen Zügen wich die Überraschung aufkommender Wut. »Damit kommst du erst jetzt heraus, du Dummkopf?!«, brüllte er den entsetzten Bader an. Der verstand die Welt nicht mehr.

»Wo ist der zweite Spanier? Hast du ihn etwa entkommen lassen? Schaff ihn schleunigst herbei, und gnade dir Gott!«

Der Hurenwirt erkannte zerknirscht seinen Fehler und machte sich eiligst von dannen. Er betete zu allen Heiligen, dass der Spanier noch im Hause war.

9

Raoul hatte sich bald, nachdem sie mit Essigwasser abgewaschen worden waren, von José getrennt. Er sah sich unter den Hübschlerinnen um, und sein Augenmerk fiel auf ein blutjunges Ding, blond und vollbusig! Die Kleine lächelte ihn verführerisch an und zwinkerte mit ihren großen blauen Augen auffordernd. Wie viele *ejaculationes nocturnae* – nächtliche Erregungen – hatte er während seiner langen Pilgerreise gehabt, und zwar ohne sündiges Dazutun! Endlich konnte er mit einem Weib mal wieder richtig storchen! Da halfen die Mahnungen seines Vaters nicht, die ihm nur kurz in den Sinn gekommen waren: Eine schöne Frau ist ein goldener Ring in einem Schweinerüssel. Sie will uns vorführen, verführen, führen oder gar an der Nase herumführen, alles ist gleich schlimm, bleibt vorsichtig!

Schnell war er mit der Blonden einig geworden, und sie zogen sich in ein Separee zurück, das direkt neben dem großen Baderaum lag. Der Raum war klein und abgedunkelt. Mittendrin stand eine Doppelwanne, in der angenehm duftendes Wasser dampfte. Quer über der Holzwanne lag ein Brett, auf dem zwei Teller und zwei Pokale standen. »Alles ist bestens vorbereitet«, registrierte der Spanier zufrieden.

Das blonde Täubchen trat geschmeidig neben den Badebottich und ließ mit aufreizenden Bewegungen das große, weiche Tuch von seinem Körper fallen. Nun stand die Maid nackt da, wie Gott sie geschaffen hatte! Wie ein heißer Blitz schoss die Erregung in Raouls Lenden. Schon in leichter Trance sah er mit an, wie seine Auserwählte graziös ihre Zehen in das warme Wasser steckte und dabei lüstern schnurrte. Dann ergriff sie eine Weinkanne und füllte beide Becher.

»Du hast doch nicht etwa Hunger?«, fragte sie ihn spitzbübisch lächelnd und reichte ihm einen der Pokale. Erregt griff Raoul danach, schüttete den kühlen Trunk auf einmal hinunter und antwortete mit rauer Stimme: »Das kann warten!« Dabei ließ auch er sein Badetuch auf den Boden gleiten und die Schöne konnte sich davon überzeugen, dass sie es mit einem echten Mannsbild zu tun hatte. Raoul näherte sich dem Zuber und hob mit seinen muskulösen Armen das Tischbrett auf die Seite, nahm Julia, so hieß seine Verführerin, herausfordernd bei der Hand und glitt mit ihr, wie zwangsläufig, in das wohlige Nass. Zufrieden stöhnte er auf, als das Wasser ihn umschmeichelte. Die zarten Berührungen der jungen Frau stimulierten ihn. Mit seinen großen Händen suchte er die Berührung und ging dabei überraschend sanft vor. Er streichelte ihren jungen Körper mit großer Zärtlichkeit. So wuchs auch in der Hübschlerin die Begierde. Ihre Wangen glühten, und ihre Brustwarzen richteten sich straff auf. Sie schob sich rittlings über Raoul und verspürte schon bald seine stramme Liebeswurzel in sich. Beide gaben sich lustvoll im Gleichklang ihrer rhythmischen Bewegungen hin. Ihr Stöhnen ging in lautes Keuchen über. Die Kleine stieß helle, spitze Schreie aus. Beide waren so miteinander beschäftigt, dass sie die Hilfeschreie des Italieners und das nachfolgende Gekreische der Baderin gar nicht wahrnahmen.

Nachdem Raoul sich wieder beruhigt hatte, verspürte er Hunger und Durst. Doch er sollte nicht mehr dazu kommen, auch diese Gelüste zu befriedigen. Die Tür wurde aufgerissen und der Bader und zwei Büttel stürmten in den Raum. Die Badenden hatten nur fassungslose, erschrockene Blicke für sie.

Sie begriffen nicht, warum der Bader nickte. Schon wurden sie von den Bütteln herumkommandiert: »Heraus, aber flott!« Eine Hellebardenspitze, auf Raouls nackte Brust gerichtet, bekräftigte den Befehl bedrohlich. Der Spanier fühlte sich von einem Moment auf den anderen wie ein Schwerverbrecher. Vorbei war der Himmel auf Erden. Verdattert stieg er mit Julia aus der Wanne. Als die merkte, dass sich niemand für sie interessierte, nahm sie ihr Tuch und verdrückte sich schleunigst.

Aha, so lange halten zarte Gefühle vor, dachte Raoul verbittert und begann sich unter Stupsen und Knuffen durch seine Häscher anzukleiden.

Als er fertig war, packten ihn die Männer an den Armen und schleppten ihn grob mit sich. Bevor er sich versah, stand er in der Stube mit der Leiche und wurde triumphierend vor den Gewaltrichter gestoßen.

»Also war der Vogel noch nicht ausgeflogen«, vermerkte der zufrieden und starrte den Spanier mit stechenden Augen an. Raoul bekam dies kaum mit. Der Tote in der hässlichen Blutlache am Boden hatte ihn ganz in Bann gezogen. Er erbleichte, und sein Atem wurde kalt, obwohl der Raum mächtig überhitzt war. Irgendwie wurde ihm klar, dass man ihm etwas am Zeug flicken wollte. Sein Blick flog hin und her. Er suchte einen Fluchtweg, doch leider vergeblich. Er war von seinen Häschern umringt, und die waren bis zu den Zähnen bewaffnet.

»Du kennst den Toten?«, schnauzte ihn der Richter an.

Raoul sah eine Chance, sich zu verteidigen. Mit dem Brustton der Überzeugung, wenn auch in der Sprache fehlerhaft, verneinte er die barsche Frage: »No, no, Señor, ich kenne die Mann nix. Ich bin aus die Fremde.«

Von Anheim winkte ab.

»Das spielt keine Rolle, Bürschchen. Seinen Mörder wirst du kennen, der ist ein Spanier wie du!«

Raoul konnte sich nur vorstellen, dass José gemeint war. Aber da er ihn nirgendwo im Zimmer sah, beschloss er zu schweigen. Stattdessen meldete sich einer der Büttel zu Wort und wandte sich an den Gewaltrichter: »Sollen wir die andere Leiche hereinholen? Sie ist schwarzhaarig, könnte der geflüchtete Spanier sein. Solche Goldmünzen wie hier auf dem Boden haben wir auch bei ihm gefunden.«

»Das ist eine gute Idee«, lobte ihn von Anheim.

Das Lob seines Vorgesetzten zauberte ein Strahlen in das feiste Gesicht. Voll Diensteifer eilte er hinaus. Schon bald kehrte er mit einem Kollegen zurück. Zusammen trugen sie die in Tücher eingewickelte Leiche herein. Sie legten sie auf den Boden und schlugen die Stoffhülle auf, wobei der eine Büttel stolz vermeldete: »Auf der Flucht von uns niedergestreckt!«

Als Josés Gesicht aufgedeckt war, stieß Raoul einen heiseren Schreckensschrei aus, verstummte aber sofort wieder.

»Den kennst du also?«, fragte ihn von Anheim streng.

Raoul schüttelte, wie unter Zwang, den Kopf. Das, was er sah, wollte er nicht glauben.

Der Gewaltrichter wurde wütend über die durchsichtige Lüge und brüllte ihn an: »Hör auf, so frech zu leugnen. Deine Lüge ist wie ein Schneeball. Je länger man ihn wälzt, desto größer wird er!« Den letzten Satz hatte er ohne Doppelsinn hinzugesetzt. Aber es war schrecklich heiß in dem Raum und die Worte versprachen Kühlung.

Raoul merkte, was sein Kopfschütteln angerichtet hatte, und antwortete schnell: »Doch, si, si, Señor, das ist mio Amigo José. Que pasa, was ist passiert?«

Der Gewaltrichter ging nicht auf Raouls aufgeregte Frage ein. Er bückte sich, hob den blutigen Dolch auf und hielt ihn dem Spanier vor die Nase: »Ist das der Dolch von deinem Amigo?«

Raoul musste kein zweites Mal hinsehen. Diese Waffe gehörte José. Das bestätigte er auch.

»Dann bist du Amigo eines Diebes und Mörders«, stellte von Anheim mit versteinerter Miene fest.

Raouls Herz begann wie toll zu rasen. »Was hat das alles zu bedeuten?« Noch einmal bäumte er sich zur Gegenwehr auf. »Nix Räuber, nix Mörder! José war wie ich ein frommes Mensch. Haben große Wallfahrt gemacht, auch hier in Santa Colonia.«

»So, so, dann wolltet ihr wohl Reliquien stehlen. Da passt ja alles zusammen!«

»Nix Räuber von *ossibus sancti*! Wollten nur das *bonum* der Heiligen verspüren«, stotterte der Spanier.

Der Gewaltrichter schenkte ihm keinen Glauben und fragte lauernd: »Wer war der Dritte im Bund, der mit euch gekommen ist – ein Italiener, ist zu vermuten?«

Endlich fühlte Raoul wieder etwas Boden unter seinen Füßen und er antwortete eifrig: »Si, Señor, Francesco, guter Amigo, kann sagen, dass ich gute Mann bin.«

»Dass ich nicht lache«, fiel ihm der Richter ins Wort. »Da ist nichts zu fragen, der Kerl hat längst Fersengeld gegeben. Wie es aussieht, hat er eins unserer Heiligtümer mitgenommen.«

Ungläubig schaute Raoul dem Richter in das finstere Gesicht. Dann dämmerte ihm, dass an den Worten etwas Wahres sein könnte. Francesco wollte seiner Frau ein heiliges Knöchelchen nach Rom bringen, damit sie gesund würde. Und er erzählte, um seine eigene Haut zu retten, alles darüber, was er wusste. Für von Anheim machte Raouls Aussage den Kohl erst richtig fett.

»Der Kerl ist in die finsteren Machenschaften verwickelt«, schloss er messerscharf. »Bringt ihn ins Verlies. Ich will ihn morgen aufs Schärfste verhören.«

Die Büttel packten den armen Spanier und schleppten ihn in den städtischen Kerker.

Danach verließ von Anheim das Badehaus. Er fühlte sich nicht wohl in diesen Mauern. Er wollte so schnell wie möglich weg.

Seine Männer atmeten auf. Endlich war ihr Tagwerk getan. Sie durften an zu Hause denken. Sie hatten den Mörder zwar noch nicht dingfest gemacht, auch die Reliquie war noch verschwunden, aber einer der Täter saß schon ein. Das würde die Volksseele fürs Erste beruhigen. Morgen war auch noch ein Tag!

Die Männer hatten sich zu früh gefreut und die Rechnung ohne den Gewaltrichter gemacht. Vor dem Badehaus nahm er sie erneut in Beschlag: »So, Leute, es ist noch nicht aller Tage Abend. Nun wollen wir mal dem Simon Holländer auf seine dreckigen Finger gucken. Auf nach Sankt Pantaleon!«

Mit mürrischen Gesichtern zündeten die Gewaltmeister ihre Fackeln an und machten sich über den Neumarkt hinweg auf den Weg zum Haus des Reliquienschacherers.

In den Straßen der Stadt war es inzwischen merklich ruhiger geworden. Bürger, die etwas auf sich hielten, hatten längst ihr Heim aufgesucht. So begegnete die kleine Schar nur noch wenigen Nachtschwärmern, die ihr neugierig hinterherschauten. Trotz ihres raschen Tempos dauerte es eine halbe Kerzenlänge, bis sie, dunkel gegen den Himmel ragend, die Türme von Sankt Pantaleon vor sich sahen. Einer der Gewaltmeister übernahm die Führung. Er wusste genau, wo das Haus von Holländer stand. Endlich erreichten sie das völlig dunkle Gebäude.

»Der Vogel scheint ausgeflogen«, brummte von Anheim enttäuscht. »Aber wir wollen sichergehen. Umzingelt das Haus, damit er nicht doch noch entweicht. Dann lasst uns an die Tür klopfen.«

Die Männer taten, wie ihnen geheißen, und sie waren schon wieder viel munterer bei der Sache. In ihnen war das Jagdfieber erwacht. Als alle ihre Plätze eingenommen hatten, schlug einer, ein grobknochiger Blonder, mit seiner behandschuhten Rechten fest gegen die schwere Holztür. Von drinnen vernahmen sie kein Lebenszeichen. »Vielleicht hat Simon ja einen festen Schlaf«, meinte der Blonde und klopfte mit dem Knauf seines Degens nochmals an die Tür, dieses Mal viel lauter. Seine Bemühung blieb ohne Erfolg. So ordnete der Gewaltrichter an, die Tür aufzubrechen. Das war für die Männer eine leichte Übung. Nach kürzester Zeit drangen sie in das Innere des Hauses.

Nichts rührte sich, als sie mit ihren Fackeln in die Räume leuchteten. Das Haus war menschenleer.

Als der Befehl des Gewaltrichters ausgeführt war, die Lampen in allen Räumen anzuzünden, konnte man sehen, dass der Hausherr sein Heim fluchtartig verlassen hatte. In der kleinen Schlafstube standen Schrank und Truhe offen. Kleidungsstücke lagen durcheinandergeworfen umher, als hätte Holländer daraus in großer Eile einige Sachen zusammengesucht, um schnellstens zu verschwinden. Am Schreibmöbel im Wohnraum standen zwei Laden weit heraus. Im Vorratsraum und in der Küche hatte jemand in den Lebensmitteln gewühlt. »Wenn wir den Kerl schon nicht selbst in die Mangel nehmen können, wollen wir wenigstens alles gründlich durchsuchen«, befahl von Anheim, und die Männer begannen mit der Hausdurchsuchung.

Es war kaum damit zu rechnen, die gestohlene Reliquie zu finden. Die hatte der Italiener mit sich genommen. So wusste keiner so recht, wonach er Ausschau halten sollte. Also stöberten die Männer ziemlich lustlos in den Sachen herum.

»Alles, was mit Heiligtümern zu tun haben könnte, ist von Interesse.

Haltet die Augen offen und guckt auch nach Einbruchswerkzeug und verräterischen Hinweisen«, munterte sie von Anheim auf. Er beteiligte sich selbst an der Suche. Er nahm sich das Schreibmöbel und das Bücherregal mit den schweren Folianten vor.

Hinter den Folianten gab es kein verdecktes Fach. Die Bücher enthielten keine besonderen Aufzeichnungen. Es handelte sich um unauffällige Werke in der von Meister Gutenberg erfundenen Druckkunst. Beim vorsichtigen Ausschütteln der Seiten kamen auch keine verborgenen Schriftstücke zutage. Von Anheim richtete sein Augenmerk mit schwindender Hoffnung auf den Schreibtisch selbst. Die aufgezogenen Laden waren leer. Hatte Holländer hier etwas herausgenommen?

In den Schubladen fanden sich nur Tusche, Wachsgriffel, Schaber und einige Blatt Papier. Nichts davon wies auf unrechte Taten hin. Schon resigniert blieb der Blick des Gewaltrichters auf einer Holzschachtel ruhen, die etwas verloren auf der Tischplatte stand, als habe man vergessen, sie wegzuräumen oder mitzunehmen. Anheims Interesse erwachte wieder. Er nahm die Schachtel in seine Hände und suchte nach einem Scharnier, um sie zu öffnen. Mit leichtem Knarren ließ sich der Deckel anheben und der Gewaltrichter blickte auf eine größere Anzahl von Wachstäfelchen. Vorsichtig stellte er das Behältnis auf den Tisch zurück und fingerte eines der Täfelchen heraus.

In das Wachs waren unverständliche Schriftzeichen eingeritzt. Zunächst stand da ein großes X. Daneben das Wort »Amalfi«, die Stadt in Italien, und zum Abschluss 45 G. Von Anheim konnte trotz angestrengten Nachdenkens keinen Sinn in dem Gekritzel sehen. Er griff nach dem nächsten Täfelchen: Ps. 118,16, *Urbi et Orbi*, 35 G. Auch diese Aufzeichnungen blieben ihm ein Buch mit sieben Siegeln. *Urbi et Orbi* war allerdings eine Bezeichnung für die heilige Stadt Rom. Hatten die Kärtchen vielleicht etwas mit Reliquien zu tun?

Von Anheim beschloss, am nächsten Tag eine der Kanonissen von Sankt Ursula zurate zu ziehen. Sie hatten selbst Interesse an der Aufklärung des Verbrechens und würden ihm gerne helfen.

Nachdem er sich durch einen kurzen Rundgang im Hause vergewissert hatte, dass nichts weiter Verdächtiges zu finden war, brach er die Untersuchung ab und schickte seine Leute in die wohlverdiente Nachtruhe. Die Haustür wurde fest verrammelt. Nur ein Posten blieb zur Bewachung zurück, um den Hausherrn in Empfang zu nehmen, sollte er wider Erwarten nach Hause zurückkehren.

Der Arme hatte im Freien eine ganze Nacht gegen den Schlaf zu kämpfen. Aber wenigstens kam keiner, um ihn dabei zu stören. Die Temperatur blieb angenehm warm, und so musste der Wächter nicht frieren.

Gott ist mit mir! Er hat zugelassen, dass ich für Carla die Reliquie bekam. Nun wird alles gut werden!, ging es Francesco durch den Kopf. Ein großes Glücksgefühl durchströmte ihn. Er hörte auf zu rennen, bevor ihn Seitenstiche plagten.

Ich falle auf, wenn ich mich nicht der Geschwindigkeit der anderen Müßiggänger anpasse, dachte er. Er stellte beruhigt fest, dass er bereits eine gehörige Strecke zwischen sich und das Badehaus gebracht hatte.

Als er an einer Garküche vorbeikam, stiegen ihm herzhafte Essensgerüche in die Nase. Er merkte auf einmal, dass ihn ein schreckliches Hungergefühl quälte. Er hatte in seiner Aufgeregtheit seit dem frühen Morgen nichts mehr zu sich genommen. Francesco trat auf die Küche zu, und eine dralle Schankmagd lächelte ihm aufmunternd entgegen.

»Was habt Ihr Gutes zu bieten, Bella?«, wandte er sich an die junge Frau.

»Ihr habt die Wahl zwischen zwei echten Köstlichkeiten: Schweinswürsten mit Erbsen oder heidnischem Kuchen.« »Was ist das für ein Kuchen?«, fragte Francesco neugierig.

»Rindfleischtaschen sind das. Man nimmt Teig, rollt ihn dünn aus und füllt ihn mit Eiern, gekochtem Rindfleisch, Äpfeln und gewürfeltem Speck. Dann wird das Ganze gut gewürzt und kommt in den Ofen, bis es goldbraun ist. Vielleicht sind die Taschen heute an dem warmen Abend etwas feiner und nicht so schwer wie die fetten Würste.«

Francesco ließ sich von ihren Argumenten überzeugen.

Er nahm zwei Teigtaschen. Die waren reichlich gefüllt und genau das Richtige für seinen leeren Magen. Er bereute seine Wahl nicht, aß bedächtig und beobachtete dabei, stets fluchtbereit, seine Umgebung. Aber alles blieb ruhig. Den Beutel mit dem Heiligtum hatte er unter seinem Umhang an den Gürtel geknüpft. So fiel sein verbotener Besitz nicht auf und zog auch keine neugierigen oder gar begehrlichen Blicke auf sich.

Als der Römer alles aufgegessen hatte und keinen Hunger mehr verspürte, zahlte er, erwiderte den Abschiedsgruß der jungen Köchin und setzte seinen Weg zum Rheinhafen fort. Er vermied es, seiner Herberge zu nahe zu kommen. Er wollte keinem Bekannten in die Arme laufen.

Er hatte nur noch das Ziel, unerkannt und unverfolgt auf das Treidelschiff zu kommen.

War er erst einmal fort aus Köln, dann waren die Karten für ihn schon viel besser gemischt!

Kurz vor dem Altermarkt sah er einen kleinen Volksauflauf. Er fürchtete schon, ein Suchtrupp habe ihn überholt, um ihn nun mit Zeder und Mordio festzusetzen. Aber dann gaben seine guten Ohren Entwarnung.

Da vorne stand nur ein lang aufgeschossener Dominikanermönch und drohte mit drastischen Worten einem Haufen angetrunkener Nachtschwärmer: »Buße heißt nichts anderes, als euer altes, sündiges Leben zu wandeln in ein neues, gutes. Ihr müsst vom Bösen abstehen. Was nützet es euch, immer wieder Mühe auf die Ohrenbeichte zu verwenden, ohne dass ihr vom falschen Handeln und all der Betrügerei ablasst.«

»Ja, ja Ablass«, grölte einer der Trunkenbolde dazwischen. »Wenn der Taler im Opferstock klingt, die Seele aus dem Fegefeuer springt!«

Die Umstehenden fielen in lautes Gelächter, aber der Mönch fuhr unbeeindruckt fort: »Vier, fünf Vaterunser beten oder ein, zwei Tage fasten wird euch nicht helfen. Auch wenn es euch vom Priester auferlegt wurde! Habt ihr unrecht an eurem Nächsten gehandelt, so versöhnt euch mit ihm und bekennt Gott eure Sünde. Begehrt als Reuige Gnade von ihm. Nur er ist der rechte Beichtvater und wird gnädig sein bei wahrer Reue. Wenn Gott so viel an der Ohrenbeichte gelegen wäre, wie sie davon lügen, hätte es uns Christ der Herr offenbart, denn er hat uns nichts vorenthalten, was für unsere Seligkeit nottut. Da nutzen uns nur der Glaube und die Liebe an Gott und den Nächsten. Ohne das Bekenntnis vor Gott können wir nicht selig werden!«

Seine flammenden Worte waren wie Perlen vor die Säue geworfen. Bei keinem der trunkenen Zuhörer glimmte ein Fünkchen des Verstehens oder Einsehens auf. Die Karawane zog weiter und ließ den Mönch allein zurück, einsam und drohend, wie einen Fels in der Brandung.

Francesco hatte sich in sicherem Abstand gehalten. Als die Männer nun auf ihn zukamen, bog er geschwind in eine kleine Seitengasse ab und verschwand aus ihrem Blickwinkel. Zielstrebig eilte er Richtung Rhein. Bald sagte ihm seine Nase, dass sein Ziel fast erreicht war. Er roch den fauligen Gestank des Fischmarktes, den er noch vom Nachmittag in Erinnerung hatte. Die kleine Gasse öffnete sich an ihrem Ende zum Marktplatz hin. An dessen einer Ecke befand sich die Rheinpforte, die letzte Station vor dem Hafen.

Es war inzwischen recht düster geworden. Ohne den vollen Mond und den klaren Sternenhimmel hätte sich Francesco schwergetan, den richtigen Weg zu finden.

Wieder ist Gott an meiner Seite, dachte er zuversichtlich und beeilte sich, das letzte Hindernis vor dem Hafen zu überwinden.

»Wer da?«, schallte es ihm aus dem Torbogen entgegen und der Torwächter leuchtete ihn mit einer Laterne an.

»Ein armer Pilger, der sein Schiff aufsuchen will, Amigo«, beeilte sich Francesco zu antworten.

Seine kleine List hatte Erfolg. Der Wächter erwiderte stolz auf seine Sprachenkenntnis: »Aha, ein stolzer Spanier also.«

»Si, si, Señor«, bestärkte ihn der Italiener. Hier sollte man keine Spuren seines Fluchtweges finden, dachte er.

»Wenn Ihr die Pforte durchquert habt, dann bleibt Euch die Stadt bis in die Morgenstunden verschlossen. Also entscheidet Euch!«

Francesco hatte nicht lange zu überlegen. Mit eiligen Schritten durchquerte er die Pforte und bemerkte zufrieden, dass der Wächter für ihn schon jegliches Interesse verloren hatte. Befreit atmete er durch und machte sich auf die Suche nach der Lydia.

Um das Schiff herum war Leben. Es herrschte schon Aufbruchsstimmung. Auf dem Leinpfad, dem für den Treidelverkehr vorbehaltenen Weg entlang des Rheinufers, war Getümmel. Vier kräftige Vorspannpferde standen mit ihren Treidelknechten längs der Mauer. Sie schnaubten unruhig und stampften mit ihren klobigen Hufen. Die Knechte saßen um ein kleines Feuer. Um sie herum lag allerlei Gerät. Francesco sah mehrere lange Peitschen, kräftige Leinen und ein scharfes Beil. Er hatte davon gehört, wie leicht ein falscher Ruderschlag oder eine unerwartete Windböe ein Schiff vom Ufer abtreiben konnte. Wenn dann die hoch am Mast befestigte Treidelleine das Schiff verriss und es zu kentern drohte, half es nur noch, mit dem Beil die Leine zu kappen. Nur so konnte verhindert werden, dass die Pferde in den Strom gerissen wurden und in ihrem starren Geschirr ertranken. Der Römer wollte gar nicht daran denken, was alles passieren konnte.

Die Knechte blickten neugierig zu ihm hin. Einer sagte zu den anderen: »Ein weiterer Fahrgast, schätze ich, in frommen Angelegenheiten, wie man sieht, oder täuscht der Pilgermantel?«

»Bravo!« Francesco lachte seinem Vorredner gewinnend zu. »Eure Augen sind gut und haben trefflich entdeckt, was die Dunkelheit zu verbergen sucht. Hier herrscht schon Aufbruchsstimmung, oder täusch ich mich?«

»Gemach, gemach«, tönte es wohlwollend zurück. »Wir warten noch auf höheres Wasser und das erste Morgengrauen. Doch geht ruhig an Bord. Meister Caspar zählt schon seine Schäflein durch und lässt sich den Fahrpreis bezahlen.«

Der Mann wandte sich wieder seinen Kumpanen zu und ließ Francesco einfach links liegen. Seine Neugier war befriedigt, es war alles gesagt. Francesco drehte sich ohne weitere Worte um und ging über die Stiege an Bord.

Mehrere Männer waren mit ihren langen Rudern beschäftigt. Sie legten sie zurecht und umwickelten sie in Griffhöhe mit Stofffetzen. Der Kapitän stand in der Nähe des Masts. Vor ihm warteten mehrere Personen, die der Römer gegen die Bootslaterne nur als Schattenrisse ausmachen konnte und zu Recht für andere Fahrgäste hielt. Als sich Francesco ihm näherte, blickte der Kapitän herüber und erkannte ihn. »Na schau einer an, unser stolzer Spanier! Und ich dachte schon, ich hätte den Strohsack umsonst besorgt.«

»Was denkt Ihr, Meister Caspar? Wir Spanier sind nicht nur stolz, sondern auch ehrlich!«

Francesco stellte sich geduldig bei den Fahrgästen an und wartete, bis er beim Schiffsführer an die Reihe kam. Das Schiff dümpelte währenddessen träge in den Wellen des Flusses. Es war gar nicht leicht, ohne Haltemöglichkeit das Gleichgewicht zu bewahren.

Als Francesco endlich der Vorderste war, griff der Schiffsherr hinter sich und holte einen großen Sack hervor. Der duftete angenehm nach frischem Stroh. Als der Schiffer sich bückte, sah der Römer, dass hinter ihm am Mast eine kleine Heiligenfigur angebracht war. »Unter wessen starkem Schutz gehen wir auf Fahrt?«, fragte er.

»Uns schützt die heilige Ursula, die Schutzpatronin aller Schiffer. Der Rhein ist gefährlich, und für uns ist der beste Schutz nur gut genug!« Meister Caspar sagte dies nicht nur im Brustton der Überzeugung, sondern drehte sich dabei zu der Heiligen um und schlug ein Kreuz über seiner breiten Brust. »Sucht Euch einen Platz am Heck. Dort trefft Ihr es am besten an«, flüsterte er Francesco mit einem gutmütigen Augenzwinkern zu und steckte den Fahrpreis in seine pralle Geldkatze, die er am Gürtel trug.

Francesco dankte für den gut gemeinten Ratschlag und ging gemessenen Schrittes zum Schiffsende.

Zu nahe am Ruder darf ich mich nicht platzieren, das Ruder braucht seinen Radius, dachte Francesco, als er sich umgeschaut hatte. Er beschloss, seinen Strohsack dort abzulegen, wo die an Deck gestaute Ware endete.

»Darunter kann ich auch den Beutel mit dem Heiligtum verstecken. Ich will es tun, solange es noch düster ist«, überlegte er. Er ließ sich auf seinem Sack nieder und schaute sich, verborgen hinter dem Staugut, vorsichtig um. Er vergewisserte sich, dass keiner der anderen ihm zu nahe war. Dann fingerte er zwischen den Warenpaketen herum, bis er eine genügend große Lücke ertastet hatte, die für seine wertvolle Habe ein geeignetes Versteck sein konnte. Vorsichtig stopfte er den Sack mit dem Armreliquiar in die Vertiefung und zog die Ware sorgfältig davor, sodass nichts mehr zu erahnen war. Zufrieden lehnte er sich an die Planken des Schiffes. Er war sich sicher, dass ihn keiner beobachtet hatte, und wartete nun sehnlichst auf die Abfahrt.

Bis dahin floss jedoch noch viel Wasser den Rhein hinunter.

Es dämmerte, schon kam das erste Morgenlicht auf, als die Schiffsinsassen an den stärkeren Bewegungen des Oberländers verspürten, dass die Wasserströmung zugenommen hatte. Meister Caspar, der sowieso immer wieder den Wasserstand überprüft hatte, war dies als Erstem aufgefallen. Da er sofort mit den Vorbereitungen zum Ablegen begann, blieb das nur denen verborgen, die von den Rheinwellen in den Schlaf geschaukelt worden waren. Die vier Pferde wurden zu einem Vorspann zusammengeschirrt. Sie trugen breite Brustgurte und lederne Scheuklappen. Bei ihnen stand der Vorreiter und wartete auf das Signal. Er würde die Tiere mit seiner Peitsche antreiben. Neben dem Treidelschiff schwamm ein kleiner Rudernachen, von dem aus die Treidelleine bei Bedarf über Hindernisse gehoben werden konnte. Mit dem Boot wurde auch die Leine auf die andere Flussseite gebracht, wenn man sie beim Treideln wechseln musste. Auf diese Weise wurden Flussmündungen umfahren. Zu groß war die Gefahr der Stromwirbel, die bei einem Zusammenfluss zweier Flüsse entstanden. Da treidelte man lieber am gegenüberliegenden Ufer an der Gefahrenstelle vorbei. Manchmal boten auch schroffe Felsbarrieren keinen anderen Ausweg, als die Seite zu wechseln. Auch bei Flussbiegungen wurde immer nur an der Innenseite getreidelt.

Endlich hatten die Leinenschnäpper in dem Ruderboot die Treidelleine an die Treidelknechte überbracht. Die begannen sofort damit, sie am Gespann zu befestigen. Das andere Ende der Leine war fest am Treidelmast der Lydia vertäut und die Leine bekam schnell Zug. Nun stakten die Ruderer langsam in die Fahrrinne. Der Vorreiter ließ seine Peitsche über den Köpfen der Pferde tanzen. Die Tiere setzten sich stampfend in Bewegung.

Der Treidelknecht saß nur einseitig auf dem Führungspferd, damit er bei Gefahr sofort abspringen konnte. Das Schiff nahm langsam Fahrt auf.

Der erste Abschnitt meiner Heimreise hat begonnen, dachte Francesco und sah fasziniert in das vorbeirauschende Fahrwasser. Etwa sieben Tage bis Mainz, wenn alles gut geht. Gott mit uns!

10

Am nächsten Morgen, noch bevor die frechen Spatzen in Kölns Straßen zu tschilpen begannen, rief die Glocke von Sankt Ursula zur Frühmesse. Sie tönte hell und auffordernd, ganz anders als die dumpfe Totenglocke bei Almut Bonnheims Beerdigung. Viele Bewohner des Sprengels machten sich auf den Weg in ihr Gotteshaus. Für eine große Zahl von ihnen war das morgendliche Übung. Andere trieb die Neugier, denn natürlich hatten sich Raub und Mord in der Klosterkirche herumgesprochen. Viele erhofften sich, im Gottesdienst mehr darüber zu erfahren. Die Schwestern des Stiftes waren alle anwesend. Nicht als Klagefrauen oder bezahlte Fürbitterinnen, sondern in echter Trauer um eine der Ihren.

Auch Walter Bonnheim hatte sich nach Sankt Ursula auf den Weg gemacht. Mit Schuldgefühl fragte er sich: »Will ich wirklich nur den Mörder meiner Schwester finden, oder will ich eigentlich Ermelind Odenthal wiedersehen?« Der Kaufmann gestand sich ein, dass ihm die junge Kanonissin nicht aus dem Sinn gehen wollte. Ihn verlangte wirklich sehr danach, sie erneut zu sehen.

Der Innenraum der Kirche bot den vielen Neugierigen kaum genug Platz. Alle warteten dicht gedrängt und ungeduldig auf das Erscheinen des Priesters. Endlich kam der kleine Augustinerpater herein. Er stampfte wie ein Kaltblüter durch den Raum, schnaufte schwer und blickte finster. Mit seinen kleinen Wurstfingern hob er das schwere Ordensgewand an. Zu oft war er in Aufregung schon über dessen Rocksaum gestolpert. Jetzt war er wirklich aufgeregt. Er ließ einen Teil seiner Würde vermissen und bewegte sich wie ein wütender Kampfstier. Pater Adrian war entrüstet über das Übel, das seine Kirche getroffen hatte. Der feiste Kopf des kleinen Mannes war krebsrot angelaufen. Keiner der Gemeinde hätte von diesem immer so gütigen, molligen Mitmenschen ein solches Toben und Grollen erwartet, wie es nun hervorbrach. Mit einem Wortschwall bezichtigte er sogar seine Gemeinde aller Schandtaten dieser Welt. Dann erst richtete sich sein Zorn gegen die Mörder und Diebe, die seine Kirche geschändet hatten. »Schon bei Matthäus steht geschrieben: ›Der Herr wird seine Engel senden und die sammeln, die da Unrecht tun. Sie werden sie in den Feuerofen werfen. Da wird sein Heulen und Zähneklappern!‹«

Seine Gedanken gingen zu der Reliquie des Heiligen Hippolytus, und zornig rief er in die Menge: »*Scherza con i fanti, e lascia stare i santi!*« – Mit seinesgleichen mag man spaßen, die Heiligen soll man in Ruhe lassen! »Der Menschensohn wird für Hippolytus Rache nehmen, und die Übeltäter werden in Bottichen voll siedenden Öls qualvoll bis zum bitteren Ende schmoren.«

Pater Adrians Blick ging über die Monstranz mit dem halbmondförmigen Schiffchen, in dem die Hostie eingesteckt war, weit in die Ferne und es war, als sähe er den allmächtigen Gott. Ein Schauer ging über die gebeugten Rücken der Gläubigen.

An Walter Bonnheim rauschten die wütenden Worte des Priesters fast ungehört vorbei. Er hatte vorne in einer der ersten Reihen Ermelind entdeckt und konnte den Blick nicht von ihr wenden, schenkte ihr seine ganze Aufmerksamkeit. Es schien, als bemerkte die junge Frau seine Blicke. Sie hob ihr schmales Gesichtchen und schaute scheu ins Rund. So trafen sich ihre Augen mit denen des Kaufmanns. Walter meinte beglückt zu erkennen, dass ihre Wangen erröteten. Ganz warm wurde ihm ums Herz. Doch Ermelind senkte wieder schnell ihren Kopf und sank zurück in tiefe Andacht.

Auch Walter bemühte sich nun, den Worten des Priesters zu lauschen: »Ich schwöre bei der Heiligen Dreifaltigkeit Vater, Sohn und Heiliger Geist, bei der Ewigen Jungfrau Mutter Gottes, allen Aposteln und den Himmlischen Heerscharen, diese ungeheuren Übeltaten, die unsere Kirche verunreinigt haben, werden gesühnt. Die frommen Frauen dieses Stifts und auch ich werden nicht ruhen und rasten, bevor wir die Täter ihrem irdischen Richter übergeben haben und bevor Hippolytus wieder zu Hause ist in unserer Gemeinde. Fürchtet die letzten Posaunen! Tue jeder von Euch das Seine, um zu helfen. Lasset uns dafür beten, dass unser Gotteshaus bald wieder ein würdiges Zuhause ist für den Heiligen und eine Stätte des Gebetes und der Erbauung für unsere Gemeinde.«

Als der kleine Priester den Gottesdienst beendet hatte, läuteten die Glocken wieder, und die Gläubigen strömten zurück auf die Straße und eilten an ihr Tagwerk. Alle waren überzeugt, dass die Strafe des Herrn schrecklich ausfallen würde und die Übeltäter zur Rechenschaft gezogen würden. So manch einer schwor sich insgeheim, selbst von seinen großen und kleinen Sünden abzulassen, damit nicht auch er so grauenvoll in Bottichen voll siedenden Öls schmoren müsse.

Walter Bonnheim gelang es, die Äbtissin vor der Kirchentür abzupassen. Mit respektvollen Worten wandte er sich an Gertrudis von Mainz: »Ehrwürdige Mutter, ich hörte die Worte des Paters. Euer Stift wird nichts unversucht lassen, die Übeltäter der schändlichen Taten zu fassen und ihrem Richter zuzuführen. Ich habe beschlossen, meine Arbeit ruhen zu lassen. Ich will mithelfen, den Mörder meiner Schwester zu finden. Ich kenne die Reisewege. Durch meinen Beruf habe ich Beziehungen, und mit Geld muss ich auch nicht geizen. Gebt mir die Möglichkeit, Eurem Stift zur Seite zu stehen.«

Die Oberin maß ihn mit ihren großen blassblauen Augen und griff mit der Rechten an das glänzende goldene Kreuz auf ihrem Busen. Fast bedrohlich wirkte die stattliche Frau in ihrer geistlichen Tracht aus dunklem, schwerem Seidentaft, streng und schlicht geschnitten. Mit tiefer Stimme erwiderte sie dem Kaufmann: »So lasst Euch als Allererstes fragen, ist es nur niedrige Rache, die Euch treibt, oder fühlt Ihr wirklich von ganzem Herzen den gottgefälligen Wunsch zu helfen, wo es der Hilfe bedarf?«

Die Worte der Äbtissin verwirrten Walter. Natürlich waren es auch Wut und Zorn, die ihn trieben. Aber er war sich nach dieser Frage bewusst, dass er seine Worte sorgsam wählen musste, um bei der frommen Frau die erbetene Zustimmung zu finden. Nach einigen Momenten des Überlegens sagte er leise und eindringlich: »Nein, ehrwürdige Mutter. Ich glaube nicht, dass es Zorn ist. Pater Adrians Worte haben mich aufgerüttelt und bewegt. Er hat seine Gemeinde um Hilfe angerufen, und ich möchte einer sein, der versucht, alles zu geben, was mir möglich ist.«

Die Äbtissin nickte. »Ihr habt klug und besonnen gesprochen. So folgt uns. Wir werden uns in der Bibliothek versammeln und beraten, was es als Nächstes zu tun gilt. Ihr dürft uns helfen.«

Walter war erleichtert. Er hatte die richtigen Worte gefunden. Er trat einen Schritt zurück und stieß dabei an ein anderes Menschenkind. Es war Ermelind, die hinter ihrer Oberin nach draußen eilte und sich nun mit einem kleinen Schreckensschrei von seiner Berührung löste. In Walters Wangen stieg Röte. Verdattert fand er nicht einmal ein Wort der Entschuldigung.

Der Äbtissin war das Knistern zwischen diesen beiden jungen Menschen nicht verborgen geblieben. Mit sorgenvollem Blick betrachtete sie die beiden. Die jahrzehntelange Erfahrung einer älteren Frau sagte ihr, wie viel schwerer es war, die reine Liebe in Gott zu suchen, als die zwischen zwei Menschenkindern zu finden. Erinnerungen aus ihrer Jugendzeit wurden wach. Mit ihnen drückte ein dumpfer Schmerz auf ihre Brust. Versunken in Gedanken und Erinnerungen, ließ sie sich keine Regung anmerken, als sie mit zügigen Schritten den anderen voran Richtung Bibliothek ging.

Mechthild von Soest, die stolze Bibliothekarin, war es, die sie aus ihren Erinnerungen zurückholte. Sie vermeldete, dass Otto von Anheim um ein Gespräch nachsuchte. Die Äbtissin schloss folgerichtig, dass es um die Untaten in ihrem Kloster ginge. »Führt ihn in unsere Bibliothek. Dort wollen wir gemeinsam mit ihm beraten. Es gibt nichts zu verbergen. Wir wollen ja alle das Gleiche«, entschied sie.

Otto von Anheim hatte nicht an der Frühmesse teilgenommen. Aber auch er war schon früh unterwegs gewesen, um die frommen Schwestern aufzusuchen. Er wollte mit ihrer Hilfe die Aufzeichnungen von Simon Holländer entziffern. Jede Stunde, die ungenutzt verstrich, führte den Mörder weiter weg von Köln.

Als der Gewaltrichter bei Sankt Ursula angelangt war, hatte der Gottesdienst schon begonnen. So hatte er keine der Kanonissinnen angetroffen. Voll Unrast war er vor dem Gotteshaus auf und ab gegangen, die Aufzeichnungen Simon Holländers unterm Arm. Sie hatten ihm in der kurzen Zeit, die ihm verblieben war, keine Ruhe gelassen. Er war trotz großer Anstrengung zu keiner Deutung gekommen. Bibelverse spielten eine Rolle und Ortschaften, in denen es große Gotteshäuser gab. Es sprach vieles dafür, dass die Aufzeichnungen den verbotenen Reliquienhandel, Simon Holländers finsteres Gewerbe, betrafen!

Kaum hatten die Kanonissinnen zusammen mit Bonnheim die Bibliothek betreten, wurde auch der Gewaltrichter vorgelassen.

»Kommt ruhig herein«, begrüßte ihn die Äbtissin. »Euer Besuch wird den gleichen Grund haben wie unser Zusammensein. So können wir alles in einem Aufwasch erledigen.« Als von Anheim den Raum betrat, stutzte er für einen Moment und zog ein etwas übellauniges Gesicht. Ihm passte es nicht, hier auf einen so großen Kreis zu treffen. Er wollte schnell mit seinem Anliegen vorankommen und beschloss, direkt mit der Tür ins Haus zu fallen. Seine steilen Magenfalten links und rechts des Mundes glätteten sich etwas und nach einem kurzen Gruß in die Runde wandte er sich mit respektvollem Ton an die Oberin.

»Ehrwürdige Mutter, unsere Recherchen zu den Mordfällen und dem schändlichen Diebstahl haben aufgedeckt, dass der berüchtigte Reliquienschacherer Simon Holländer mit von der Partie ist. Sein Adlatus Ludger, ein ausgestoßener Bettelmönch, wurde im Baderhaus auf dem Berlich ermordet, als er die Reliquie verscherbeln wollte.«

»Ihr sprecht von dem Armreliquiar unseres Heiligen Hippolytus?«, fiel ihm die Oberin ins Wort. Von Anheim nickte und fuhr fort: »Wir haben sofort Simons Haus aufgesucht. Es liegt hinter Sankt Pantaleon. Doch der Vogel war schon ausgeflogen. Allerdings haben wir Spuren gefunden, die wichtig sein könnten. Wir können sie jedoch noch nicht deuten.« Dabei klopfte er auf das Bündel unter seinem Arm. »Hier sind Aufzeichnungen. Sie verweisen auf Bibelverse, Kirchen und sakrale Dinge. Wenn der Schein nicht trügt, betreffen sie den Reliquienhandel. Ich hoffe, dass Ihr uns bei der richtigen Auslegung helfen könnt.«

Mit von Anheims Schilderungen wuchs die Neugierde in Gertrudis' Augen. Sie antwortete schnell: »Natürlich werden wir helfen, wenn es in unserer Macht steht. Für Euer Begehr scheint mir Mechthild am geeignetsten. Sie ist gewohnt, Aufzeichnungen zu entziffern, zu übersetzen und für uns alle verständlich zu machen. Sie ist die Beste für diese Arbeit.«

Die Bibliothekarin wuchs förmlich unter diesem Lob. Viel zu selten wurde es ihr zuteil. Da sie gerade aus dem Gottesdienst gekommen war, trug sie noch Kutte, Haube und Schleier und sah aus wie eine besonders züchtige Ordensfrau. Sie trat mit vorgestreckten Händen auf den Gewaltrichter zu und nahm die Aufzeichnungen entgegen.

Gertrudis vermerkte die Reaktion der Adligen mit einem leisen Lächeln. Sie fragte sich still, ob sie die Bibliothekarin vielleicht doch ein wenig zu oft deckelte.

Mechthild wandte sich an von Anheim: »Kommt mit mir. Für solche Untersuchungen braucht man Ruhe und Geduld. Lasst uns dort hinten an den Ecktisch gehen. Dort bin ich raus aus dem Trubel und will bemüht sein, schnell die Lösung zu finden, damit Euch die Zeit nicht davonläuft.«

Von Anheims verkniffenes Gesicht entspannte sich. Er fühlte sich verstanden und ging mit der Kanonissin zu dem Tisch. Er übergab seine Schätze und erklärte der Ordensfrau, wie man sie gefunden hatte. Sie hörte schon halb in die Wachstäfelchen vertieft zu, fiel dann aber zurück in ihre bestimmte, stolze Art: »Nun lasst mich doch besser allein, damit ich in Ruhe nachdenken kann. Geht zu den anderen, vielleicht fällt dort bei der Beratung noch das ein oder andere Wort, das für Euch von Interesse ist. Ich melde mich, wenn ich des Rätsels Lösung kenne.«

Von Anheim war das gar nicht recht. Er wäre lieber dabeigeblieben, hätte gerne den Fortschritt verfolgt und möglichst mitgeholfen bei den notwendigen Überlegungen. Aber ihm war schnell klar, dass Widerspruch das Ganze nur verzögern würde. So trollte er sich und ging zu den anderen zurück. Dort führte die Äbtissin das Wort: »Liebe Schwestern, es ist unsere Ordenspflicht, nicht nur auf die weltliche Gerichtsbarkeit zu vertrauen, sondern selbst nach dem Mörder von Jan und unserer Schwester zu suchen. Wir müssen heute dazu Entscheidungen treffen.«

Als Erste meldete sich Magdalena von Quedlinburg zu Wort. Ihr schwächlicher Körper schien unter den andauernden Gliederschmerzen noch gebeugter als sonst. Mit ihrer knochigen Rechten stützte sie sich auf den Holztisch, um den Druck etwas von ihren schmerzenden Knochen zu nehmen. Doch die fest zusammengepressten Lippen zeigten, dass ihr das nicht gelang. Mit leiser Stimme hob sie an: »Ehrwürdige Mutter, es ist meine Pflicht, das Wort zu nehmen. Als Hüterin aller Güter des Stifts, Verwalterin des Schlüssels zur Schatzkammer und dem Reliquienraum trifft mich die Verantwortung für den Raub. Ich habe versagt und muss alles wiedergutmachen, so gut ich kann.«

»Grämt Euch nicht so, liebe Magdalena«, beschwichtigte sie die Oberin mit gütiger Stimme. »Ich sehe keinen Grund für Schuldzuweisungen. Unsere Kirche war verschlossen. Alles war bestens vorbereitet für die Prozession. Keiner darf Euch einen Vorwurf machen.«

Die Kustodin atmete erleichtert auf. Da hob Ermelind ihr ebenmäßiges Gesicht und meldete sich in ihrer offenen und freundlichen Art: »Gertrudis, als Priorin ist es meine Pflicht, Euch in allen notwendigen Dingen zu vertreten. Euer Platz ist hier im Stift. Darum lasst mich die Suche nach dem Heiligtum und dem Mörder auf mich nehmen. Ihr wisst, ich fühlte mich Almut sehr verbunden. Ich bin jung und gesund, kann Mühe und Lasten ertragen. Gott wird mir bei der schweren Aufgabe helfen.«

Ihre großen braunen Rehaugen guckten die Äbtissin voller Gottvertrauen an. Gertrudis von Mainz gefiel, was sie hörte. Die kränkelnde Kustodin wollte sie auf keinen Fall in die unsichere Ferne schicken, und Ermelind hatte ihr Vertrauen.

»Gut gesprochen«, lobte sie ihre Stellvertreterin. »So soll es sein. Wir wollen Eurem Vorschlag folgen. Was wir heute wissen, ist, dass der Räuber und Mörder ein Italiener ist. Es spricht vieles dafür, dass er in seine Heimat zurückflieht. Auf dem Wege dorthin haben wir viele befreundete Klöster, mit denen uns der Glaube an Gott und ehrliche Freundschaft verbinden. Ihr könnt dort logieren, Auskünfte einholen und Hilfe suchen. Ein Schreiben von mir wird Euch bevollmächtigen und Türen öffnen.«

Ermelinds kleines Gesicht begann zu strahlen. Ihre Wangen erröteten vor Freude darüber, dass die Entscheidung so schnell zu ihren Gunsten gefallen war.

Ganz anders reagierte Walter Bonnheim. Er war verdattert. Sein Vorhaben konnte nun in ganz anderem Licht gesehen werden. So mischte er sich mit zögernder Stimme und leicht stockend in das Gespräch ein: »Ehrwürdige Mutter, Eure Entscheidung fiel schnell. Aber sie macht für mich, nach Ehre und Gewissen, die meine nicht entbehrlich. Auch ich habe mir vorgenommen, den Mörder meiner lieben Schwester zu stellen. Ich werde mein Kaufmannsamt ruhen lassen und nur dieses eine Ziel verfolgen. Ich habe Beziehung zu vielen Handelshäusern. Die werden mir helfen, mit Rat und Tat und Informationen. Auch am notwendigen Geld soll es nicht fehlen. Ich will, dass der Mörder dingfest gemacht wird. Dabei bietet sich an«, hier wurde seine Stimme besonders unsicher, eine leichte Röte fuhr über sein Gesicht, »dass ich Eurem Orden helfe, wo immer ich kann. Ich will Eure Botin begleiten, ihr zur Seite stehen als Wache und starke Hand.« Der Kaufmann brachte Ermelinds Namen nicht über die Lippen. Zu sehr hatte Gertrudis' Auswahl ihn durcheinandergebracht.

Auch die beiden Frauen zeigten sich betroffen. Ermelind senkte ihr Gesicht hinter dem Schleier und blieb still. Gertrudis brauchte einige Wimpernschläge, um die richtigen Worte zu finden: »Christus, unser Herr, riet uns, alle unsere Kräfte gegen das Böse zu bündeln. Es wäre also eine Eselei, in diesem Falle anders zu verfahren. Doch bedenkt, Walter, Ermelind ist eine Ordensfrau, und wir legen Wert darauf, dass sie auf dieser Reise, wo immer möglich, bei einem anderen Orden einkehrt, um dort am frommen Leben teilzunehmen und Stärke zu finden für die Weiterfahrt.«

»Nichts anderes will ich tun, ehrwürdige Mutter«, fiel ihr Ermelind atemlos ins Wort. Sie schien gar nicht aufhören wollen zu nicken. Auch Walter hatte das Bedürfnis, die Wünsche der Äbtissin sofort zu bestätigen. Auf keinen Fall wollte er, dass sie ihre Entscheidung rückgängig machte. Zu verlockend war die Aussicht auf das gemeinsame Reisen mit Ermelind.

Die Oberin blieb bei ihrem Entscheid. Allerdings nicht ganz ohne Bedenken. Zu deutlich war es ihr zum wiederholten Male geworden, dass die beiden jungen Menschenkinder etwas mehr verband als nur die gemeinsame Trauer um Almut und der Wunsch, ihren Mörder dingfest zu machen.

Genau zur rechten Zeit stieß Mechthild hinten in ihrer Ecke einen kleinen spitzen Schrei des Triumphes aus: »Ich glaube, ich hab's!«

Die beiden Männer und die Schwestern blickten erschrocken zu ihr hin. Alle hatten über die eigene Beratung die Neugier auf Mechthilds Puzzlespiel vergessen. Es passte zum Wesen der stolzen Bibliothekarin, dass sie abwartend auf ihrem Stuhl sitzen blieb und die anderen zu sich kommen ließ. Als alle um sie versammelt waren, wartete sie auch nicht, bis die Äbtissin ihr das Wort erteilte. In ihrer herrischen Art nahm sie sich selbst das Wort und dozierte wichtig: »Das ging schneller, als ich zunächst gedacht habe. Ihr lagt richtig, Herr von Anheim. Eure Leute haben in dem Haus eine Kartei über Reliquienschacher gefunden. Sicher wurde ich mir, als ich versuchte, die letzte Karte zu entziffern. Sie scheint mir die neueste zu sein und betrifft eindeutig unseren Fall: Der erste Hinweis spricht von unserer Kirche Sankt Ursula. Seht, hier sind die elf Flämmlein für die elftausend Jungfrauen. Dann folgt Psalm 118, 16: Die Rechte des Herrn ist erhöht, die Rechte behält den Sieg! Dieser Bibelvers steht für den hoch stehenden Arm des Armreliquiars mit den Gebeinen des heiligen Hippolytus. Dahinter steht ›urbi et orbi‹ geschrieben, so nennt man Rom, die heilige Stadt. Wahrscheinlich soll das Reliquiar dorthin gebracht werden. Sicher ist es die Heimatstadt des Mörders. Er wird schon auf dem Weg dorthin sein! Die Aufzeichnung endet mit ›35 G‹. Ich bin mir sicher, das steht für 35 Gulden und ist der Judaslohn.«

Ein aufgeregtes Gemurmel ging durch die Zuhörer.

Von Anheim stellte die erste Frage: »Findet Eure Deutung auch Bestätigung in den anderen Karten?«

Mechthild lächelte herablassend und nickte. »Natürlich! Die Feststellungen über unsere Kirche boten mir Ansatz genug, auch die anderen Karten zu entziffern. Nehmen wir die nächste: St. Maur. Steht für Sankt Mauritius. Das X, das Zeichen des Andreaskreuzes, verweist auf diesen Heiligen. Ich erinnere mich, dass aus diesem Gotteshaus vor einigen Jahren ein Armknochen des heiligen Andreas entwendet wurde. Amalfi war sicher wieder der Bestimmungsort, ebenfalls eine Stadt in Italien, und 45 G ist der Lohn für den Reliquienräuber. Soll ich die nächste Karte auch noch übersetzen?«

»Nein, das scheint mir für unseren Fall nicht nötig«, antwortete ihr von Anheim hastig. »Was Ihr vortrugt, ist mehr als überzeugend«, fasste er das Gehörte zusammen.

Auch den anderen fiel kein anderer Rückschluss ein.

»Ich bitte Euch jedoch, alle Texte aufzuschreiben, damit wir später auch den anderen Missetaten nachgehen können. Doch nun wollen wir unsere causa weiter bearbeiten: Also der Übeltäter wird schon auf dem Weg zurück nach Rom sein. Er wird sich sputen müssen, will er noch vor Einbruch des Winters über die Alpen. Deshalb rennt uns ebenso die Zeit davon. Wir müssen ihm hurtig folgen. Noch vor Mittag werde ich Häscher nach ihm ausschicken.«

»Auch wir sollten unsere Abreise schnellstens vorbereiten«, wandte sich Walter an Ermelind. »Ich werde Pferd und Wagen richten, dann schaffen wir bis zum Hereinbrechen der Nacht noch ein gutes Stück des Weges.«

»So darf auch ich mich entschuldigen und meine Vorbereitungen treffen«, sagte Ermelind und knickste höflich vor der Oberin. Die hielt sie nicht zurück.

Die Priorin entschwand eiligst aus dem Raum. Bald löste sich das kleine Häuflein gänzlich auf. Jeder ging wieder seinen Pflichten nach. Immer wieder mussten sie jedoch dabei an das schlimme Geschehen im Stift denken.

Walter Bonnheim strebte eilig zurück in sein Kontor. Er gab Anweisung, zwei kräftige Pferde auszusuchen und den Wagen startklar zu machen. Bevor er seine eigenen sieben Sachen packte, siegelte er noch Vollmachten, um auch für längere Zeit in seinem Kontor entbehrlich zu sein. Er gab sie an seinen getreuen Ekkehard, der ihm schon viele Jahre brav zur Seite stand. Dann ging er an den Schrank, holte Degen und Dolch heraus. Zu viel Gelichter trieb sich auf den Reisewegen herum. Er wollte gewappnet sein. Schließlich hatte er einer lieben Frau, die ihm immer mehr bedeutete, Schutz versprochen.

Die Glocke hatte kaum eins geschlagen, da rumpelte er mit dem Wagen vor das Kloster und fand Ermelind reisefertig vor. Unter letzten mahnenden Worten der Äbtissin brachen die beiden Richtung Süden auf.

Die Ordensfrau setzte sich neben Walter auf den Bock. Alsbald passierten sie das Severinstor und holperten über die knochentrockene Landstraße. Hässliche Staubfahnen folgten ihnen.

Hoffentlich wird durch den Staub kein Diebespack auf uns aufmerksam, dachte Walter besorgt. Er verstieß erstmals gegen eine Regel, die er bisher auf all seinen Handelsreisen eingehalten hatte. Er war nämlich sonst immer in Kolonne gefahren. Da konnte man sich gegenseitig helfen, und eine Wachmannschaft als Begleitung rechnete sich! Dieses Mal ist alles anders, rechtfertigte er sich still. Eile war geboten. So blieben nur Gottvertrauen und schnelles Handeln. Aber er wollte auf der Hut sein.

Nur wenige Augenblicke später sprengten auf Geheiß des Gewaltrichters auch zwei Büttel auf ihren Rössern durch das Tor. Die Jagd auf Francesco Bovatieri war eröffnet. Aber fürs Erste behielt der listige Italiener recht: Keiner suchte ihn dort, wo er seine Heimreise angetreten hatte!

Raoul hatte Glück im Unglück. Die Verhöre verliefen zu seinen Gunsten. Die Wirtsfrau von der Herberge am Heumarkt bestätigte seine Aussage, dass er mit seinen spanischen Freunden bereits ohne den Italiener bei ihr Logis gesucht und ihn erst später beim Zechen kennengelernt habe. Auch seine anderen Angaben konnte man, trotz strengster Befragung, nicht entkräften. Die Büttel ließen ihn schließlich aus dem Kerker frei. Aber er musste binnen drei Stunden die Stadt verlassen. Nichts tat er lieber als das. Er schwor sich sogar, »Santa Colonia« nie wieder zu betreten. Die günstige Wendung seines Schicksals machte allerdings seinen Freund José nicht wieder lebendig! Was ihm die letzten Tage widerfahren war, machte Raoul fassungslos. Es sollte noch Wochen dauern, bis er sein Lachen wiederfand.

11

Francesco hatte sich neben der Ladung, in der die Reliquie verstaut war, einen Sitzplatz gesucht. Dort ließ er sich nieder. Er war voller Unrast und konnte es kaum an einer Stelle aushalten. Er atmete mehrmals tief ein und aus. So gelang es ihm, seinen Puls wieder zu beruhigen. Er richtete sich auf, streckte sich und begann einen Erkundungsgang über die Planken. Dabei beobachtete er aus den Augenwinkeln, ob irgendein anderer Passagier für seinen Lagerplatz Interesse zeigte oder gar für das Versteck unter der Ladung. Doch alle Mitreisenden waren mit sich selbst beschäftigt, was Francesco sehr beruhigte.

Meister Caspar stand am Mast und beobachtete, wie ruhig sein Schiff durch das Wasser ritt. Die Hufe der Treidelpferde fanden guten Halt auf dem Boden. Die Wege waren nach den vielen Hitzetagen nicht aufgeweicht, wie im Winter, oder gar durch Hochwasser überschwemmt. Bei Nässe rutschten die Pferde leicht aus und glitten in den Strom ab. Aber heute kam die Lydia gut voran. Die Tiere zogen mit ganzer Kraft an den Leinen und das Schiff blieb auf Kurs.

Der bullige Kapitän erkannte durch den diesigen Morgendunst, wer auf ihn zukam. Gern ließ er sich ablenken und rief: »Hoho, unser stolzer Spanier – Gott zum Gruß! Habt Ihr Euch eingerichtet, wie ich Euch geraten habe?«

Francesco ging auf den Schiffer zu. Es war gut, dass der ihn immer noch für einen Spanier hielt. Das war wichtig, wenn man nach ihm suchte oder nach ihm fragte. Deshalb beeilte er sich, Meister Caspar in seiner Einschätzung zu bestärken: »Si, si, Señor. Habt Dank für Euren Ratschlag. Ich habe mit Eurer Hilfe einen guten Platz gefunden.«

Die beiden Männer standen für einen Moment stumm am Mast und schauten voraus. Durch den nebligen Frühmorgen sahen sie die Pferde und Pferdeknechte am Ufer nur verschwommen. Über dem Fluss war der Nebel noch vollständig dicht und grau. Nur am Uferrand wurde er schon lichter, riss auf, und die ersten warmen Sonnenstrahlen zeigten sich goldfarben. Mehr und mehr wurde das Geschehen an Land sichtbar. Bald erkannte Francesco die schweißglänzenden Flanken der Pferde und hinter ihnen die sanften Linien der grün bewachsenen Hügel.

Meister Caspar folgte seinem Blick und erklärte: »Dort auf den Weinbergen wächst unser bester Wein. Den haben uns die Römer gebracht. Der braucht sich nicht vor Eurem aus Hispanien zu verstecken. Die Trauben stehen gut dieses Jahr. Sie haben viel Sonne getankt und bald kommt die Zeit der Lese. Besonders schön ist's, wenn das Weinlaub rot wird. Das ist aber auch das sichere Zeichen, dass es mit den warmen Tagen zu Ende geht und nasse und kalte kommen. Das ist dann kein Wetter mehr für einen wie Euch aus dem Süden. Es ist schon richtig, dass Ihr Köln zu dieser Zeit verlasst.«

Francesco sah erleichtert, dass die Farbe der Weinblätter noch grün war. Er dachte bei sich, dass es mit der Überquerung der Alpen vor der Winterkälte noch klappen könnte. »Ihr habt recht«, pflichtete er dem Schiffer bei. »Und es wird ein gutes Weinjahr werden. Der Sommer ist heiß und trocken. Das macht die Trauben zwar klein, aber dafür besonders süß. Es wird wenigen, aber besonders guten Wein geben.« Er rieb sich seinen Leib, und der Schiffer lachte zustimmend.

»Ja, die Hitze hat auch den Leinpfad frei von Buschwerk und Gestrüpp gehalten, sodass er flach ins Wasser geht und sich unsere Leine nicht verfängt. Es müsste schon mit dem Teufel zugehen, wenn wir mehr als sieben Tage bis nach Mainz bräuchten. Ist das Eure erste Treidelfahrt?«, fuhr er leutselig fort. Francesco bestätigte das.

»Dann will ich Euch einmal mein Schiff erklären. Es ist eine kleine Wissenschaft für sich, mit ihm zurechtzukommen. Seht hier, die lange Treidelleine ist mittschiffs hoch oben am Segelmast befestigt. Nur so bleibt das Schiff mithilfe eines mächtigen Steuerruders am Heck steuerfähig. Der Rudermann muss ständig gegensteuern, damit das Schiff durch den schrägen Zug der Pferde nicht ans Ufer gezogen wird. Auch muss die Leine immer straff über dem Wasser gespannt sein. Sie darf nie ins Wasser durchhängen. Das würde bremsen und uns Geschwindigkeit kosten. Und Zeit ist Geld! So ist es sicher auch in Spanien?« Francesco hatte den Worten des Schiffers interessiert gelauscht und bestätigte seine Mutmaßung.

Inzwischen waren die beiden Männer am Bug angekommen. Der Kapitän zeigte auf den Fluss. »Der kleine Rudernachen dort kann unsere Treidelleine über Hindernisse hinwegheben. Manchmal muss er auch Ladung übernehmen, wenn wir im flachen Flussbett festfahren. In scharfen Flussbiegungen wird mit ihm die Treidelleine auf die andere Uferseite gebracht. An solchen Wechselstellen warten Leinenreiter in ihren Depots auf Arbeit und ersetzen unsere Pferde, bis der Fluss wieder gerade verläuft. Da vorne, seht Ihr das scharfe Beil im Ledergurt? Das kann unser aller Lebensretter werden. Ein Ruderschlag zu falschen Seite oder eine Windböe können unser Schiff zum Kentern bringen. Um das zu verhindern, muss man mit dem Beil die Treidelleine kappen. Die Treidelknechte am Ufer haben auch ein solches Beil. Auch sie würden die Leine zerhauen, wenn zu starker Zug auf dem Seil ihre Pferde in den Strom zu reißen droht. So hat ein jeder acht auf seine Habe. Doppelt genäht hält besser«, lachte er schallend.

»Fahrt Ihr auch bei Nacht?«, fragte Francesco.

»Nein. mein Lieber, das ist bei diesem Niedrigwasser zu gefährlich. Wir werden heute bei Einbruch der Dunkelheit in Unkel festmachen. Dort ist eine gute Treidelstation. Wir bleiben über Nacht. Am Morgen geht es mit frischen Pferden weiter. Ich schlafe an Bord. Ihr könnt das auch tun. Das spart Euch Geld. Aber das Essen und der Wein sind gut an den Stationen. Das werde ich mir holen. Doch haltet es, wie Ihr wollt.«

»Ich schlafe gerne an Bord«, versicherte ihm Francesco rasch und dachte an seinen versteckten Schatz. »Auch ich werde mir Abendbrot kaufen und mit aufs Schiff nehmen.«

»Das ist famos«, freute sich der Schiffer. »Wir beide können dann bei einem guten Roten noch etwas weiterschwätzen. Jetzt entschuldigt mich aber. Ich habe zu tun.«

Francesco vollendete seinen Rundgang, nahm dann wieder seinen angestammten Platz ein und wärmte sich in der Morgensonne, die den Frühnebel inzwischen ganz vertrieben hatte.

Bald passierte das Schiff die erste Zollstation, und auf der Lydia wurde abkassiert. Francesco hatte seinen Sitzplatz verlassen und sich wieder Richtung Mast orientiert. Er wollte möglichst weit vom Versteck seines Diebesgutes entfernt sein und hatte sich neben Meister Caspar gestellt. Der empfing den Zollbeamten mit grimmigem Gesicht.

»Vierzig Zollstationen gibt es bis Basel. Wie soll man da nur die hungrigen Mäuler zu Hause stopfen?«, beschimpfte er den Zöllner. Als er Francesco neben sich sah, drehte er sich zu ihm um und sagte: »Ihr habt Glück, stolzer Spanier. Pilger zahlen keine Maut. Ich wünschte, das gelte auch für Treidelschiffer.«

Gegen Abend erreichten sie die Station. Das Schiff wurde an starken Pollern vertäut. Aus dem Wirtshaus nahe dem Ankerplatz schlug den Ankommenden Gelächter und Lärm entgegen. Alle Passagiere rissen sich darum, möglichst schnell mit dem Nachen an Land zu kommen. Francesco hingegen ließ sich Zeit. Er wollte sein Heiligtum nicht unnötig lange unbeaufsichtigt lassen. Er setzte mit dem Kapitän als Letzter über.

Aus den offenen Fenstern und Türen des Wirtshauses wehten ihnen Wohlgerüche der Küche entgegen. Es roch nach frisch gebratenem Fisch.

»Bleibt Ihr bei Eurem Entschluss und begleitet mich zurück an Bord?«, wandte sich der Schiffer an Francesco. Als der nickte, fuhr er fort: »Dann lasst uns kurz sehen, ob morgen früh mit dem Pferdewechsel alles in Ordnung geht. Dann holen wir uns etwas zum Kauen und einen großen Krug Roten. Was haltet Ihr davon?«

»Das ist ein guter Vorschlag«, lobte ihn Francesco. Und als Meister Caspar die vier starken Pferde begutachtet hatte, die für sein Schiff bereitstanden, gingen die Männer zufrieden und hungrig ins Wirtshaus. Mittlerweile hatte sich bei beiden ein starkes Hungergefühl eingestellt. Sie hatten seit den frühen Morgenstunden nichts mehr gegessen.

Eine resolute Wirtsmagd war damit beschäftigt, Fische über dem offenen Feuer an Stöcken zu drehen, damit sie von allen Seiten gleichmäßig goldbraun wurden. Ab und zu bestrich sie die schuppigen Tiere mit ein wenig Öl, damit sie saftig blieben.

Neben ihr, hinter dem Tresen, stand die schon ältere Wirtsfrau und schenkte Krüge mit Wein und Keutebier aus. Ihre Augen beobachteten flink, ob auch alles mit der Bezahlung in Ordnung ging. Ihr Mund stand nie still. Für jeden Gast hatte sie ein loses Wort.

Francesco musterte die Fische, die bereits fertig gebraten zum Warmhalten auf dem Rost lagen. Er suchte sich einen großen Burschen aus und wählte dazu eine Schüssel mit Krautsalat. Er wollte sich nicht lumpen lassen und sich die Sympathie des Schiffsherrn erhalten. Deshalb bestellte er einen Zweiliterkrug mit rotem Wein für sie beide auf seine Rechnung. Der Schiffer sah das mit Wohlgefallen und kaufte für sich auch einen Fisch mit Kraut.

Bald setzten die beiden wieder zum Oberländer über. Die Nacht war noch lau, und so ließen sie sich an Deck nieder. Zufrieden mit dem Tag, der hinter ihnen lag, genossen sie die Ruhe. Der Lärm vom Wirtshaus drang nur gedämpft zum Schiff herüber. Sie waren gern für sich. Der Fisch und das Kraut waren so schmackhaft, dass sie ihr Mahl stumm verzehrten. Erst als sie damit fertig waren und schon jeder den ersten Becher Wein intus hatte, begannen sie miteinander zu reden.

»Treidelschiffer zu sein ist ein hartes Brot«, meinte der Alte. »Meist bist du getrennt von Frau und Kindern. Und wenn du mal kurz nach Hause zurückkommst, bist du nur gut dafür, den Lohn deiner Arbeit abzuliefern, damit die Mäuler gestopft werden können. Manchmal kommt dann eine Nacht dazu, wo ein neues hungriges Mäulchen auf Kiel gesetzt wird«, griente er mit verträumtem Blick. »Aber meist bist du allein mit den Unbilden des Flusses und den vielen Gefahren der Reise. Es ist schön, dass Ihr mir heute Abend Gesellschaft leistet. Erzählt mir von Eurem Schicksal.«

Francesco überlegte einen Moment und entschied sich, möglichst nahe an der Wahrheit zu bleiben, damit er später nicht bei einer Lüge ertappt werden konnte.

»Ich hab zu Hause eine todkranke Frau. Der Priester in unserem Sprengel hat mir geraten, für sie eine Pilgerreise anzutreten, damit sich für sie mithilfe der Heiligen wieder alles zum Besten wendet. Nun war ich schon in Aachen und Köln. Meine nächste Station soll Rom sein. Hoffentlich erreiche ich die Heilige Stadt noch vor Wintereinbruch. Danach geht es zurück nach Hause zu meiner Frau. Mögen der Allmächtige Gott und die Heilige Mutter Gottes dafür sorgen, dass die vielen Mühen und Anstrengungen meiner Reise Belohnung finden.«

»Das scheint mir wahre Liebe zu sein«, brummte der Schiffer anerkennend. »Ich wünsche Euch Gottes Lohn und alles Gute.«

So tauschten die Männer in der Dunkelheit noch manche Artigkeit aus und schwatzten immer konfuser, je leerer der Weinkrug wurde.

Es war schon spät in der Nacht, als Francesco auf schweren Beinen zu seinem Ruheplatz zurücktorkelte. Er wickelte sich fest in den Pilgermantel ein und schlief traumlos bis in den frühen Morgen.

Schon vor Tagesanbruch erwachte das Leben an der Treidelstation. Passagiere und Mannschaft wurden zur Lydia übergesetzt. Der Pferdewechsel klappte gut, und bald bewegte sich das Schiff erneut gegen die Strömung. Auch dieser Tag verlief ohne Probleme. Am Abend erreichten sie Koblenz. Dort, wo sich der Rhein mit der Mosel vermischte, veränderte das Fahrwasser seine Farbe.

Auch am dritten Tag schafften sie das geplante Tagespensum. Am vierten erreichten sie St. Goar, wo sie übernachteten. Ab dort wurde der Treidelweg hügelig und für Pferde unpassierbar. Sie mussten auf Menschenkraft übergehen. Sieben Männer ersetzten ein Pferd. Die Lydia kam nicht mehr ganz so schnell voran und brauchte zwei Tage bis Kaub.

Bei der Besatzung wuchs unaufhaltsam die Angst vor dem Binger Loch. Dort gegen den Fluss anzukämpfen war eine riesige Herausforderung. Jeder besonnene Schiffer holte deshalb in Kaub einen Lotsen an Bord, der mit Strömung und Hindernissen unter Wasser vertraut war. Das tat auch Meister Caspar.

Am Binger Loch konnte wegen der starken Einbiegung nur am rechten inneren Ufer getreidelt werden. Die Fahrrinne verengte sich bis auf sechs Meter und durfte von Schiffen nur abwechselnd flussaufwärts oder

-abwärts befahren werden. Das zwischen den Felsen aufgestaute Wasser erreichte ein Gefälle von über vier Fuß und eine Geschwindigkeit von zehn Meilen pro Stunde.

Als sie sich der Gefahrenstelle näherten, befahl der Lotse dem Rudermann, zunächst auf die großen Steine neben dem Loch zuzuhalten. Dort war die Strömung geringer.

Erst in allerletzter Minute ließ er das Schiff in das Loch hineingleiten. Da musste mit aller Macht gegen die Strömung angezogen werden, damit der Oberländer Fahrt behielt und weiter dem Ruder gehorchte. Für einen Moment sah es so aus, als würde das Schiff aus dem Ruder laufen. Es stand still in der Strömung und wankte bedrohlich. Doch dann siegten Menschenkraft und Intelligenz über den gewaltigen Wasserdruck. Der Oberländer passierte unbeschadet die Gefahrenstelle. Geschafft!

Man fühlte förmlich die Erleichterung an Bord.

Der Lotse hatte seine Arbeit gut getan. Aber er brachte schlimme Gerüchte mit an Bord: »Von Süden her nähert sich in Windeseile eine Pestepidemie. Kein Schiff fährt mehr hinauf bis Speyer. Dort soll bereits die Pest wüten. Die großen Städte halten ihre Tore für Fremde verschlossen.«

Francescos Hoffnung, noch vor dem Wintereinbruch die Alpen zu passieren, sank auf den Nullpunkt. Auch würde er nicht mit dem Schiff weiterreisen können. Er musste zu Pferd weiter. Gab es wirklich keinen Ausweg?

Am nächsten Tag um die Mittagszeit erreichte das Treidelschiff Mainz. Schon von der Flussmitte aus konnte man erkennen, dass die Stadt kleiner war als das Heilige Köln. Viel weniger spitze Kirchtürme und hohe Giebel ragten über die wuchtige Stadtmauer. Aber erfreut stellte Francesco fest, dass die Stadttore noch offen waren. Er sah von Weitem Menschen ein und aus gehen. Er näherte sich Meister Caspar für letzte Worte des Abschieds. Doch der Schiffer hatte ihn so sehr ins Herz geschlossen, dass er ihn nicht so einfach ziehen lassen wollte.

»Ihr braucht sicher für heute Nacht eine Bleibe?«, wandte er sich an ihn. »Direkt hinter dem Liebfrauenplatz kenne ich ein blitzsauberes und günstiges Quartier. Dort übernachte ich, wenn Entladen und Beladen meines

Schiffes eine Übernachtung in der Stadt notwendig machen. Wenn Ihr auf mich warten wollt, zeige ich Euch die Herberge und führe Euch bei der Wirtin ein. Bestimmt zu einem besseren Preis, als Ihr ihn allein aushandeln könnt.«

Francesco bedankte sich artig, stellte sein Bündel mit der wertvollen Fracht wieder ab und wartete geduldig, bis er mit dem Kapitän gemeinsam aufbrechen konnte.

Sie gingen durch das Frauengässchen, das geradewegs zum Liebfrauenplatz führte. Bald standen sie vor dem Wirtshaus. Es war ein wenig schmucklos im Vergleich zu den stattlichen Häusern am Liebfrauenplatz mit ihren ausladenden Erkern, vielen Fenstern und den reichlich verzierten Giebeln. Aber es wirkte sauber und ordentlich. Meister Caspar betrat die Herberge durch die angelehnte Tür und rief ins Halbdunkel nach der Wirtsfrau. Schon bald erschien eine propere Frau, angetan mit einem weißen Häubchen und einem dunklen Kleid. Als die Frau den Schiffer erkannte, ging ein breites Lächeln über ihr Gesicht.

»Oh, Meister Caspar! Wie schön, dass Ihr uns wieder einmal beehrt. Ihr kommt dieses Mal nicht allein?« Meister Caspar mochte die Frau. Sie war eine Schifferwitwe. Ihr Mann war bei stürmischem Wetter auf der Nordsee geblieben. Nun verdiente sie sich ihren Lebensunterhalt mit dem kleinen Herbergsbetrieb.

Der Schiffer erwiderte ihren Gruß herzlich. »Ich selbst werde nicht hierbleiben«, rückte er ihre Vermutung zurecht. »Ich muss noch heute den Rückweg antreten. Ich möchte Euch aber meinen lieben Freund aus Spanien ans Herz legen. Er ist auf der Pilgerschaft nach Rom, um für seine kranke Frau um Heilung zu bitten!«

Die Wirtsfrau begutachtete Francesco mit Wohlwollen und antwortete: »Er soll genauso verwöhnt werden wie sonst Ihr. Das ist versprochen!«

Francesco registrierte mit Genugtuung, dass ihn der Kapitän auch hier wieder als Spanier eingeführt hatte. So wurde seine Spur weiter verwischt. Denn er war sich sicher, dass man ihn suchte, nach allem, was er in Köln angerichtet hatte.

Nun kam die Stunde des Abschieds. Die beiden Männer klopften sich herzlich auf die Schultern und wünschten sich gegenseitig Glück und Gottes Segen.

Der Schiffer hatte es plötzlich eilig. Er wollte noch vor der Rückfahrt seine jüngste Schwester Astrid besuchen, die in Mainz in einer Klarissenniederlassung lebte.

»Ich werde sie bitten, für Eure gesunde Heimkehr zu beten«, versprach er seinem »spanischen« Freund.

Francesco bedankte sich überschwänglich bei ihm. Dann deponierte er sein Gepäck im Zimmer. Er wollte nach einem Pferd Ausschau halten, weitere Informationen einholen und ein bisschen die Stadt erkunden. Den Leinensack nahm er mit sich. Zu wertvoll war ihm das darin verborgene Gut.

Nachdem er sich unten im Hof an einem Brunnen erfrischt und gesäubert hatte, machte er einen Rundgang. Vorher versprach er der freundlichen Wirtsfrau, zum Abendessen pünktlich zurück zu sein, und erfuhr von ihr nebenbei, wo er ein gutes Pferd kaufen konnte.

Die Pferdestation lag direkt am Markt. Er erwarb eine mächtige braune Stute und stellte sicher, dass er sie am nächsten Morgen in aller Herrgottsfrühe abholen konnte. Dann bummelte er durch die kleinen Gassen der Altstadt. Der Haupteingang des Doms mit den bronzenen Torflügeln zog ihn magisch an. Die Flügeltüren schienen in einem Stück gegossen und trugen die Inschrift ihres Erbauers, des Künstlers Meister Berenger. Francesco betrat das mächtige Kirchenhaus und wurde gefangen von der Ruhe in der Sankt-Gotthard-Kapelle. Obwohl es schon spät am Nachmittag war, flutete das Licht durch die bunten Fensterscheiben und sprenkelte das gesamte Kirchenschiff mit unzähligen Farbflecken. In der Kühle der Luft hing, obwohl zurzeit keine Messe abgehalten wurde, ein leichter Weihrauchduft. Im Altarraum der einstigen Palastkapelle des erzbischöflichen Hofes befand sich ein geheimnisvolles großes Kreuz. Es war datiert Anno Domini 1150 und wurde das Udenheimer Kreuz genannt, wie ihm ein betender Greis erklärte.

Direkt hinter dem Dom fand Francesco das erzbischöfliche Palais. Es war ein gewaltiges Gebäude und flößte ihm Respekt ein. Eine Kutsche ratterte vorbei und schreckte einen Schwarm Tauben auf. Die graublauen Vögel flatterten flügelschlagend in den klaren Himmel, gegen den sie sich noch in großer Höhe scharf abzeichneten. Die fliehen wie ich, dachte er.

Schnell suchte Francesco wieder die kleineren Gassen mit den behaglichen Häuschen. Dort fühlte er sich geborgener als auf den großen Plätzen.

Die Schatten wurden schon lang. Es war Zeit für das Abendbrot. Er schritt aus, denn er wollte pünktlich in seiner Herberge sein.

Er wurde aufs Beste bewirtet. Deftig mit Schweinsbraten, Möhrengemüse und Kartoffeln, die sich wunderbar in der braunen Sauce quetschen ließen. Dazu servierte die freundliche Wirtin so lange würziges Bier, bis er die richtige Bettschwere hatte. Er verabschiedete sich mit anerkennenden Worten und ging die Treppenstiegen leicht schwankend hinauf. In seinem Zimmer legte er den Sack mit der Reliquie zu den anderen Habseligkeiten, entkleidete sich, kniete vor dem Bett nieder und sprach ein Abendgebet. Dann legte er sich auf die sauber duftende Matte und schlief sofort ein. Der Herr im Himmel ließ ihn in Ruhe schlafen und hielt böse Gedanken von ihm fern. Er brauchte Kraft, denn noch viele Gefahren und das schlimme Wüten der grausamen Pest mussten überstanden werden.

Nach einem kräftigen Frühstück verließ er auf dem Rücken seiner Stute Mainz durch eines der Stadttore und ritt gen Süden.

12

Rom lag unter einer Haube spätsommerlicher Hitze. Der Tiber stank gen Himmel. Der Wasserstand war nach der langen Hitzeperiode so niedrig, dass der viele Unrat, den die Römer in den Fluss kippten, nicht mehr fortgespült wurde. Doktor Paolo Danti war unterwegs zu Carla Bovatieri. Der heutige Mittwoch teilte nicht nur die Woche, er war auch der Tag, an dem er Carla immer schröpfte. Doktor Danti musste sie inzwischen bis aufs Blut schröpfen, denn sie hatte am ganzen Körper Schmerzen. Die medizinische Lehre empfahl, an allen Schmerzstellen Schröpfköpfe anzusetzen. Dort sammelten sich schädliche Stoffe an, und die mussten aus dem Körper herausgezogen werden.

Doktor Danti hatte seinen ledernen Arztkoffer dabei. Man hörte bei jedem Schritt die metallenen Schröpfköpfe darin klimpern. Vielleicht war es auch der Schnepper, der diese »Musik« machte. Mit ihm stach Danti die geschröpften Stellen auf. Oder es war die metallene Schale, in der er das Blut auffing, wenn er seine Patientin zur Ader ließ.

Der Arzt befürchtete, dass es auch heute kein leichtes Unterfangen würde. Carla zierte sich immer, wenn sie sich vor ihm auskleiden musste. Er vermeinte schon ihre brüchige Stimme zu hören und ihr Erröten zu sehen: »Dieser Anblick steht doch nur meinem geliebten Mann zu!« Sie würde hinter den Wandschirm huschen und sich rasch auskleiden. Sie würde mit einem Tuch Scham und Gesäß bedecken, sich mit der Vorderseite auf die Liege legen und ihm nur ihren knochigen Rücken darbieten. Natürlich würde sie wieder bemüht sein, ihre kleinen spitzen Brüste unter sich zu verbergen. Ihr schwächlicher Körper würde in Erwartung der Stiche beben. Eine Gänsehaut würde sie von Kopf bis Fuß überziehen. Er erinnerte sich, dass sie das letzte Mal sogar befürchtete, er könne bei ihr eine Stelle ohne Schmerz finden. Eine schmerzlose Stelle am Körper galt nämlich als Hexenbeweis! Die Gute las zu viel über Hexen und Hexenstechen.

Bei Carla war ein solcher Beweis wirklich nicht zu erwarten. Ihr ganzer Körper war ein großer Schmerz, und der Arzt hatte keine Hoffnung, dass sich das nochmals ändern würde. Umso überraschter war er, Carla außerhalb ihres Bettes anzutreffen. Sie sah für ihre Verhältnisse recht wohl aus. Die sonst zugezogenen Vorhänge waren geöffnet und ließen das helle Sonnenlicht in den Raum fließen. Carla empfing den Doktor mit einem kleinen Lächeln. Der glaubte sogar, etwas frische Röte auf ihren eingefallenen Wangen zu entdecken. War ein Wunder geschehen? Was war passiert?

Mit großen fragenden Augen sah er sie an und musste nicht lange warten, bis sie losprudelte: »Ich sehe, Ihr seid erstaunt, lieber Doktor, und das ist verständlich. Es hat sich etwas geändert. Ich fühle, dass ich wieder lebe. Ich glaube auch zu wissen, warum. Ich bin sicher, Francesco ist auf dem Wege zurück zu mir. Mein Herz sagt mir, der heilige Hippolytus ist sein Helfer und wird auch meiner werden. Francesco bringt etwas von ihm. Er nähert sich Rom und unserem Zuhause! Ich fühle es. Hippolytus will mir helfen. Er wird mir helfen. Lieber Doktor, erspart mir heute die Tortur. Ich fühle fast keine Schmerzen. Das schlimme Blut wurde durch stärkere Mächte bezwungen. Mich zieht es nach draußen ins Sonnenlicht. Gestatten Sie mir, dass man mich mit der Sänfte auf den Palatin bringt. Das ist mein Lieblingsplatz. Von seiner Spitze hat man einen herrlichen Blick auf unsere heilige Stadt und die vielen Gotteshäuser. Ich bin sicher, dass mir solch ein Ausflug Kraft geben wird durchzuhalten, bis Francesco mit der Macht des Heiligen zu mir kommt. Lasst mich die Sänfte nehmen. Verbietet mir dieses kleine Wagnis nicht. Ich habe auch schon etwas zu mir genommen, freiwillig! Ich hatte Hunger. Eine Menester, unsere gute Kräutersuppe, etwas weißes Brot und Obst. Es ist heute alles anders als sonst.«

Carla strahlte eine solche Zuversicht aus, als würde der Heilige Geist persönlich aus ihr sprechen. Dabei lächelte sie den Arzt wie ein kleines Kind an. Ihr Glaube gab ihr Halt.

Der Doktor war perplex. Diese Entwicklung vertrug sich überhaupt nicht mit seiner medizinischen Diagnose. Hier walteten wahrlich höhere Kräfte. Denen wollte er sich nicht widersetzen! So willigte er ein und erfüllte der Kranken auch den Wunsch, sie noch ein Stück des Weges zu begleiten.

Sie passierten Sankt Lorenzo Fuori le Mura, die Kirche des Sprengels. In ihr wurde gerade eine Messe abgehalten. Carla schickte ein Gebet gen Himmel, damit sich ihre Wünsche auch wirklich erfüllten. Die Glocken der Kirche begannen, wie als Bekräftigung zu läuten. Drei Dinge halten Rom in Würden, kam es dem Arzt in den Sinn: läutende Glocken, Heiligtum und der Papst.

Viele Leute bevölkerten die Straßen und genossen in der unnachahmlichen Art der Römer »bon tempo«.

Drei Dinge will jedermann in Rom haben: kurze Messen, gute Münzen und bon tempo, setzte Paolo Danti lächelnd seine Gedankenkette fort.

Sie ließen den Eingang zum großen Friedhof, Campo Verano, am Piazzale Verano links liegen und folgten der Straße in Richtung der Kirche Santa Maria Maggiore.

Carla hatte schon immer die Sänfte einem Pferdefuhrwerk vorgezogen. In ihr boten sich die Reize für alle Sinne viel besser dar. Der wiegende Rhythmus der Sänfte und ihre sanfte Geschwindigkeit gaben dem Auge die notwendige Zeit, auf allem Sehenswerten lang genug zu verweilen. Der Geruchssinn hatte die Möglichkeit, die Düfte am Rand des Weges zu erfassen. Der Gang der Sänftenträger war umso vieles weicher als das harte Geratter des Wagens und schonte Gespür und Gehör.

Die Kranke hatte die Gardinen etwas zurückgeschoben und sah mit Interesse auf den Trubel draußen. Die lingua vulgare, die Sprache der kleinen Leute, klang derb und lebendig zu ihr herein und bestärkte sie in ihrer neu aufkeimenden Lebensfreude. Aus den engeren Gassen hallte das Getrappel der Pferde mehrfach verstärkt empor und übertönte die anderen Geräusche.

Am Konstantinbogen verabschiedete sich der Arzt von Carla und legte ihr sehr ans Herz, es bei diesem ersten Ausflug seit langer Zeit nur nicht zu übertreiben. Sie versprach es leichten Herzens, wollte sich aber gar nicht vorstellen, dass es ihr wieder schlechter gehen könnte.

Die Träger begannen mit dem Aufstieg auf den Mons Palatinus und kamen zunehmend ins Schwitzen. Dieser Hügel südöstlich des Capitols war der früheste Siedlungskern des alten Rom. Neben den Überresten des Tempels der Kybele nahm Carla am Fuße eines schwarzen Meteorsteines ihren Lieblingsplatz ein. Den Stein hatte einst Pessinus als Symbol der Göttin hierher gebracht. Von hier genoss Carla den Blick über die gewaltige Stadt.

Sankt Peter zeigte sich in der Ferne als große Baustelle.

In einer kleinen Gasse dahinter sah sie die Casa Santa, das Haus der Inquisition. Jeder in Rom fürchtete diesen finsteren Bau. Carla machte da keine Ausnahme.

Vor der Ufermauer an der Engelsburg flanierten viele Müßiggänger. Carla konnte sie nur als kleine Punkte wahrnehmen. Ihr Auge schweifte über den gewaltigen Rundbau des Pantheons mit seinen sechzehn hohen Säulen aus rotem und grauem Granit. Schließlich verlor sich ihr Blick in der weiten Ferne, als hoffe sie, dort ihren heimkehrenden Mann zu entdecken. Sie war glücklich, wie wenig die Erinnerung an ihn in ihrem Gedächtnis verblasst war, und ließ die Vielfalt kleiner Episoden aus ihrem Zusammenleben auf sich wirken, die wie Vogelschwärme durch ihre Gedanken glitten.

Alle Bilder blieben nur kurz vor ihrem inneren Auge stehen. Wie gerne hätte sie sie länger festgehalten! Francesco war der einzige Mensch, der ihr wirklich etwas bedeutete.

Sie blieb dort sitzen, bis sie erste Kühle auf ihren zarten Schultern verspürte. Die Sonne begann hinter den Hügeln der Stadt unterzugehen. Ihr schmächtiger Körper fühlte die Frische des herbstlichen Abends. Der Tag ging zu Ende. Über dem Tiber stiegen Nebelschwaden auf und überdeckten wie ein durchsichtiger Vorhang die herrliche Landschaft.

Carla erinnerte sich an die mahnenden Worte des Doktors und beschloss, den Heimweg anzutreten. Als sie unten am Fuße des Berges ankam, legte sich schon leichte Dunkelheit über das Blickfeld. Die Fackeln in den Wandhalterungen der Häuser wurden angezündet und warfen züngelnde Schatten gegen das Mauerwerk.

Carla war wieder zu Hause, erschöpft, aber glücklich. Das war ein Geschenk, das war ein wundervoller Tag voller Leben gewesen! Sie schluchzte, bewegt von den Bildern, die sie hatte sehen dürfen. Seit Monaten hatte sie nur noch dahinvegetiert. Nun gab ihr Hippolytus' Kraft Zuversicht. Carla sah für sich wieder eine Zukunft mit Francesco. Erstmals seit vielen Wochen dachte sie nicht mehr an ein baldiges Leben in Gottes Nähe. Mit allen Fasern ihres Körpers klammerte sie sich an diese Welt. Diese Welt war schön. Sie wollte noch möglichst lange auf ihr verweilen. Aber nun war sie erschöpft. Der Ausflug hatte Kraft gekostet. Die vielen Eindrücke hatten sie müde gemacht. Sie sehnte sich nach ihrem Bett. Ihre Haushälterin bestand darauf, dass sie erst ein heißes Bad nahm. Das umsichtige Weib hatte alles vorbereitet. Nur widerwillig gab sich Carla dieser weiteren Anstrengung hin.

Als sie danach ihn ihr Zimmer kam, bemerkte sie dankbar, dass der Hauskamin brannte und wohlige Wärme in den Raum verströmte. Abends wurde es ihr immer schnell kalt. Das Feuer im Kamin summte und sang. Die Holzscheite knackten leise mit feinen Tönen und bildeten einen Bodensatz weißgrauer Asche unter dem Rost. Ein Diener legte aus dem Korb nochmals Holzscheite nach und entzündete die Kerzen im Leuchter. Die kleinen Flammen über den Dochten warfen tanzende Schatten an die Wände. Carla wärmte ihren schmächtigen Rücken noch einen Moment am Feuer des Kamins. In ihrem dünnen weißen Nachthemd sah man nun deutlich, was die Krankheit aus ihr gemacht hatte, wie abgehärmt sie geworden war. Knochige Schultern piekten aus dem dünnen Stoff hervor. Tiefe Salzfässer hatten sich hinter ihren Schlüsselbeinen gebildet. Dunkle Ringe lagen unter ihren Augen, und ihre Lippen waren blass und schmal geworden. Sie wirkten verkniffen, wie ein dünner Strich.

Während draußen der Einbruch der Dunkelheit fortschritt, wurden auch drinnen die Schatten an den Wänden und in den Zimmerecken größer und dunkler. Die Feuerstelle mit ihrer matten Helligkeit kam nicht dagegen an.

Carla sah zufrieden, dass ihre Kleidung sorgsam über eine Stuhllehne gelegt worden war. Mit kleinen Schritten ging sie zu ihrem Bett. In ihrer Zartheit sah sie in dem schwachen Licht wie ein Kind aus. Zitternd schlüpfte sie in ihre gesteppte Bettjacke und kuschelte sich unter die schwere Bettdecke. Sofort umfing sie mollige Wärme. Ihre Zofe hatte das Bett nämlich voll Fürsorge mit heißen Steinen vorgewärmt. So musste Carla ihr Lager nicht erst mit ihrem eigenen schwachen Körper erwärmen.

Sie war zwar müde und sehnte sich nach Schlaf, aber dafür gingen ihr noch viel zu viele Gedanken durch den Kopf. Ihr Glauben an Francescos baldige Rückkehr und daran, dass Hippolytus zu ihr kommen würde, um sie zu heilen, hielten sie wach. Sie faltete ihre schmalen Hände über der Brust und schickte ein Dankgebet gen Himmel. Dann dachte sie wieder an Francesco. Wie im Zeitraffer zog ihr gemeinsames Leben an ihr vorbei. Sie lächelte, als sie sich erinnerte, auf welch komische Weise sie sich kennengelernt hatten. Francesco war der beste Freund ihres Bruders Fausto gewesen. Die beiden hatten in Verona zusammen Jurisprudenz studiert. Fausto hatte den schlaksigen jungen Kommilitonen eines Tages mit nach Rom gebracht. Dort war er für fast zwei Wochen Gast im Hause ihrer Eltern gewesen. Sie hatten sich das erste Mal auf der Freitreppe der Terrasse gesehen. Francesco hatte dort gestanden und versonnen auf den blühenden Garten hinabgeschaut, während sie anmutig die Treppen heraufgesprungen kam. Sie war gerade aus der Klosterschule gekommen und landete nach einem plötzlichen Stolpern über eine Stufe unverhofft in seinen Armen. Die Episode hatte beide wie ein Blitz getroffen. Wie sie sich später immer wieder eingestanden, war ihnen sofort bewusst geworden, dass sie füreinander bestimmt waren. Noch bevor Francesco Rom wieder verlassen musste, hatte er ihr seine Liebe gestanden. Er versprach ihr, mit Fleiß zu arbeiten, um schnellstmöglich sein Jura-Studium abzuschließen. Danach wollte er ihren Vater um ihre Hand bitten.

Diese Schwüre, seine liebenden Augen, seine ganze Art, sich ihr zu erklären, hatten sie dermaßen gerührt, dass auch sie ihm ihre Liebe gestand und ewige Treue versprach. Francesco hatte danach wirklich im

Sauseschritt seine Ausbildung hinter sich gebracht. Carlas Vater hatte sich seinen Bitten um Carlas Hand nicht verschlossen. Er war vom Fleiß und der Tatkraft des jungen Mannes beeindruckt gewesen. Francesco, Spross einer guten Veroneser Familie, hatte zudem einiges Vermögen. Carlas Vater war sich sicher gewesen, seine Tochter würde es bei dem jungen Mann gut haben. Seine Entscheidung hatte er bis zu seinem Tode niemals bereut.

Carlas Gedanken eilten weiter durch die Szenen ihres Lebens. Sie erinnerte sich träumerisch an die erste gemeinsame Nacht. Berauschend war sie gewesen und viel zu kurz. Lang wurden die Tage danach und das Warten auf eine nächste Nacht. Die körperliche Liebe hatte bis zum Beginn ihrer Krankheit für sie beide nichts an Faszination verloren. Die Abstände zwischen den Liebesbeweisen waren zwar mit der Zeit länger geworden, aber keinesfalls hatten sie auf die Seligkeit des Zusammenliegens verzichten wollen.

Carla ließ noch mehrere Etappen ihres gemeinsamen Lebens Revue passieren. Dann fielen ihr die müden Augen zu. Auch vor dem inneren Auge ging das Licht aus. Sie schlief und suchte in traumloser Ruhe Stärkung nach den Strapazen dieses schönen Tages. Sie schlief mit dem Gedanken an ihren Liebsten ein, in der Hoffnung, ihn bald wieder um sich zu haben. Sie sehnte sich nach ihm und dachte: Wenn man liebt, werden Monate zu Jahren!

Ermelind Odenthal und Walter Bonnheim saßen auf dem Kutschbock und ließen sich den frischen Wind um die Nasen wehen. Ermelind hatte ihr langes nussbraunes Haar unter ihrer Haube festgesteckt, damit es nicht zu sehr im Fahrtwind verwehte. Ihre ungewohnte Zweisamkeit machte sie schüchtern. Sie wussten nichts Besseres zu tun, als sich anzuschweigen. Die junge Kanonissin beobachtete den Kaufmann dabei, wie er mit Bedacht und Routine die Pferde lenkte. Sie fühlte sich in seiner Nähe sicher und wohl. Walter überlegte mehrmals, wie er ein unverfängliches Gespräch beginnen konnte. Ermelind kam ihm zuvor: »Man merkt Euch Eure Erfahrung an, mit dem Pferdegespann über

Land zu reisen«, lobte sie ihn und ließ diesen Satz wie eine Frage in der Luft hängen.

Walter griff ihn dankbar auf und antwortete freundlich: »Das ist wahr. Viele Fernreisen habe ich so hinter mich gebracht. Aber es ist eine Wohltat, dieses Mal nicht allein zu reisen. Der eine kann des anderen Hilfe sein!«

Er wollte den Gesprächsfaden nicht abreißen lassen und fuhr eiligst fort: »Auf Reisen in den fernen Ostländern ritzen sich zwei, die gemeinsam auf Fahrt gehen, sogar ihre Daumen blutig und pressen sie aneinander, damit sie eines Blutes werden und alle Gefahren als trutzende Einheit meistern. Das werden wir nicht machen«, fügte er lächelnd hinzu. »Aber ich verspreche Euch, ich werde alles Menschenmögliche tun, wieder gesund mit Euch nach Hause zurückzukehren. Das Reliquiar werden wir natürlich mit uns bringen!«, bekräftigte er seine Worte in überzeugendem Ton. Er griff nach der Rechten der Kanonissin und drückte sie einmal kurz mit seiner Linken. Als hätte er sich verbrannt, zog er seine Hand gleich wieder zurück. Er erwartete eine abwehrende Reaktion der jungen Priorin.

Die Abwehr blieb aus, der jungen Stiftsdame war vielmehr bei seiner Berührung ein kleiner Schauer über den Rücken gelaufen.

Mit ihrer spärlichen Fracht überholten sie mehrere Wagen, zuletzt ein Gespann mit Weinfässern. Bonnheim hörte den Kutscher des Wagens laut fluchen, als sie ihn hinter sich ließen und ihm der Fahrtwind den aufgewirbelten Staub zwischen die Zähne blies.

»Vorne zu sein ist nicht das Schlechteste.« Er strahlte seine schöne Begleiterin an.

»Das ist keine sehr christliche Devise«, antwortete Ermelind schlagfertig und schmunzelte dabei. Natürlich konnte auch sie trotz christlicher Nächstenliebe auf Sand zwischen den Zähnen gut verzichten! »Wie habt Ihr eigentlich vor, nach dem Dieb und Mörder zu suchen?«, fragte sie ihren Begleiter.

»Ich hoffe, dass er wirklich diesen Weg genommen hat. Wir werden jedenfalls an möglichst vielen Stellen, wo man ihn gesehen haben könnte, nach ihm fragen.«

Die Kanonisse nickte und ergänzte mit ihrem ausgeprägten Sinn für das Praktische Walters Gedanken: »Dann sollten wir uns noch mal sein Aussehen in Erinnerung rufen. Wie es uns unsere Kustodin beschrieben hat.«

»Das ist eine gute Idee«, befand Walter. »Da wir wohl beide von dem Italiener sprechen, kann ich noch das meiste aus meiner Erinnerung beisteuern: Eure Kustodin sprach von einem Mann mittleren Alters in Pilgerkleidung. Er hatte langes schwarzes Haar, ein feines, blasses Gesicht mit bohrenden schwarzen Augen.«

»Ihr dürft den kurz geschnittenen dunklen Vollbart nicht vergessen, und außerdem war der Übeltäter kräftig gebaut. Sonst hätte er den armen Jan nicht in die Schlinge heben können. Ein größeres Bündel muss er bei sich tragen. Das Armreliquiar ist schwerlich zu verbergen.«

Walter war beeindruckt von diesen zusätzlichen Beschreibungen. Ermelind hatte sich so in Begeisterung geredet, dass sie den Gesuchten regelrecht vor ihren Augen sah.

Trotz ihres intensiven Gesprächs kamen die beiden zügig voran. Sie näherten sich der Stadt Bonn noch bei hellem Tageslicht. Als sie Bonn-Dietkirchen passierten, meldete sich Ermelind erneut zu Wort: »Hier habe ich mir eigentlich im nahen Kanonissen-Stift die erste Nachtruhe vorgestellt. Doch es scheint mir noch zu hell, um die Fahrt für heute schon zu unterbrechen.«

»Carpe diem« – nutze den Tag, bestätigte Walter sie lachend.

»Vielleicht schaffen wir es vor Einbruch der Nacht noch bis zur Insel Rolandswerth. Dort pflegt unser Stift mit einem Ordenshaus der Benediktinerinnen freundschaftlichen Umgang«, hoffte seine Begleiterin.

Aber damit wurde es nichts. Die Nacht brach plötzlich herein. Ein sicheres Quartier irgendwo am Weg musste her. Entgegen der eindringlichen Ermahnung der Magistra würde die erste Unterkunft eine weltliche sein. Schon im Halbdunkel erreichten sie ein alleinstehendes Haus direkt am Flussufer und beschlossen, um eine Schlafstatt nachzufragen.

»Hier muss der Mörder vorbeigekommen sein. Vielleicht wurde er auch gesehen. Schließlich kann er sich nicht unsichtbar machen.« Walter versuchte dem Ort etwas Gutes abzugewinnen.

Das Haus war nur spärlich beleuchtet und sah wenig einladend aus. Vor ihm drehte sich ein Wasserrad im Fluss. Daneben lagen allerlei Kiepen und Holzkisten. Beim Nähertreten entdeckte Walter einen Haufen ausgepresster Nüsse, Bucheckern und Samenkörner.

»Das scheint mir eine Ölmühle zu sein. Wo die aus der Gegend ihr Öl schlagen lassen«, meinte Walter. »Das ist oft nicht das beliebteste Haus am Ort. Die Leute sind meist unzufrieden, wenn sie die Mühle verlassen. Das ausgepresste Öl erscheint ihnen viel zu wenig. Sie glauben sich vom Müller betrogen. Oft ist da ein Körnchen Wahrheit dran. Wenn das so ist, dürfte unser Herbergsvater ein übellauniger Zeitgenosse sein.«

Sie traten vor die schwere Holztür und Walter klopfte beherzt dagegen. Innen hörte man schlurfende Schritte, dann wurde die Tür geöffnet. »Wer stört mich in meiner verdienten Abendruhe?«, brummte ein klobiger Glatzkopf, ohne die kurze Tonpfeife aus seinem Mundwinkel zu nehmen.

»Zwei ehrsame Kölner Bürger, die die Dunkelheit überrascht hat und die Euch um Unterkunft bitten. Euer Schaden soll es nicht sein«, antwortete ihm der Kaufmann mit fester Stimme und schlug mit der Rechten gegen seinen Geldsack, sodass der leise klingelte.

Die düstere Miene des Müllers hellte sich etwas auf. Gier schimmerte in seinen Augen.

»Dann tretet erst einmal ein. Aber den Straßenstaub lasst möglichst draußen«, knurrte er seinen unverhofften Gästen entgegen. Die beiden Reisenden folgten seiner Anweisung und schlugen sich vor der Tür sorgsam die Kleider aus, bevor sie eintraten.

Noch im Türrahmen besann sich Walter darauf, dass erst seine Pferde versorgt werden mussten. So wandte er sich an den Hausherrn: »Könnt Ihr Euren Knecht rufen, damit er mir hilft, unsere Pferde zu versorgen?«

»Was brauch ich einen Knecht, solange ich ein kräftiges Weib habe?« Sein Gegenüber grinste, zog an seiner dunklen Mutzpfeife und rief nach seiner Frau. Dabei stieß er den beißenden Rauch wieder aus. Walter wehrte deren Hilfe mit harschen Worten ab. Er machte sich allein daran, die Tiere zu versorgen. Eine Frau sollte die Arbeit nicht für ihn erledigen! Ihm war allerdings unwohl dabei, Ermelind mit dem Kerl allein zu lassen. Doch ihm fiel keine bessere Lösung ein, aber er sputete sich und war schnell wieder in der Stube zurück.

Der Müller hatte inzwischen nichts Besseres zu tun gehabt, als sein Weib in die Küche zu jagen, damit sie den Ankömmlingen etwas auftischen konnte. »Natürlich gegen gutes Geld.« Er lachte dröhnend, sodass man für einen Augenblick aus der Küche gar nichts mehr in der Pfanne brutzeln hörte. Schon bald drangen Essensdüfte in den Raum und machten die beiden müden Spätankömmlinge erwartungsfroh. Ihre Mägen waren leer, und einen ordentlichen Bissen konnten sie gut vertragen.

»Kochen kann meine Alte, und Ihr habt Glück heute Abend. Wir haben noch frischen Fisch aus dem guten Vater Rhein. Dazu gibt es Bratkartoffeln.«

Mit diesen Worten ging er in die Küche und kam mit einem ganzen Fisch in der Hand zurück, den er vor Ermelinds Gesicht hielt. Der schuppige Leib glänzte feucht. Ermelind wartete furchtsam darauf, dass das Tier mit dem Schwanz ausschlug. So lebendig sah es noch aus. Nach diesem rohen Spaß stieß der widerliche Kerl ein weiteres keuchendes Lachen aus seinem Schiefmaul. Er war um einiges leutseliger geworden, nachdem er wusste, dass es an den beiden gut Geld zu verdienen gab.

Ermelind und Walter gefiel sein aufdringliches Benehmen überhaupt nicht. Ermelind fühlte sogar Ekelgefühl in sich aufsteigen, als sie daran dachte, dass sie den armen Fisch bald verspeisen sollte.

Walter nutzte derweil die Redefreudigkeit des Müllers und befragte ihn nach Leuten, die in den letzten zwei Tagen sein Haus, von Köln aus kommend, passiert hatten. Der Widerling war sofort hellwach. »Wenn ich mein Gehirn in Schwung setze, dann ist Euch das doch sicher ein, zwei Silberlinge wert«, knurrte er lauernd. »Doch sagt mir erst, warum Ihr das überhaupt wissen wollt.«

Widerwillig warf Walter zwei Münzen auf den Tisch und beantwortete die Frage: »Wir suchen einen Freund, der noch vor Kurzem in Köln unser Gast gewesen ist. Wir haben eine wichtige Nachricht für ihn.« Der Kaufmann hatte nicht vor, dem Rohling die ganze Wahrheit auf die Nase zu binden. Der brauchte wirklich nicht alles zu wissen!

»Beschreibt mir Euren Freund«, forderte der Müller ihn auf. Misstrauen schwang in seiner Stimme mit, ob er wirklich alles zu hören bekommen hatte. »Wenn er hier vorbeigekommen ist und das nicht während der Nacht, dann muss ihn einer von uns beiden gesehen haben«, fügte er hinzu und deutete dabei auf sein Weib und sich selbst. »Einer von uns muss immer bei der Mühle sein.«

Nun galt es für Walter, bei der Wahrheit zu bleiben: »Unser Freund ist Italiener, von gesetztem Alter und gedrungener Statur.«

»Er trägt ein Pilgergewand, hat langes schwarzes Haar, schwarze Augen und einen kurz geschnittenen dunklen Vollbart«, meldete sich Ermelind ebenfalls zu Wort.

Der Müller schmauchte an seiner Pfeife und schien zu überlegen. Das tat er, bis seine Frau mit den dampfenden Schüsseln in die Stube trat und alles einladend auf den groben Holztisch stellte.

»Du hast ja bestimmt draußen am Herd große Ohren gemacht, sag, ob du mit einer Antwort aushelfen kannst«, pfiff er seine verschüchterte Frau an und fuhr ohne Atem zu holen fort: »Ich für meine Person kann nicht helfen. Zu Pferd sieht man meist nur reitende Boten. Einen Pilger habe ich jedenfalls nicht gesehen. Ein Schwarzbärtiger saß auch nicht mit auf dem Bock irgendeines Gespanns. Er müsste sich schon unter der Ladung verkrochen haben. Auch bei denen, die per pedes vorbeigekommen sind und die ich nicht aus der Gegend kannte, war kein Schwarzbärtiger dabei. Einen jungen Feuerkopf erinnere ich«, sinnierte er. Dann fuhr er seine Frau barsch an: »Halt nicht Maulaffen feil, sag, wenn du etwas weißt.«

Die Frau blieb stumm und schüttelte nur verängstigt den Kopf. Da wandte sich der Müller Wichtigerem zu. Er begann aus den Schüsseln die Teller zu füllen und passte sorgsam darauf auf, dass er von allem das Beste abbekam. Die gemeinsamen Esser blieben beim Mahle stumm. Sie hatten sich nicht viel zu sagen.

Ermelind stocherte lustlos in ihrem Stück Fisch und bekam kaum etwas davon hinunter. Walter war da besonnener. Er wusste, dass er am nächsten Tage Kraft für die Weiterreise brauchte, und langte kräftig zu. Schließlich würde er auch genug dafür bezahlen müssen!

Nach dem Essen verhandelte er noch hartnäckig um die Schlafstellen. Für Ermelind sprang eine kleine eigene Stube heraus. Er selbst rollte sich auf der Herdbank in der Küche zusammen. Das war nicht der schlechteste Platz, denn in den Nächten wurde es inzwischen wieder merklich kühler. Dort war es wenigstens warm. Ermelind und er zogen sich bald zurück und sammelten im Schlaf Kraft bis zum nächsten Morgen.

Nach einem ärmlichen Frühstück bezahlte Walter den Wirt. Der stellte so unverschämte Ansprüche, dass der Kaufmann nicht umhinkam, ein Machtwort zu sprechen, bevor sie sich einigten. Ohne ein freundliches Grußwort verließen sie den ungastlichen Ort. Die Frau des Müllers war bis zuletzt stumm geblieben und sah ihnen traurig nach.

Besonders traurig, dachte Ermelind, vielleicht hat ihr schäbiger Mann sie während unserer Anwesenheit ein bisschen besser behandelt als sonst. Es scheint, als bedaure sie unser Fortgehen wirklich!

»Wenn heute alles gut verläuft, sollten wir zur Abendzeit Koblenz erreichen«, wandte sich Walter an seine Begleiterin.

»Dort liegt direkt am Rhein die Sankt-Kastor-Kirche mit einigen Nonnenhäusern daneben sowie einem Gästehaus. Bei den Nonnen ist unser Orden bekannt. Sie werden uns gerne Unterschlupf bieten«, warf Ermelind eifrig ein. Der Kaufmann hieß den Vorschlag ohne Zögern gut.

Die Ordensfrau lehnte sich zufrieden zurück. Ein leises Lächeln spielte um ihre Lippen. Es war wunderbar, Walters Pläne und Gedanken zu teilen. Der trieb die Pferde an und der Wagen holperte über die steinige Fahrbahn.

»Diese Straße verdanken wir den alten Römern. Die haben auch unser geliebtes Köln gegründet«, erklärte Walter.

»Das müssen zähe Gesellen gewesen sein. An allzu viel Komfort war ihnen jedenfalls nicht gelegen. Der steinige Belag rumpelt einem ja schier die Seele aus dem Leib«, meinte Ermelind mit einem hellen Lachen.

Bald näherten sich die beiden einem kleinen Wäldchen und des Kaufmanns gute Augen erspähten, dass dort noch andere Zeitgenossen lagerten.

»Hoffentlich keine Wegelagerer«, dachte er still für sich. Er wollte die junge Kanonisse nicht beunruhigen.

Schnell konnte man genauer erkennen, was dort auf sie wartete: Fünf große Wagen standen an dem engen Waldweg im Kreis. Bis auf helles Vogelgezwitscher herrschte himmlische Ruhe. Nur wenn ein Windstoß unter die Planen fuhr, ließ er die leise knattern. Eine kleine schimmernde Ringelnatter, die sich auf einem Stein in der Sonne gewärmt hatte, flüchtete bei ihrem Nahen in die Büsche.

»Hier hat man es wohl nicht so eilig wie wir und schläft noch den Schlaf der Gerechten.« Walter schmunzelte. Er sah sich um und meinte: »Ein gutes Gewissen ist zwar ein sanftes Ruhekissen, gegen Wegelagerer und Räuberpack bietet es aber keinen Schutz! Zwar sind die Planen mit starken Seilen festgezurrt, doch auch die schützen Hab und Gut nur vor Nässe und Schmutz.«

Ihr geräuschvolles Kommen war nicht unbemerkt geblieben. Wie auf ein Signal hin wurden an allen Wagen die hinteren Planen von innen geöffnet. Als Erstes erschien der mächtige Kopf eines bärbeißigen Alten. Der schaute mit misstrauischen Augen zu den Ankömmlingen hinüber. Walter bot ihm einen freundlichen Gruß, den Ermelind mit gewinnendem Lächeln begleitete. Schon wurde die Miene des Alten versöhnlicher.

»Da kann ich meine Axt wohl beruhigt zurücklegen«, brummte er noch ein wenig schlaftrunken und erwiderte mit einem leichten Nicken den dargebotenen Gruß. »Mein Taufname ist Gero«, stellte er sich vor. »Man sollte stets wissen, mit wem man es zu tun hat.«

Sein fragender Blick veranlasste die beiden, auch ihre Namen zu nennen.

Bald herrschte reges Leben vor den Wagen. Ein Feuer wurde angefacht. Man begann bedächtig mit den Frühstücksvorbereitungen.

»Sitzt ab und teilt mit uns das erste Mahl des Tages. Was wir zu bieten haben, reicht auch noch für zwei Mäuler mehr«, lud sie der Alte mit zur vollen Tiefe erwachten Stimme ein.

Walter und Ermelind gesellten sich zu der Gruppe, doch der Kaufmann wollte nicht zu viel Zeit verlieren. »Habt Dank für Euer Angebot, aber unsere Mägen sind schon gut gefüllt, und wir müssen am Abend Koblenz erreichen. Wir sind in Eile.«

So schnell wollte sich der Alte nichts abschlagen lassen. »Seid nicht so voreilig, schaut wenigstens, was Euch entgeht! Wir haben unten am Flussufer ein paar prächtige Fische in der Reuse zappeln, und die sollen gleich über dem Feuer brutzeln.«

Walter und die Kanonisse folgten dem Mann hinunter zum Ufer. Sie wollten nicht unhöflich erscheinen. Schon bald war die Reuse herausgezogen. Darin zappelten einige große, glitschige Gesellen.

»Schaut mal, wie schön sie gefärbt sind«, rief Ermelind mit staunenden Augen aus, »oben dunkel, unten hell!«

»Ja, unser Herrgott hat sich was dabei gedacht«, erläuterte der alte Mann. »Die Rücken sind dunkler als die Bäuche, damit die Fische von oben betrachtet nicht vom dunklen Grund abstechen bzw. von unten gegen den hellen Himmel.« Mit kehligem Lachen fügte er hinzu: »Es ist auch kein Zufall, dass ein Fisch die Augen vorne hat. Er muss sehen, wohin er schwimmt, und nicht, woher er kommt!«

Ermelind und Walter stimmten in sein Lachen ein. Schließlich lehnte Walter die Einladung nochmals dankend ab. Eile war geboten! Dann nutzte er aber die Gunst des Augenblicks und fragte mit lauter Stimme in den Kreis der Anwesenden: »Wir müssen so schnell wie möglich einen Bekannten einholen. Ist Euch in jüngster Zeit, von Köln kommend, ein einzelner Reiter über den Weg geritten?«

Die anderen überließen dem Alten die Antwort. Er war schließlich ihr Anführer: »Damit können wir nicht dienen. Es scheinen überhaupt zurzeit wenige von dort aus unterwegs zu sein, ganz anders als von Koblenz hierher. Die verbreiten allerdings böse Gerüchte. Die fliehen vor dem Schwarzen Tod! Wir wollen trotzdem dorthin. Da sind unsere Familien. Dort ist unsere Heimat. Wo soll unsereiner sonst bleiben? Allein und ausgestoßen auf der Landstraße verhungern ist keine echte andere Wahl!«

Walter war enttäuscht. Wieder keine Spur des Italieners! Und die Gerüchte von rheinaufwärts machten ihm langsam Angst. Er sah, dass sich auch in Ermelinds Köpfchen die Gedanken sorgenvoll überschlugen.

Nachdem sie gute Wünsche ausgetauscht hatten, setzten sie ihre Fahrt fort. Der Alte rief ihnen zur Aufmunterung nach: »Geht mit Gott! Man sieht sich im Leben immer zweimal. Also bis zum nächsten Mal. Bringt dann mehr Zeit mit!«

Am Nachmittag bezog sich plötzlich der Himmel. Ein Schauer prasselte herab und weichte mit einem Schlag die Straßendecke auf. Er verwandelte sie in ein Meer von zähem Matsch, in dem sich die schweren Holzräder nur noch langsam, schmatzend drehten.

»Es wird bald Herbst«, sagte Ermelind. Der Kaufmann nickte. »Aber der Regen ist nach der langen Hitze auch überfällig. Die Natur dürstet nach ihm. Dieses Mal wird es fürs Erste nur ein Schauer bleiben. Seht, dahinten wird der Himmel schon wieder hell. Wir brauchen uns nicht einmal unterzustellen.«

Sie hatten nur einen örtlichen Platzregen durchfahren. Schon bald war die Straße wieder so trocken und staubig wie zuvor.

Mit Einbruch der Dämmerung erreichten sie Koblenz. Sie wurden von den frommen Nonnen neben der Kastorkirche mit Freuden begrüßt und aufgenommen. Walter war ein bisschen traurig, dass Ermelind und er den Abend getrennt verbringen mussten. Ermelind nächtigte mit den Nonnen im Dormitorium, er im Gästehaus. Es hatte aber auch etwas Gutes: Ermelind konnte die Nonnen nach dem Italiener befragen. Er konnte das Gleiche mit den Gästen im Gästehaus tun.

Der Kaufmann saß beim kargen Abendbrot und Brennnesselbier mit fünf anderen Männern im Speisesaal beisammen. »Das Brennnesselbier stärkt das Blut«, hatte die dicke Küchenmagd beim Auftragen gesagt. Aber es schmeckte einfach scheußlich. Wie vermisste Walter das gute Keutebier!

Die Männer hatten alle einen harten Reisetag hinter sich und waren rechtschaffen müde. Ein richtiges Gespräch wollte erst gar nicht aufkommen. Nur Walter redete sich mit einem Wormser Kaufmann fest. Sie entdeckten gemeinsame Geschäftsfreunde und schwärmten von ihren früheren Fernreisen. Bald waren die anderen zum Zuhören verdammt und ihre Lust wuchs, sich in den Schlafsaal zurückzuziehen. Als die Ersten vom Tisch aufstanden, packte Walter die Gelegenheit beim Schopf. Er kam endlich dazu, die Männer nach dem Italiener zu befragen. Wieder konnte ihm niemand helfen. Langsam wuchs Zweifel in ihm, ob er und Ermelind auf der richtigen Fährte waren.

Ermelind fühlte sich wohl im Kreis der frommen Frauen. Sie wurde nach den Geschehnissen in Köln befragt. Was im Ursula-Stift so alles passiert war, musste sie ausführlich berichten. Ihr Gesicht umwölkte sich vor Kummer, als sie von den Morden und dem Raub der Reliquie erzählte. Danach waren alle im Saal vor Schreck und Anteilnahme stumm.

»Köln scheint mir bei aller Heiligkeit viel gefährlicher als unsere Heimatstadt.« Die Äbtissin fand als Erste die Sprache wieder. »Bei uns hat es so was noch nie gegeben«, fügte sie in tiefer Überzeugung hinzu.

Für Ermelind stellte sich eine ganz andere Frage: »Mich nimmt wunder, dass diese schlimme Geschichte nicht schon längst zu Euch gedrungen ist. Mechthild, unsere Bibliothekarin, ist für die arme Almut mit der Totenrotel unterwegs und müsste schon längst bei Euch gewesen sein.«

»Ihr seid seit mindestens zwei Jahren unser erster Gast aus Eurem Stift«, erwiderte die Priorin.

Ein einzelner Italiener war den braven Nonnen in den letzten Tagen nicht unter die Augen gekommen. Eine blutjunge Novizin vermeldete jedoch schüchtern: »Aber wir scheren uns auch nicht um Männer. Unser aller Mann ist der liebe Herr Christus!«

Ein kleines Lächeln huschte über das Gesicht der Äbtissin, und die handfeste Frau bot Ermelind noch eine bedenkenswerte Erklärung an: »Vielleicht ist er ja auf einem Oberländer an unserem Haus vorbeigefahren. Viele Reisende ziehen die Schifffahrt dem Landweg vor. Auf dem Fluss lauern weniger Gefahren von räuberischem Gelichter.« Ermelind war enttäuscht, nichts in Erfahrung gebracht zu haben. Als sie sich schließlich müde zur Ruhe legte, ahnte sie nicht, wie nahe die Äbtissin der Wirklichkeit gekommen war.

13

Worms würde er am heutigen Tage nicht mehr erreichen, befürchtete Francesco. In vollem Galopp ritt er an den Rheinauen entlang. Auf dem weiten Grün sammelten sich bereits Scharen von Graugänsen und in den Bäumen Hunderte von schwarzen Staren. Francesco wurde angst und bange. Die Vögel würden bald in den Süden aufbrechen und der kommenden Kälte und Dunkelheit entfliehen. Seine Chance, noch vorher die Alpen zu überqueren, wurde immer geringer. Er spornte seine Stute zur Höchstleistung an.

Ihn trieb der Wunsch, den Pass über die Alpen doch noch früh genug zu erreichen. So ritt er wie besessen und gönnte sich erst mit Einbruch der Dunkelheit eine Rast. Er bemerkte nicht einmal, wie viel Volk ihm entgegenkam und dass er ganz allein auf dem Weg flussaufwärts war. Die Menschen, die ihm entgegenströmten, waren Vorboten der Pest!

Ermattet erreichte Francesco einen kleinen Weiler. Sein Pferd drängte nach einer Pause. Er zwang es, den Ort noch zu durchqueren. Irgendetwas an diesem Ort war nämlich sonderbar. Alles wirkte abweisend und feindselig. Die Straßen waren menschenleer. Total entkräftet und an den Flanken heftig zitternd stand das brave Pferd endlich still. Sie hielten vor einem kleinen Haus. Es stand einsam da und duckte sich in die Weinberge. Es war auf den zweiten Blick eher eine ärmliche Hütte. Sie bestand aus zwei aufeinandergesetzten Räumen und sah windschief und baufällig aus. Francesco stieg steif und müde vom Pferd und führte das Tier am Zügel auf den staubigen Hof. In der Kate regte sich auch bei seinem Näherkommen nichts.

Nicht einmal ein Hund schlägt an, dachte er.

Er pochte mit der Faust gegen die krumme Holztür, um sich bemerkbar zu machen. Er musste das Klopfen noch zweimal wiederholen, bevor er Schritte näher kommen hörte.

»Wer da?«, tönte eine keifende Altfrauenstimme.

»Ein braver Christenmensch sucht für die Nacht Quartier und hat auch genug Münzen im Beutel, um zu zahlen«, antwortete der Italiener in einschmeichelndem Ton.

Aber die Hausbewohnerin blieb ablehnend wie bei ihren ersten Worten: »Und einer guten Christin ist es nicht zuzumuten, die Pest ins Haus zu lassen.«

»Habt keine Angst, ich bin gesund, nur hungrig und müde«, versuchte es Francesco noch einmal.

»Die Tür bleibt zu«, bestand die Frau auf ihrer Meinung. »Wenn es denn sein muss, schlaft im Stall bei den Säuen. Wasser findet Ihr im Trog und im Gestell auch noch ein paar Kanten trocken Brot. Die sind eigentlich für die Schweine bestimmt.« Sie kicherte gehässig. »Vergesst nicht, ein paar Münzen unter den Stein neben der Stalltür zu legen«, fügte sie hinzu, bevor ihre Schritte wieder von der Tür wegschlurften. Das Gespräch war für sie beendet.

Francesco nahm das ungastliche Angebot an. Es würde besser sein, im Stall zu nächtigen als draußen im Freien. Vorsichtig ging er im Halbdunkel über den Hof. Die lange Hitzeperiode hatte den Lehmboden fest wie Stein gemacht. Aber dort, wo frühere Regenschauer kleine Lachen gebildet hatten, gab es Vertiefungen, in denen man leicht ins Stolpern geraten konnte.

Er erreichte den unordentlichen Schober. Es roch nach fauligem Stroh und Schweinepisse. Francesco wurde übel. Er hatte das Gefühl, als spränge Ungeziefer auf ihn über. Er musste sich kratzen.

Als er die Stalltüre öffnete, quietschte sie jämmerlich. Der Stall war mindestens eine Woche nicht gesäubert worden. Eine Schar dreckige Schweine quiekte aufgeschreckt. Wahrscheinlich haben sie Hunger und Durst, dachte Francesco. Für einen Moment kämpfte das Gute in ihm mit seiner Müdigkeit. Soll ich den Tieren zu ihrem Recht verhelfen? Doch da er selbst todmüde war und mit dem ersten Tageslicht wieder loswollte, entschied er sich, die Sorge um die Tiere ihrer Besitzerin zu überlassen.

Mit den Händen tastete er vorsichtig seine Umgebung ab. Als er eine halbwegs ordentliche Stelle mit etwas Stroh und Heu gefunden hatte, ließ er sich seufzend fallen. Selbst an dieser Stelle gab es schon Gäste. Quiekend sprang ein schwarzer Schatten aus dem Stroh. Er war noch dunkler als die Dunkelheit und verschwand eiligst unter dem Gatter des Schweinepferchs. Eine dicke, fette Ratte, dachte Francesco angeekelt. Er war zu müde, um sich eine andere Schlafstelle zu suchen. Die Ratte war ja auch geflohen. Er ließ es, schon halb im Schlaf, über sich ergehen, dass kleine Plagegeister ihn besprangen und gierig sein Blut saugten.

Als er ruhig daniederlag, beruhigten sich auch die Schweine wieder. Stille fiel wie eine schützende Decke über ihn und machte es ihm leicht, in einen todesähnlichen Schlaf zu sinken. Er ahnte nicht, dass mit den Bissen der kleinen Sauger, die sich auf ihm festgesetzt hatten, der Schwarze Tod zu ihm vorgedrungen war.

Im Frühlicht stand er wieder auf. Etwas Wasser und ein Kanten trocken Brot, den er sich aufgespart hatte, dienten ihm als hastiges Frühstück. Sein armes Ross war draußen im Freien angebunden gewesen. Das war es nicht gewohnt. Es hatte voll Unruhe den ganzen Boden zerstampft. Er versorgte das Tier mit dem wenigen, das vorhanden war.

Früh am Morgen stahl sich ein erster Sonnenstrahl durch die undichte Holztür des Gästehauses und schien Walter Bonnheim mitten ins Gesicht. Der Schlaf des Kaufmanns wurde unruhig, dann erwachte er, blinzelte und wusste zunächst gar nicht, wo er sich befand. Erst als er um sich herum Schnarchen und andere Schlafgeräusche hörte, setzte bei ihm die Erinnerung ein.

Ich muss aufstehen und alles vorbereiten, damit wir sofort aufbrechen können, wenn Ermelind reisefertig ist. Wollen wir die geringe Chance nutzen, den flüchtigen Italiener zu erwischen, dürfen wir keine Zeit verlieren, dachte er.

Leise erhob er sich von der Lagerstatt. Er folgte dem Lichtstrahl, der durch die Türritze blinzelte, und erreichte, ohne Lärm zu machen, den Ausgang. Behutsam drückte er den Knauf nach unten und öffnete die Tür.

Den Türangeln fehlte seit Langem ein Tröpfchen Öl, und so knarrten sie schrecklich, als Walter sie aufschob. Sofort setzte unter dem niedrigen Dach lautes Flügelschlagen ein und verriet, dass sich dort ein Schwarm Tauben eingenistet hatte.

Walter schlüpfte hinaus und schloss, so schnell er konnte, die Tür wieder. Er fröstelte. Die Morgenluft war frisch und feucht. An der Mauer des Gästehauses blühten üppige Spätsommerrosen und verströmten einen süßen Duft. Auf ihren Blütenblättern glänzten perlengroße Tautropfen. Etwas in Walter drängte danach, eine der Blüten abzuknicken, um sie Ermelind zu schenken. Doch dann rief er sich zur Ordnung. Allzu gern hätte er das getan, aber es stand ihm einfach nicht zu!

Er ging zum Brunnen, füllte sich eine Schüssel voll Wasser, wusch sich und schabte mit seinem Rasiermesser den Bart.

Er beeilte sich, denn ihm war kalt. Er wollte schnell wieder in seine Kleider steigen. Als er fertig war, ging er zu den Stallungen, um nach den Pferden und dem Wagen zu sehen. Er lief dem Pferdeknecht über den Weg und grüßte ihn freundlich. Dabei kam ihm ein Gedanke, wie er seiner Begleiterin doch noch etwas Gutes tun konnte.

Ihm war aufgefallen, dass Ermelind am letzten Morgen gefroren hatte. Und es war sicher, dass es auch heute Morgen wieder kalt auf dem Kutschbock werden würde. Deshalb gab er dem Stallknecht einige Kupferstücke und bat ihn, ein paar Steine zu erwärmen und in Tücher zu hüllen. Die wollte er Ermelind vor die Füße legen. Von seinen vielen Reisen wusste er, wie angenehm das war und wie gut man sich auf diese Weise gegen die aufsteigende Kälte schützen konnte. Danach suchte Walter in der Küche um ein Frühstück nach. Er bezahlte großzügig.

Auch Ermelind war schon längst auf den Beinen. Sie hatte mit den Schwestern des Stifts an deren frommen Übungen teilgenommen und den Frühgottesdienst bereits hinter sich. Sie hatte ein Gebet an den heiligen Hippolytus gerichtet. Er möge ihnen helfen, sein Reliquiar zu finden und wieder nach Hause zu bringen. Ihr Glaube war stark. Neue Hoffnung keimte in ihr auf.

Sie frühstückte eine Kleinigkeit und traf kurz darauf den Kaufmann auf dem Hof. Hoffentlich ist er erfolgreicher als ich gewesen, dachte sie. Ohne eine heiße Spur weiter nach dem Italiener zu suchen, wollte ihr trotz neu gewonnener Hoffnung schwerfallen.

Als Walter die Kanonissin sah, ging ein Strahlen über sein Gesicht. Er führte die Pferde am Zügel auf sie zu, und die Holzräder klapperten, wie zu ihrer Begrüßung, laut auf den Steinen des Hofs.

Ermelind verabschiedete sich mit großer Herzlichkeit von ihren Gastgeberinnen. Danach ließ sie sich von Walter auf den Kutschbock helfen. Schon bald spürte sie die erwärmten Steine vor sich und war gerührt über Walters Fürsorge.

Der Kaufmann beschloss, den Wagen bis vor das Hoftor zu führen und erst draußen aufzusitzen.

Vor dem Stift, an die Mauer gelehnt, saß ein Bettler und bettelte lautstark um ein Almosen. Walter musterte ihn unwillig und murmelte unwirsch: »Versuch's doch mal mit deiner Hände Arbeit.«

»Wer nimmt unsereinen denn schon in Lohn und Brot, Herr?«, quengelte der Mann wehleidig zurück.

Der Kaufmann wollte schon weitergehen, als er Ermelinds Stimme in seinem Rücken hörte. »Manchmal erscheint Ihr mir ein bisschen zu hart«, schmollte sie. Walter schluckte heftig, um nicht hörbar nach Luft zu schnappen. Ermelind hatte ihn getadelt, und das saß!

»So muss man im Kaufmannsleben sein. Hätte ich vorgehabt, nur den Mühseligen und Beladenen beizustehen, hätte ich den Priesterrock gewählt«, verteidigte er sich verschnupft. Und doch warf er dem Bettler im Weitergehen einen Kupferling in den Schoß.

Ermelind sah das mit einem zufriedenen Lächeln, sagte aber nichts. Sie hatte sich also nicht in Walter geirrt. In seiner oft rauen Schale steckte ein gutes Herz.

Bei ihrer Abfahrt winkten die beiden noch einmal zurück. Dann siegte in Ermelind die Neugier. Sie wollte wissen, ob Walter etwas über den Italiener herausgefunden hatte. Sie war sehr enttäuscht, als auch er nichts berichten konnte.

»Heute will ich versuchen, bis Bingen zu kommen«, wechselte Walter das unerfreuliche Thema.

»Vielleicht haben wir mit unseren Nachforschungen auf dem Weg mehr Glück oder in Bingen selbst.«

»Oh ja, Bingen ist gut«, freute sich Ermelind. »Ganz in der Nähe befindet sich Kloster Rupertsberg. Da hat die große Hildegard die meisten Tage ihres Lebens verbracht. Dort zu nächtigen wäre ganz im Sinne von Mutter Gertrudis. Vielleicht steht uns die heilige Hildegard mit ihrer Hilfe bei.«

Walter war nicht sehr angetan von Ermelinds Plan.

»Natürlich achte ich die Wünsche Eurer Äbtissin. Aber ob das Kloster der richtige Ort ist, Spuren des Italieners zu finden, wage ich zu bezweifeln. Es liegt nicht einmal direkt am Weg. Der führt am Rhein entlang. Das Kloster aber liegt etwas erhöht. Sicherlich würden wir in einem der Gasthäuser am Fluss eher etwas über den Flüchtigen erfahren.«

»Das muss nicht sein«, protestierte Ermelind. »An dem frommen Ort sind wir nicht nur Gottes Hilfe näher, sondern können auch auf die Unterstützung der Schwestern und der vielen Logiergäste zählen. Die Klostermauern sind nicht dicht. Viele Ohren halten Kontakt nach draußen. Bitte lasst es uns versuchen.«

Längst nicht überzeugt, gab der Kaufmann nach, trieb die Pferde an und fiel in mürrisches Schweigen.

Bald merkte er jedoch, wie schwer es ihm fiel, mit Ermelind uneins zu sein. Er suchte eine Möglichkeit, sich versöhnlich zu zeigen.

Im Laufe des Vormittags war es zusehends warm geworden. Walter bemerkte, dass die Pferde müde wurden. Er hatte sie zu stark vorangetrieben. Nicht nur um den Italiener einzuholen, dachte er. Sein Ärger hatte bei dem Gehetze mitgespielt. Die Straße machte einen Bogen und schlängelte sich wieder eng am Fluss entlang. Der Kaufmann beschloss, nach einer seichten Stelle Ausschau zu halten, um dort die Pferde zu tränken. Schon bald konnte er an einem passenden Ort anhalten.

Er ließ die Pferde im Geschirr, fuhr den Wagen aber so dicht ans Ufer, dass sie Wasser schöpfen konnten. Die Tiere tranken in tiefen Zügen. Er selbst sprang vom Bock, um sich etwas die Beine zu vertreten. Die Fahrt über das holprige Gelände hatte seine Gelenke steif gemacht. Er empfahl Ermelind, das Gleiche zu tun.

Der Rhein floss träge dahin. Walter näherte sich seinem Rand. Dort in den Ausbuchtungen des Ufers stand das Wasser völlig ruhig und bildete eine spiegelglatte Fläche. Gedankenversunken starrte der Kaufmann hinein und erschrak. Er sah im Wasserspiegel ein Gesicht, doch es war nicht seines. Es war das der schönen Kanonissin.

War der Wunsch schon so sehr der Vater seiner Gedanken, dass er sah, was er zu sehen wünschte? Er suchte ihre Augen. Als er sie traf, zuckte ihr Antlitz zusammen. Langsam drehte der Kaufmann seinen Kopf und sah, dass Ermelind wirklich hinter ihn getreten war. Sie hatte ihn bereits die ganze Zeit beobachtet.

Hatte sie ähnliche Gefühle für ihn wie er für sie? Bei diesem Gedanken wurde ihm heiß und kalt. Dort, wo seine innersten Gefühle verborgen waren, kam etwas ins Schwingen. Es war ihm, als wollte jemand mit zarten Fingern einer Fiedelsaite wohltönende Klänge entlocken.

Bald schon wieder machten sie sich erfrischt auf den Weg. Sie erreichten ihre Raststelle für die Nacht in vorgesehener Zeit.

Kloster Rupertsberg war eine mächtige Anlage. Den Mittelpunkt bildete die dreischiffige Klosterkirche, die von zwei breiten Türmen flankiert wurde. Der gesamte Klosterbezirk war von einer Ringmauer umgeben und enthielt neben der Prälatur das Konventgebäude, das Dormitorium, das Kapitelhaus und die Klosterschule. Südwestlich vom Kreuzgang lagen der Friedhof mit der Michaelskapelle, das Propsthaus mit dem Patres-Garten sowie das Gästehaus.

Die beiden Ankömmlinge nutzten den frühen Abend noch, um sich nach einem durchreisenden Italiener zu erkundigen, der im Pilgergewand reiste und ein größeres Bündel mit sich trug. Sie fragten nach langen schwarzen Haaren, schwarzen Augen und einem kurz geschnittenen dunklen Vollbart. Sie beschrieben ihn so, wie es die Kustodin getan hatte.

Leider behielt Walter recht. Sie fanden rund ums Kloster keine Spur. So war Ermelind froh, wenigstens von den Schwestern zu hören, dass Mechthild bereits im Stift gewesen war, um von Almuts Tod zu berichten. Die Äbtissin hatte schon fünfmal für die arme Ermordete beten lassen. Ermelind war sich sicher, dass Almut bei so viel Fürbitte im Himmel wohl aufgenommen worden war. Walter und Ermelind suchten recht früh ihre Betten auf. Ermelind betete, wie am Vortag, vor ihrem Bettkasten kniend zu Hippolytus, er möge sie doch nicht mit leeren Händen zu den Ihren zurückkommen lassen. Ihre ganze Hoffnung galt nun Mainz und dem Weg dorthin.

Noch in der Morgendämmerung machte sich Francesco wieder auf den Weg. Er zögerte für einen Moment, ob er wirklich für diese schäbige Unterkunft einen Obolus unter den Stein legen sollte. Doch die Schweine begleiteten seinen Aufbruch so lautstark, dass er sich sicher war, seine Gastgeberin war ebenfalls aufgewacht und beobachtete ihn hinter den Fenstern. Er konnte sich keinen Streit erlauben. So legte er widerwillig einige kleine Münzen an die befohlene Stelle und ritt davon.

In der Morgenluft verdampfte der Tau auf den Wiesen und verzog sich in leichten Schwaden über das Land. Es war dadurch angenehm kühl.

Um die Mittagszeit erreichte Francesco Worms. Die Sonne stand inzwischen gleißend auf ihrem Höchststand und blendete ihn. Als er endlich die gewaltige Befestigung der Reichsstadt erkennen konnte, sah er, dass etwas nicht in Ordnung war. Am helllichten Tage waren die Stadttore geschlossen, und draußen vor der Befestigungsanlage tummelte sich eine ganze Menge Volk. Er fasste die Zügel kürzer und ritt verhalten auf die Stadtmauer zu. Schon bald konnte er den Wortwechsel zwischen den Stadtsoldaten auf den Zinnen und den Menschen vor dem Tor verstehen.

»Lass mich rein, Stephan«, rief einer der Männer. »Du kennst mich doch. Ich bin hier zu Hause. Mein Weib und die Kinder sind bei euch drinnen, mach endlich das Gitter hoch, um Gottes willen.« Aber die Soldaten waren unerbittlich: »Befehl ist Befehl, Josef. Hier kommt weder Mann noch Maus hinein«, antwortete ihr Anführer. Dem machte die Hitze merklich zu schaffen. Er hatte einen hochroten Kopf. »Der Rat sagt, dass wir nur mit solchen Schutzmaßnahmen vor dem Schwarzen Tod sicher sind. Unsere Befehle gelten auch für Bürger unserer Stadt, die von auswärts zurückkommen!«

Selbst die lautesten Proteste der draußen Stehenden führten zu nichts. Einige der Wüteriche begannen mit Steinen nach den Zinnen zu werfen. Die Lage spitzte sich zu. Es war nur eine Frage der Zeit, bis sich die Wachen dieser Angriffe erwehrten.

Francesco begriff, dass es besser war, Reißaus zu nehmen. Die Pest machte ihm einen Strich durch die Rechnung! Ein Aufenthalt in Worms wäre für ihn so wichtig gewesen. Er hatte dort mehrere gute Geschäftsfreunde und hatte vorgehabt, bei ihnen seine dezimierten Vorräte aufzufüllen, die Ausrüstung wieder instand zu setzen und einige Schuldscheine zu Geld zu machen. Nun musste er sich ohne all dies auf dem todmüden Gaul durch die Dörfer schlagen. Dass man auch dort mehr als fremdenfeindlich war, hatte er letzte Nacht zu spüren bekommen. In Speyer, der nächsten größeren Stadt, würde es kaum besser sein!

Nach kurzem Ritt überkam ihn ein erster Schwächeanfall. Ihm wurde übel. Kalte und heiße Schauer liefen ihm abwechselnd den Rücken hinab. Der Mund wurde trocken. Ihn schwindelte, und er krümmte sich unter Krämpfen. Bitteres stieg in seinem Schlund auf. Er schluckte es immer wieder widerwillig runter, um sich nicht zu übergeben.

Francesco hielt die Stute an und nahm einen Schluck aus seiner Wasserflasche. Er hatte sie am Morgen im Trog noch einmal aufgefüllt. Das Wasser war warm und schal und tat seinem brennenden Durst keine Abhilfe. Langsam ritt er weiter, bis er am Horizont einen Weiler auftauchen sah. Dort wollte er Rast machen. Er konnte einfach nicht mehr.

Als er die Hauptstraße des Dorfs erreichte, war alles totenstill. Süßlicher Leichenduft lag in der Luft und vermischte sich mit fauligem Gestank. So riecht der Tod, dachte Francesco am Ende seiner Kräfte. Auch hier hatte die Pest schon erbarmungslos zugeschlagen.

Das Unglück ist schon weit fortgeschritten, dachte er. Nicht einmal mehr das Poltern des Leichenwagens auf den Pflastersteinen war zu hören. Das Läuten der Totenglocken war verstummt. Der Ort lebte nicht mehr! Hier gab es niemanden zu beklagen. Selbst zum Begraben der herumliegenden Leichen war niemand mehr da. Alle Bewohner waren tot oder geflohen.

Der Römer sah Leichen in jedem Zustand der Verwesung. Einige waren noch aufgequollen, andere bereits in sich zusammengefallen und dabei auszutrocknen.

Im hellen Sonnenlicht des Nachmittags bewegten sich fette Ratten behäbig über die Straße. Sie nagten an Leichenteilen. Eine räudige Katze lag auf der Kirchmauer und zeigte keinerlei Interesse an ihnen. Sie war viel zu satt und vollgefressen, um mit den fetten Nagern auf Leben und Tod zu kämpfen.

Der Sand in Francescos Lebensuhr zerrann nun schnell. Er erreichte mit letzter Kraft das Kirchenportal und trat schwankend ein. Er dachte nicht mal daran, sein Pferd draußen festzubinden. Die Kühle des Kirchenschiffes tat ihm gut. Mit unsicheren Schritten näherte er sich der mächtigen weißen Platte eines Marmorsarkophags und ließ sich erschöpft darauf nieder. Die Kälte der Steinplatte bot ihm Linderung. Für einige Augenblicke verharrte er wie ein neugeborenes Kind in gekrümmter Haltung auf ihr. Bald raubte ihm der kalte Stein jedoch seine Körperwärme, sodass er trotz seiner Hitzewallungen fröstelte. Nur in der Leistengegend brannte es wie Feuer. Starker Juckreiz setzte ein.

Im Licht der Kirchenfenster besah er sich die schmerzenden Stellen und schrak zurück. Sie waren tief gerötet, von Ausschlag befallen, der teilweise schon zu erbsengroßen Pusteln angeschwollen war. Verzweifelt untersuchte er seinen ganzen Körper, wobei ihm seine zitternden Hände mehrmals den Dienst versagten. Unter den Achselhöhlen entdeckte er taubeneigroße Geschwulste. Sie leuchteten violett und gelblich und waren so prall, als wollten sie gleich aufspringen. Francesco hielt seine Arme, so gut er konnte, seitlich vom Körper abgespreizt, um zu verhindern, dass sie unter dem Druck der Arme platzten. Es gab keinen Zweifel, die Geißel Gottes hatte ihn in den Klauen!

Francescos Hirn arbeitete auf Hochtouren. Ein inneres Tribunal setzte ein. Er wollte nichts mehr schönreden, war aber auch zu müde, sich für seine Sünden zu rechtfertigen. Er hatte große Schuld auf sich geladen, und Gott hatte erkennbar beschlossen, ihn dafür zu bestrafen. Das Schreckliche war, dass damit auch das Schicksal von Carla besiegelt wurde! Tränen der Verzweiflung rannen an seinen glühenden Wangen herab. Dann bäumte er sich noch einmal auf. »Gibt es denn nicht wenigstens für meine Liebste Gnade und Errettung? *Dum spiro spero!*« – Solange ich atme, hoffe ich. Seit er Carla verlassen hatte, war sein Leben ins Böse abgerutscht und hatte dunkle Flecken bekommen. Er rieb sich die tränennassen Augen, als könne er damit die Schrecklichkeiten, in die er geschliddert war, wegwischen. Er war in Köln zum Mörder geworden! Wieder wurde ihm am ganzen Leib heiß, als züngelten Flammen nach ihm. Sie piekten wie kleine Pfähle mit sengender Glut in seinen Körper. Mich peinigen schon vorgezogene Höllenqualen, dachte er.

Dann roch er den ekelhaften Gestank von Fäulnis und Schwefel an sich, der mit der Seuche einherging. Nun holt mich der Teufel, dachte er ängstlich. Ihm wurde wieder furchtbar kalt. Ein eisiger Luftzug, heftige Winde umfingen ihn, als wollten sie ihn in den Orkus wehen. Schließlich platzten grelle Blitze vor seinen Augen. Unter lautem inneren Getöse verlor er das Bewusstsein.

So lag er eine ganze Weile da. Als ihn seine Schmerzen wieder weckten und er wieder zu sich kam, hatte sich im Kirchenraum etwas verändert. Von dort, wo es eben noch hell gewesen war, fiel nun ein Schatten auf ihn. Francesco öffnete mit großer Anstrengung seine Augen. Er sah einen Priester auf sich niederblicken. Es gab also doch noch eine Menschenseele an diesem Ort! »*Noli me tangere!*« – Rühr mich nicht an! »Die Pest!«, stöhnte er dem Geistlichen entgegen. Der war ein hoch aufgeschossener Mann von aufrechtem Gang. Er hatte eine hohe Stirn, einen schütter gewordenen weißen Haarschopf und große wasserblaue Augen. »Ich bin Pater Simon, der Dorfpfarrer«, stellte er sich vor. »Gottes Zorn ist über mich gekommen. Als großer Sünder habe ich das auch verdient. Der Teufel kommt mich holen, Pater. Sein Schwefelgestank sticht mir schon in die Nase«, flüsterte Francesco stockend.

»Überschätzt Euch nicht, mein fremder Freund«, entgegnete ihm der Pfarrer sanft. »Ihr seid vor Gott so winzig wie ein Sandkorn in der Wüste! Glaubt ja nicht, dass Gott die schreckliche Seuche nur Euretwegen zu uns geschickt hat. Gott ist Gnade. Er ist selbst in diesem furchtbaren Moment in Eurer Nähe. Euch näher, als Ihr denkt.«

Tiefe Gewissheit und fester Glaube sprachen aus seiner Stimme. Der

Priester streckte seine rechte Hand zu dem Todgeweihten aus und schlug über ihm das Kreuzzeichen. Die heilige Geste spendete dem Sterbenden Trost. Für den Moment übertönten die gnadenreichen Worte des Pfarrers sogar seine beißenden Schmerzen. Er fand ein wenig Ruhe. Er fühlte genug Kraft, sich nochmals an den Geistlichen zu wenden: »Betet für mich, Vater! Ich brauche alle Fürbitte dieser Welt. Nehmt bitte das Bündel an Euch, das da neben mir liegt. Was drinnen ist, gehört in Gottes Haus und ist wohl aufgehoben unter Eurer Hut. Ich hatte es meiner kranken Frau in Rom als Wundermittel zugedacht. Doch wie ich es mir angeeignet habe, war nicht recht. Ich hab eine arme Ordensfrau dafür zu Tode gebracht und einen Räuber angestiftet, das Heiligtum für meine Carla zu rauben!«

Völlig entkräftet stockte er in seinem Redefluss und sank zurück in eine tiefe Ohnmacht. Gottes Gnade ersparte ihm zu wissen, dass der Räuber auch noch Jan erdrosselt hatte.

Als der Priester merkte, dass der Todgeweihte nicht mehr ansprechbar war, nahm er dessen Bündel an sich und zog sich zurück. Er überließ den Sterbenden mit einem Kreuzzeichen Gottes Gnade, wobei er leise sprach: »*Subvenite sancti Dei, occurite angeli Domini, suscipientes animam eius, offerentes eam in conspectu altissimi.*« – Kommt zur Hilfe, ihr Heiligen Gottes, eilt herbei, ihr Engel des Herrn, diese Seele aufzunehmen, dem Auge des Höchsten darzubieten.

Francesco fiel in dumpfe Fieberträume. In ihm rumorte es. Immer wieder beschäftigte ihn, dass er seiner Frau ihren sehnlichen Wunsch nicht mehr erfüllen konnte. Ihm blieb nur die vage Hoffnung, bald mit ihr einen Platz im Himmel zu teilen. Der Priester hatte sie in ihm geweckt. Mit diesen tröstlichen Gedanken verstarb er.

Der Priester ging mit traurigen Schritten über den Kirchhof zum Pfarrhaus zurück. Nur kurz hatte ihm Gott menschliche Gesellschaft gewährt. Er vermisste sie schon so lange. Kein Mensch zeigte sich in den Gassen. Alles war öde und leer. Selbst Francescos Stute war längst von dannen getrottet auf der Suche nach etwas Wasser und Futter.

In seinem Haus wollte der Geistliche die Habseligkeiten des Unglücklichen betrachten.

14

Bei der Weiterfahrt am nächsten Morgen waren Ermelind und Walter sehr still. Es war noch früh, kühl und feucht und alles nicht dazu angetan, besonders redselig zu sein.

Die beiden Reisegefährten hegten die gleichen düsteren Gedanken. Ihnen war längst klar geworden, dass ihrem Vorhaben kein schneller Erfolg beschert sein würde. Beide überkam das Gefühl der Hoffnungslosigkeit.

Walter lenkte lustlos die Pferde. Ab und zu ging sein Blick zu Ermelind hinüber. Sie bemerkte das nicht einmal. Er betrachtete ihr schönes, blasses Gesicht von der Seite. Ihre Augen waren nach vorne gerichtet. Weit in die Ferne, wie ihre Gedanken. Sie nahm nichts aus ihrem Umfeld wahr. Die junge Frau suchte krampfhaft nach einer Eingebung, die sie voranbringen könnte. Immer wieder stießen ihre Gedanken an unüberwindbare Grenzen.

Walter sah, wie es hinter ihrer Stirn arbeitete. Er fühlte sich schrecklich dabei, ihr nicht helfen zu können.

Ihre schweigsame Fahrt währte nicht lange. Bald herrschte wieder reger Betrieb auf der alten Römerstraße. Das Merkwürdige war, alle Leute kamen ihnen entgegen!

Ganze Heerscharen strömten auf sie zu und zeigten sich immer weniger gewillt, ihrem Fuhrwerk auszuweichen. Wütende Männer drohten ihnen mit Stöcken. Verzerrte Frauengesichter keiften Schimpfworte und fluchten, wenn sich die Pferde bedrohlich zwischen sie schoben und sie zur Seite quetschten. Die Leute hatten es eilig. Sie waren auf der Flucht und wollten sich durch nichts aufhalten lassen.

Walter hatte die Pferde kürzer gefasst und ließ sie nur noch langsam im Schritt gehen. Das Pferd, das zur Straßenmitte eingespannt war, scheute mehrmals, trat mit der rechten Hinterhand aus und bäumte sich unter der Deichsel. Wutgeheule der Menschen begleitete seinen Angstausbruch. Einige Steine trafen den Wagen, Gott sei gedankt, nicht die beiden auf dem Bock. Aber die wurden zunehmend verunsichert von so viel Wut und Verzweiflung.

Eine tiefe Männerstimme übertönte die anderen: »Lasst uns durch, Ihr Verrückten. Ihr habt alle Zeit der Welt. Euch holt der Schwarze Tod noch früh genug, wenn Ihr gen Süden weiterfahrt.« Schon hatte der laute Mann bestätigendes Gelächter auf seiner Seite. Vor ihnen wütete die Pest und dorthin folgten sie dem Räuber und Mörder!

Kann das Gottes Wille sein?, dachte Walter verzweifelt. Er gestand sich ein, dass die Angst, die ihm bis zum Hals hinaufkroch, weniger ihm galt als der Frau an seiner Seite. Ihr durfte um keinen Preis der Welt etwas geschehen! Dafür wollte er Sorge tragen. Als sie an einem älteren Dominikanermönch vorbeikamen, stoppte Walter die Pferde und wandte sich an den Greis: »Bruder in Christo, wir sind auf dem Wege nach Mainz. Sagt uns bitte, was erwartet uns dort?« Der Mönch sah verständnislos zu ihm hoch, schüttelte den Kopf und antwortete: »Lasst ab davon, mein Sohn. Ihr versündigt Euch und versucht Gott. Nutzet die Zeit, die Euch bleibt, und entflieht dem Schwarzen Tod. Mit Eurem Pferdefuhrwerk habt Ihr bessere Möglichkeiten als die meisten von uns. Es ist nur eine Frage der Zeit, dann wird auch Mainz seine Pforten schließen und alle Fremden als Feinde betrachten. Der Rat tagt schon darüber. Flieht, solange Ihr noch könnt.«

Walter zögerte betroffen, dann bemerkte er, wie sich Ermelinds linke Hand ängstlich in seinen Arm krallte. Was sollte er tun? Er hatte ein Versprechen abgegeben. Ein Mann, ein Wort! Er musste dazu stehen. Umkehr kam nicht in Betracht, solange noch der kleinste Hoffnungsfunken glühte.

Mit den Zügeln schlug er leicht auf die Hinterbacken der Pferde und setzte die Fahrt fort, ohne dem Mönch eine Antwort zu geben. Nach einigen Minuten sah er, dass ein Feldweg von der Hauptstraße abging. Er lenkte den Wagen in seine Richtung und atmete auf, als er aus dem feindseligen Getümmel ausgeschert war. Das Geschiebe der vielen Menschen hörte auf. Walter wollte von nun ab auf Schleichwegen bis zur Bischofsstadt fahren.

In Ermelind tobte ein Kampf zwischen Angst und Verzweiflung. Die junge Frau konnte ihre Gefühle nicht für sich behalten, sie mussten heraus. »Glaubt Ihr wirklich, dass wir das Richtige tun?«, wandte sie sich an Walter. Ihre Frage und deren Ton beinhalteten bereits als Antwort ein klares Nein. Schutzsuchend hatte sie ihre Hand auf den Arm des Kaufmanns gelegt. Als ihr das bewusst wurde, zog sie sie erschrocken zurück.

Hinter Walters Stirn jagten sich die Gedanken. Er wog Für und Wider ab. Es fiel ihm schwer, Ermelinds Zweifel zu entkräften. Zu unsicher war er sich selbst. »Lasst uns nicht bei der ersten Prüfung durch Gott aufgeben. Wir haben das Gute auf unserer Seite. Er wird uns schützen und behüten und unser Vorhaben mit Erfolg krönen.«

»Bisher hat er nichts davon gezeigt«, antwortete die Kanonissin bitter. »Und die Prüfung, die uns jetzt droht, ist eine wahrlich große. Sie könnte unsere Letzte sein. Was hilft da all unser Wollen?«

Walter gestand sich ein, wie recht Ermelind hatte, trotzdem versuchte er sie zu besänftigen. »Wir wollen unserem Vorhaben noch eine Chance geben. Lasst uns bis Mainz fahren. Wenn der Italiener ein Schiff genommen hat, dürfte die Stadt seine Umsteigestation sein. Die Oberländer fahren von Köln aus nur bis dort. Ich meine, dort noch mal nach ihm zu forschen, ist einen Versuch wert!«

Die ruhige Art des Kaufmanns beschwichtigte die Kanonissin. Sein Vorschlag fand ihre Billigung. Sie gab dem Kaufmann nicht ausdrücklich recht, aber ihr »Nun denn, mit Gottes Hilfe bis Mainz« ersparte Walter weitere Überzeugungsarbeit. Ihr Gespräch wurde nun entspannter und befasste sich mit der Weiterreise: »Im kurfürstlichen Mainz gibt es nahe dem Rheinufer eine Klarissenniederlassung. Dort finden wir Unterkunft.«

»Wenn die Stadttore noch offen sind«, brummte Walter unverständlich nur für sich bestimmt und erwiderte laut: »Ja, dort solltet Ihr sichere Nachtruhe suchen, ganz im Sinne Eurer Mater. Ich weiß Euch dann in guten Händen. Aber Ihr werdet verstehen, dass ich die Zeit anders nutzen möchte. Ich will hinunter zum Hafen. Vielleicht ist dem Hafenmeister und seinen Männern etwas aufgefallen, was uns zu dem Italiener führt. Auf dem Landwege haben wir keine Spur gefunden. Ich hoffe nun auf den guten Vater Rhein. Ihr nutzt bitte alle Möglichkeiten, die Klarissen zu befragen.«

Das mühsame Geholper über die Feldwege würde sie nicht bis zum Abend nach Mainz bringen. Walter musste zurück auf die Hauptstraße. Schon bald umtobte sie wieder ein Strom von Flüchtenden mit Flüchen und Drohungen. Walter hielt die Pferde stur in der Spur. In der Dämmerung erreichten sie erschöpft die Stadt.

Schon von Weitem sah er, dass die Stadttore noch geöffnet waren. Doch je näher er kam, umso mehr fiel ihm auf, dass nicht alles wie sonst war. Die Straßen waren nahezu menschenleer. Sah man eine Person, so war sie schon wieder verschwunden. An vielen Häusern waren die Fensterläden geschlossen. Was die Ratsherren noch nicht entschieden hatten, hatten die Städter für sich schon umgesetzt. Die meisten hatten sich in ihren Häusern verbarrikadiert und zeigten sich abweisend gegenüber allen Fremden.

Als die beiden die Niederlassung des Bettelordens erreichten, musste Walter auch dort mehrmals die Glocke ziehen. Ein Gitter in der Türe wurde geöffnet. Erst als Ermelind sich zu erkennen gab, wurde die Türe aufgesperrt. Eine klobige Klarissin winkte die junge Frau unwirsch herein. »Also gut, dir sei Quartier gewährt. Für eine Nacht aber nur. Der Mann kommt uns nicht ins Haus. Mit einem Gast in dieser schrecklichen Zeit ist unserer Christenpflicht Genüge getan«, entschied die Pförtnerin.

Wie froh war Walter, dass sie schon vorher für diesen Abend ihre Trennung vereinbart hatten. Nun konnte Ermelind der Schwester ohne schlechtes Gewissen folgen. Sie trat in den Innenhof, und das Portal wurde von der Pförtnerin rüde vor Walters Nase zugeschlagen.

Ermelind folgte ihr auf das Gebäude zu. Alles war sehr reinlich, aber ärmlich. Wie bei Bettelorden eben.

Ermelind versuchte mit einigen netten Worten den recht ungastlichen Empfang zu überspielen. »Ihr tragt wahrlich all Euren Reichtum in Eurem Herzen – Liebe, Gastfreundschaft und Fürsorge – und verzichtet auf schnöden weltlichen Schein.« Der Klarissin gefiel dieses Lob, doch sie guckte etwas misstrauisch zu der jungen Frau hinüber, ob ihre Worte wirklich ernst gemeint waren. Ermelinds offenes Gesicht zeigte ihr, dass die Worte von Herzen kamen und ihr nicht nur schmeicheln sollten. Mit ihrer Antwort blitzte ihre angeborene Gutherzigkeit auf, die sie so gut hinter ihrem harschen Auftreten verborgen hatte: »Ja, das stimmt. Wir sind bestrebt, die Liebe Christi zu leben. Aber das entbindet uns in diesen schlimmen Zeiten nicht davon, darauf zu achten, dass Pest und Tod vor unseren Klostermauern bleiben. Seht es als Zeichen unserer Liebe an, dass wir Euch trotz der Gefahren vor dem Tor als Gast aufnehmen. Ich hoffe, dass wirklich nur Ihr hereingekommen seid und nicht der Schwarze Tod mit Euch. Die Hütte dort vorne an der Pforte ist ein Badehäuschen. Geht hin, klopft Eure Kleider aus und reinigt Euch am Wassertrog mit Bürste und Seife. Dann kommt zurück zu mir. Ihr findet mich irgendwo auf dem Hof. Wir werden dann gemeinsam zu meinen Schwestern gehen, und unsere Oberin wird Euch willkommen heißen. Wir werden mit Euch bei der Vesper Brot und Wasser teilen.«

Ermelind tat wie ihr geheißen und folgte der Klarissin aufs Wort. Keinesfalls wollte sie schuld daran sein, dass diese frommen Frauen durch sie von der Pest befallen würden. Nach der langen Fahrt durch die Hitze tat ihr die gründliche Reinigung gut. Danach fühlte sie sich wie neugeboren. Ihre Zuversicht kehrte zurück, und ihr Bauchgefühl sagte ihr, dass sie hinter diesen Klostermauern auch mit ihrer Suche endlich weiterkommen würde.

Bald saß Ermelind mit den frommen Frauen bei einem kärglichen Abendessen zusammen. Es waren nur sieben Nonnen an der Zahl. Nach dem Tischgebet nahm die Äbtissin den Laib Brot, segnete ihn und schnitt davon ab. Nur die ersten Schnitten wurden mit Schmalz bestrichen. Die Neugier unter den Stiftsfrauen war groß. Sie wollten erfahren, was Ermelind in diesen unsicheren Zeiten hinaus in die Welt getrieben hatte. Die Kölnerin erzählte freimütig von den Vorfällen zu Hause. Sie schilderte, dass sie es übernommen habe, die Spur des Mörders aufzunehmen und das gestohlene Heiligtum für den Orden zu retten.

»Das tut Ihr doch nicht alleine! Das ist doch viel zu gefährlich!«, warf die Kustodin aufgeregt ein, und Ermelind besänftigte die besorgte Frau: »Nein, ich habe das Glück, dass mich der Bruder der Ermordeten, ein ehrbarer Kölner Kaufmann, unterstützt. Ihn treibt der Wunsch, den Mörder seiner Schwester dem weltlichen Gericht zu übereignen. Er hat mich bisher rührend umsorgt.« Die Äbtissin nickte verstehend.

Zur Überraschung der anderen meldete sich eine der jüngeren Nonnen zu Wort: »Gottes Wege sind für uns Menschen unergründlich. Wie sonderbar, dass zwei Menschen nach den gleichen Segnungen durch ein Heiligtum trachten, aber doch auf so unterschiedliche Weise: einmal mit Liebe und Güte im Herzen und einmal mit Mord und Totschlag im Sinn! Erst gestern hat mein Bruder mich besucht. Er fährt als Kapitän eines Oberländers auf der Strecke Köln – Mainz. Sein Schiff war das letzte, bevor die Schifffahrt wegen der Pest eingestellt wurde. Caspar stand noch ganz unter dem Eindruck eines Spaniers, den er auf dieser Fahrt ins Herz geschlossen hatte. Der wollte noch vor Wintereinbruch über die Alpenpässe ins Heilige Rom. Er war für seine kranke Frau auf Pilgerfahrt und wollte ihr durch eine Reliquie Erlösung von ihren Leiden bringen.«

Ermelind hatte der jungen Klarissin aufmerksam zugehört und bestätigte versonnen: »Ja, das scheint wirklich ein wunderbares Beispiel dafür, wie unterschiedlich man eine gleiche Sache angehen kann. Aber seid Ihr wirklich sicher, dass es ein Spanier war, nicht ein Italiener, der sich auf dem Rückweg in sein Heimatland befand?«

Die Klarissin wiegte ihren Kopf hin und her und bedachte die Frage gründlich, bevor sie antwortete: »Ich bin mir nicht sicher. Ich will es nicht beschwören, Spanier oder Italiener. Ich glaube nicht, dass mein Bruder in der Lage ist, das Herkunftsland des Pilgers an dessen Sprache zu erkennen. Sie haben bestimmt miteinander in Deutsch geradebrecht. Caspar ist einer anderen Zunge gar nicht mächtig.«

Dann könnte es der Gesuchte sein. Er war per Schiff auf der Flucht, wie Walter es vermutete, schoss es Ermelind durch den Kopf, aber sie schwieg still. Sie wollte die junge Schwester nicht verwirren oder gar ihr Bild von Gut und Böse zerstören. Bald danach bat sie um Verständnis, ins Bett gehen zu wollen. Die Frauen sahen ihr nach, dass sie nicht einmal am Nachtgebet teilnahm. »Unsere Weiterfahrt wird lang und beschwerlich werden und ein Schüppchen Schlaf tut not«, war eine überzeugende Entschuldigung.

Die gute Frau, welche sie schon am Tor in Empfang genommen hatte, wies Ermelind ins Dormitorium ein. Ermelind wälzte sich auf ihrem Lager hin und her, erholsamer Schlaf wollte sie nicht entführen. Die Neuigkeiten und ihre Schlussfolgerungen dazu kreisten immer wieder in ihrem Kopf und hielten sie wach. Ermelind sehnte den Morgen herbei, um Walter alles zu berichten.

Walter kannte die Bischofsstadt von seinen Reisen. So fiel es ihm nicht schwer, den Weg zum Hafen zu finden. Dort war nichts von dem sonst pulsierenden Leben zu spüren. Nur wenige Schiffe lagen festgezurrt. Nirgendwo wurde entladen oder beladen. Der Platz vor den Hütten am Kai war menschenleer. Alles war still, und so hörte man die Räder von Walters Wagen besonders laut über die Pflastersteine rattern. Das Geräusch erregte die Neugierde eines Anwohners. In der vorletzten Hütte schwang die Tür auf, ein breiter, gedrungener Mann trat heraus und sah sich um. Walter lenkte die Pferde auf ihn zu und näherte sich langsam mit seinem Gespann. Er wollte den scheinbar einzigen Menschen, der ihm Rede und Antwort stehen konnte, nicht verschrecken.

Als er noch zwei Fuhrwerklängen von ihm entfernt war, hielt der Mann Walter abwehrend seine Linke entgegen und rief bestimmt: »Bleibt dort, wo Ihr seid. Ihr kamt bereits nahe genug. Keiner von uns weiß genau, wie weit der Schwarze Tod springen kann. Wir wollen es ihm nicht zu leicht machen. Aber sagt an, was wollt Ihr an diesem einsamen Ort? Hier gibt es nichts, was einen wie Euch interessieren könnte.« Walter nickte zum Gruß und sprang vom Bock, um mit dem Mann auf Augenhöhe zu sein. Dabei rief er so freundlich wie möglich zurück: »Ich bin ein Kölner Kaufmann und suche einen unserer Schiffer, der mir Ware mitnehmen kann in meine Heimatstadt. Wer seid Ihr? Könnt Ihr mir vielleicht behilflich sein? Euer Schaden soll es nicht sein.«

Walters Gegenüber warf sich in die Brust und tönte wichtig zurück: »Ich bin der Hafenmeister. Aber Ihr, Ihr scheint mir nicht im Bild. Wisst Ihr denn nicht, dass der Schiffsverkehr längstens eingestellt ist? Vor zwei Tagen kam der letzte Oberländer hierher, lud Wein und machte sich flugs wieder davon, um dem Pesthauch, der aus dem Süden bläst, zu entkommen.«

»Wer war der Schiffer?«, fragte Walter, als kenne er sich unter ihnen aus.

»Das war Meister Caspar. Er fährt diese Route schon viele Jahre und wird das hoffentlich noch lange tun.« Der Mann bekreuzigte sich bei diesem Satz.

»Den kenne ich gut«, log Walter. »Der hat für mich schon manche Fuhre transportiert zu unser beider Gewinn und Segen. Er wäre mir auch für diese Ladung recht gewesen. Aber sagt, hatte er vielleicht einen Italiener an Bord, einen Pilger? Der war mein Gast in Köln, und Ihr macht mich besorgt mit Eurem Unken, wonach ihn Schlimmes aus dem Süden erwartet. Mein Freund will nämlich nach Rom, nach Hause zurück.«

Der Hafenmeister überlegte einen Moment. »Ich hatte natürlich nicht alle Passagiere im Auge. Aber einer ist mir wirklich aufgefallen. Er war mit Meister Caspar zusammen wie sein Schatten. Er hatte schwarzes Haar und auch einen Pilgermantel an. Ich meine mich zu erinnern, der Kapitän nannte ihn ›meinen stolzen Spanier‹.«

Der Hafenmeister zögerte, seine weiteren Gedanken auszusprechen, doch dann fügte er hinzu: »Aber das muss nichts heißen. Dass der Kapitän einen Spanier von einem Italiener unterscheiden kann, wage ich zu bezweifeln. An der Sprache jedenfalls nicht. Die sind ihm beide fremd. Vielleicht ist aber auch nur meine Erinnerung falsch. Jedenfalls ging er mit so einem von Bord. Der Fremdling suchte Quartier, und Caspar wollte ihn bei der tüchtigen Lia unterbringen. Die hat ein Wirtshaus nahe dem Dom. Dort logiert Meister Caspar selbst, wenn er über Nacht in unserer Stadt bleibt.«

Walter wollte gar nicht wahrhaben, wie viele wichtige Neuigkeiten auf einmal auf ihn einstürmten. Das musste der Italiener sein! Endlich eine Spur und eine heiße sogar. Hier lohnte es sich nachzuhaken. »Dann könnt

Ihr mir sicher auch den Weg zum Wirtshaus erklären. Dort kann ich meinem Freund vielleicht noch einige mahnende Worte mit auf den Weg geben. Ist Euch sonst noch etwas an ihm aufgefallen?«

Der Hafenmeister antwortete: »Ihr habt Glück. Ich bin ein guter Beobachter. Ob das für Euch wichtig ist, müsst Ihr selbst entscheiden: Er trug ein ärmliches Bündel auf der Schulter und hatte noch einen Sack, der unter dem Mantel hervorguckte. Der schien ihm wichtig zu sein. Sonst fällt mir nichts mehr ein. Doch, eines noch: Caspar und er waren ein Herz und eine Seele. Vielleicht kannten sie sich schon länger.«

Die letzten Worte verunsicherten Walter wieder. Länger gekannt haben konnten sich die beiden kaum. Aber warum sollte ein einsamer Schiffer nicht auch auf einer kurzen Fahrt eine herzliche Bekanntschaft schließen? Schon um die eigene Langeweile ein wenig zu vergessen.

Walter bedankte sich für die Wegbeschreibung.

Der Hafenmeister sah auf Walters Pferdefuhrwerk und fragte: »Was wollt Ihr mit dem Wagen und den Tieren über Nacht machen? In der Stadt wird die Bereitschaft nicht groß sein, Euch zu Diensten zu sein. Alle Fremden werden zurzeit mit scheelen Augen angesehen. Da Ihr Caspar kennt und ein ehrlicher Kaufmann seid, will ich Euch meine Hilfe nicht verweigern. Fahrt den Wagen auf den Hof, schirrt die Pferde ab. Für ein paar Kreuzer lasse ich die Tiere trinken, füttern und unterstellen. Ihr könnt sie morgen wieder holen. Der Weg in die Stadt ist nicht sehr weit.«

»Treff ich denn früh am Morgen hier schon jemanden an?«

»In aller Herrgottsfrühe. Habt keine Sorgen. Wenn Ihr mich nicht direkt seht, so fragt nach Karl, dem Hafenwart. Jeder kennt mich, und ich bin nicht weit. Ich bleibe selbst über Nacht hier.« Walter erschien der Vorschlag sinnvoll. »Ich nehme Euer Angebot gerne an, lege ein paar Kreuzer auf den Bock und sage bis morgen.«

Als er ging, nahm es ihn wunder, dass der gute Mann mehr Angst davor hatte, ihm nahe zu kommen, als den Tieren. Aber vielleicht hatte er recht damit. Nie hatte Walter von einem Pferd gehört, das an der Pest gestorben war. Nur Menschenkinder wurden von der Seuche befallen.

Walter musste nur einmal fragen, bis er das Wirtshaus gefunden hatte.

Er traf auf die tüchtige Wirtin im Treppenhaus. Als sie erfuhr, wer ihn schickte, war sie äußerst mitteilsam. Dass er Meister Caspar kannte, schien ihr genauso wichtig. Sie bestätigte Walter, dass der Spanier für eine Nacht bei ihr Logis genommen hatte. »Er war sehr ruhig und verträglich und brach früh am nächsten Morgen schon wieder auf. Er hat sich in einer Stallung am Dom ein Pferd gekauft. Ich habe sie ihm empfohlen«, sagte sie.
»Seid Ihr sicher, dass es ein Spanier war und kein Italiener?«, forschte Walter nach.
»Meister Caspar hat ihn mir als Spanier vorgestellt. Der Mann selbst sprach leidlich Deutsch. Einen Unterschied zwischen Spanisch und Italienisch hätte ich kaum erkannt.«
Diese Antwort gefiel Walter. Er war auf der richtigen Spur, da war er sich mittlerweile sicher. »Ist Euch noch irgendetwas an Eurem Gast aufgefallen?«
Die Wirtsfrau überlegte konzentriert. Sie hatte schon begonnen, mit dem Kopf zu schütteln, doch dann hielt sie inne, legte ihren Zeigefinger sinnend an den Mund und erzählte bedächtig: »Ja, doch. Da war etwas. Sein großes Reisebündel ließ er auf dem Zimmer zurück. Doch einen kleineren Sack trug er immer mit sich. Der war ihm wohl besonders wertvoll. Er ließ ihn nicht aus den Augen, selbst nicht beim Abendbrot.«
Das Reliquiar, schoss es Walter durch den Kopf. Alles passte zusammen. Er war sich sicher, er hatte den Mörder gefunden!
Es wurde ihm schwer, bis zum nächsten Morgen zu warten. Aber er sah keine andere Möglichkeit. Er bedankte sich bei der auskunftsfreudigen Frau und fragte um ein Bett für die Nacht. »Eigentlich will ich zur Zeit keine Gäste aufnehmen«, meinte sie zögerlich. »Aber bei einem Bekannten von Meister Caspar muss ich wohl eine Ausnahme machen. Das Haus ist frei. Ihr könnt die gleiche Stube haben wie der Spanier und auch fürs gleiche Geld.«
Walter schlug ein. Vielleicht fand sich in der Kammer noch irgendetwas, das ihm weiterhalf. Das konnte er sich zwar kaum vorstellen, denn die Frau wirkte äußerst reinlich. Wenn etwas zurückgelassen worden war, hatte sie es sicher längst weggeräumt.

Er nahm unten im Schankraum ein warmes Abendbrot zu sich, trank noch drei große Schoppen Wein und hoffte so auf genügend Bettschwere, um bis zum nächsten Morgen durchzuschlafen.

15

Auch in Rom ging das Leben weiter. Carla war seit Tagen unruhig. Sie fühlte, wie in ihr mehr und mehr die Hoffnung schwand, Francesco bald wiederzusehen. Längere Zeit hatte sie das Gefühl verspürt, er käme ihr täglich näher. Das hatte ihr Kraft gegeben. Aber in jüngster Zeit war eine dramatische Veränderung eingetreten. Carla fand keinerlei Seelenkontakt mehr zu ihm. Das Gefühl, er käme ihr Schritt für Schritt näher, hatte sich verflüchtigt. Mit Francesco musste irgendetwas Schlimmes passiert sein!

Diese schwindende Hoffnung beeinflusste ihren Gesundheitszustand wieder zum Schlechten. Sie fühlte, wie die Teilnahmslosigkeit gegenüber allem Schönen zurückkam. Appetitlosigkeit und Schwächegefühl wurden wieder ihre ständigen Begleiter. Sie musste stark dagegen ankämpfen, nicht den ganzen Tag im Bett zu bleiben. Bald ließ sie sich einfach nur noch treiben, ohne sich gegen die Rückschläge der Krankheit aufzubäumen.

So traf sie der brave Doktor bei der Visite blass und schmächtig zwischen den mächtigen weißen Kissen liegend an. Ihre trostlosen Augen mit den dunklen Rändern drum herum wirkten übergroß und blickten traurig ins Leere. Noch vor dem Eintreten in das Zimmer hatte der Arzt sich einen aufmunternden Satz zurechtgelegt: Na, wie fühlt sich unsere kleine Prinzessin denn heute? Was kann sie mir von Francesco berichten?

Wie er sie so verwundbar daliegen sah, blieben ihm diese Worte im Halse stecken. Für einen Moment wusste er gar nicht, was er sagen sollte. Er beschloss, bei der Wahrheit zu bleiben und nichts zu beschönigen: »Ihr gefallt mir heute gar nicht, Carla. Was ist geschehen? Wo ist Eure neue Lebensfreude geblieben? Wollt Ihr schlappmachen, bevor Francesco zurückkommt?«

Die Kranke senkte verschämt den Blick, und Tränen füllten ihre Augenwinkel. »Er wird nicht zurückkommen. Ich fühle es. Irgendetwas ist mit ihm geschehen«, antwortete sie mit leiser Stimme und sank entkräftet in die Kissen.

Der Doktor hatte mit einer solchen Entwicklung gerechnet. Er glaubte einfach nicht an Wunder. Glaube und Hoffnung können zwar Berge versetzen, sagte man, aber ein so schlimmer Krankheitszustand wie der von Carla konnte nicht durch einen Heilzauber gebessert werden. Carlas Befürchtung mochte sogar richtig sein. Gerade in den letzten Tagen waren ihm Gerüchte zu Ohren gekommen, dass dort, von wo Francesco herkommen musste, die Pest wütete. Das verheimlichte er der Kranken natürlich. Vielleicht war Francesco aber wirklich erkrankt!

Es half nichts, darüber lange zu sinnieren. Man musste den Tatsachen ins Auge sehen. Dass es mit Carla langsam zu Ende ging, war nicht zu verkennen. Der Doktor berührte ihre Stirn. Die war trotz ihrer Blässe glühend heiß. Carla fieberte. Seine Hand verharrte auf ihrem Puls. Der Schlag war nur schwach. Doktor Bovatieri ließ ihr eiligst einen Sud aus Weidenrinde aufkochen und zwang sie, ihn Schluck für Schluck zu trinken. Doch das Fieber sank nicht. Aus der Wasserkanne benetzte er einen Lappen mit kühlem Wasser und legte ihn Carla auf die Stirn. Sie stöhnte leise auf, nicht vor Schmerz, sondern vor Erleichterung, hoffte er.

»Ihr solltet etwas zu Euch nehmen«, ermahnte er sie eindringlich. Aber Carla hob abwehrend ihre kleinen durchsichtigen Hände, und der Arzt erkannte, dass sie sich aufgegeben hatte. Sie schloss die Augen und war kurz darauf erschöpft eingeschlafen.

Für den Doktor gab es nichts mehr zu tun. Er verließ so geräuschlos wie möglich den Raum. Draußen instruierte er Carlas Pflegerin: »Das Fieber wird bald noch weiter steigen, fürchte ich. Flöß ihr noch einmal einen Trank aus Weidenrinde ein. Besteh darauf, dass sie ihn gänzlich trinkt.« Die Frau nickte, überwand ihre Scheu und fragte ihn furchtsam: »Meiner Herrin geht es wieder schlechter, nicht wahr? Habt Ihr noch Hoffnung auf Besserung, oder seid Ihr mit Eurem Latein am Ende, werter Doktor?«

»Hoffnung sollte jeder gute Christenmensch bis zum Ende haben. Aber du hast recht, der Zustand deiner Herrin hat sich arg verschlimmert. Ich fürchte, sie wird bald schwere Schmerzen ertragen müssen.« Er öffnete seine Tasche und nahm ein kleines Papiertütchen mit weißem Pulver heraus und drückte es der Frau in die Hand. »Lass mich sofort rufen, wenn es schlimmer wird. Gib ihr dann dieses Pülverchen fürs Erste aufgelöst in lauwarmem Wasser. Ich will ihr wenigstens große Schmerzen ersparen.«

Ihm wurde ungemütlich in Francescos Haus. Er mochte Carla und litt deshalb umso mehr an seiner Hilflosigkeit. Ihn trieb es nach draußen an die Luft. Er wollte durchatmen und versuchen, auf andere Gedanken zu kommen. Er legte seine Rechte wie zum Trost einmal kurz auf die Schulter der Pflegerin. Als er merkte, dass sie sich unter seiner Berührung entspannte, verließ er mit kurzem Abschiedsgruß das Haus.

Es dauerte immerhin drei volle Tage, bis man den Arzt wieder zu Carla rief. Doch da war wirklich schon Not am Mann. Carlas sonst so gepflegtes Haar war schweißnass. Ihr Gesicht glühte feuerrot. Ihr Atem ging schwer, und der kleine Körper schlotterte unter Fieberschauern. Die Kranke reagierte nicht einmal mehr auf sein Kommen. Ihre Augen blieben geschlossen. Schmerzen scheint Carla nicht zu haben, dachte er. Sein Pulver hatte wenigstens geholfen! Nun bestand kein Zweifel mehr: Carla würde sterben. Es blieb nur zu hoffen, dass das Himmelstor für sie weit offen stand! Mit Kummer betrachtete er die Sterbende. Dann wandte er sich ab und verließ ohne weitere Instruktionen das Haus. Jede weitere weltliche Hilfe war ohne Aussicht auf Erfolg!

In Roms Straßen ging alles unverändert seinen Gang. Wie unbedeutend ist doch das Schicksal einer einzelnen Person für den Weltenlauf, sinnierte der Doktor bitter. Niemand nahm Anteil an Carlas Schicksal. niemand vermisste sie. Alles drehte sich weiter, und jeder dachte zuerst einmal an sich selbst!

Für Carla war der letzte Kampf noch nicht ganz ausgekämpft. Sie erwachte zwar nicht mehr aus ihrem Dämmerschlaf, aber hinter ihrer Stirn jagten sich im Fieberwahn lauter grelle Bilder. Sie sah Francesco, sah den Heiligen und schließlich sogar beide miteinander. Francesco war auf dem

Weg zu ihr, doch dann schien das gleißende Licht um den Heiligen ihren Mann zu verbrennen. Sie fühlte die brennenden Stiche bis in den eigenen Körper und stöhnte laut auf. Dann war der Heilige verschwunden, und sie sah nur noch ihren Liebsten. Grausam entstellt und mit dem Tode ringend. Entsetzlich stöhnte die Arme und versetzte ihre treue Pflegerin, die ohne Pause an ihrem Bett gewacht hatte, in große Aufregung. Dann lag Carla endlich still. Der Albtraum, der sie erdrückt hatte, war zu Ende. Aber irgendetwas in ihr rief immer noch laut um Hilfe. Nicht etwa für sich, sondern für Francesco. Dann dämmerte ihr, dass keine Hilfe kommen würde. Francesco würde jämmerlich sterben! Da ließ sie sich endgültig fallen, tief fallen. Nichts mehr hielt sie auf der Welt. Sie sehnte sich nur noch danach, mit ihrem Mann in der anderen Welt wieder vereint zu sein.

Melius est duos esse simul quam unam. – Es ist besser, zu zweien als allein zu sein. Carla hatte ihren Frieden gefunden und verschied ganz ruhig.

Am nächsten Morgen brach Walter in aller Frühe auf. Er traf Wagen und Pferde am Hafen wohlversorgt an und fuhr direkt zu den Klarissenhäusern, um Ermelind aufzunehmen. Er zog die Glockenschnur am Portal und musste kaum warten, bis sich die Türe öffnete. Ermelind stürmte ihm mit ihrem Bündel unterm Arm entgegen. Sie war genauso aufgeregt wie er. Als sie atemlos vor ihm stand, ließ sie ihr Bündel fallen und warf sich in seine Arme. Der Kaufmann reagierte bass erstaunt und schaute sie mit großen Augen an. An das wunderbare Gefühl der Umarmung konnte er sich gewöhnen! Um es länger zu genießen, umschlossen seine kräftigen Arme ihren zarten Körper. Erst als er den entsetzten Blick der Klarissin sah, die sie von der Pforte aus beobachtete, suchte er Abstand von der jungen Frau und stotterte verlegen: »Warum so stürmisch? Was ist Euch widerfahren? Was macht Euch so aufgeregt? Was ist in Euch gefahren?« Seine Kette von Fragen wollte gar nicht enden.

Ermelind fiel es schwer, ihre Worte zu ordnen. Alles wollte auf einmal aus ihr heraussprudeln. »Unser himmlischer Vater hat meine Gebete erhört und uns eine Spur gewiesen. Walter, wir haben ein Ziel!« Sie sah ihn unverwandt an. Erneut drückte sie sich wie beschwörend an ihn, und bald wusste er alles. Was sie ihm erzählte, deckte sich trefflich mit dem Ergebnis seiner eigenen Nachforschungen. Am Ende ihres Berichtes stand Ermelind vor Walter, und ihr Gesicht bekam einen fragenden Ausdruck. Nun wollte sie auch von ihm erfahren, was er herausgebracht hatte. Fast väterlich nahm er sie in den Arm, drückte sie und teilte ihr seine Neuigkeiten mit.

Die Klarissin am Tor beobachtete das Ganze mit wachsendem Unverständnis und Missbehagen. Sie verstand nicht, was in den beiden Menschenkindern vorging und was sie so glücklich machte. Unschicklich war es auf jeden Fall, wie sich die junge Schwester diesem Mann an den Hals warf! Missbilligend schüttelte sie den Kopf und schloss, da die beiden sie sowieso nicht beachteten, grußlos die Pforte. Dann eilte sie zu den Ihren und berichtete ihr merkwürdiges Erlebnis.

Die beiden vor der Tür merkten erst langsam, wie nahe sie sich in ihrer Aufregung gekommen waren und wie schön sie das empfunden hatten. Erschreckt ließen sie voneinander ab. Walter brummte verlegen, dass man sich schnell auf den Weg machen müsse.

Bald hatten sie das Stadttor passiert und befanden sich wieder auf der breiten Römerstraße. Nur noch wenige kleinere Grüppchen von Menschen kamen ihnen entgegen. Auch die hatten es eilig und waren augenscheinlich auf der Flucht. Je weiter Ermelind und Walter kamen, desto mehr nahm die Zahl derer ab, die ihnen entgegenkamen. Die kleinen Ortschaften, die links und rechts der Straße lagen, wirkten menschenleer. An den Häusern waren die Fensterläden verschlossen. Weder Kinder noch Getier tummelten sich in den Gassen. Waren die meisten Menschen wirklich vor der Pest geflohen? Fuhren sie in ein Niemandsland? In Walter wuchsen wieder Bedenken, ob sie das Richtige taten. Aber Ermelind blieb voller Hoffnung, und ihr Tatendrang steckte Walter erneut an. »Es gibt kein Zurück, nein, es gibt nur ein Vorwärts!«

Sie erreichten um die Mittagszeit den Weiler, in dem Francescos letztes Stündlein geschlagen hatte. Es hatte in der Zwischenzeit nicht geregnet, und zwei weitere warme Tage hatten dafür gesorgt, dass der Leichengeruch über dem Dorf unerträglich geworden war. Ermelind presste ein Tuch auf Mund und Nase, und Walter schaute mit angeekeltem Blick über den Platz, damit ihm ja nichts Wichtiges entging. Einige Ferkel stromerten grunzend umher und gruben ihre dreckigen Rüssel in den herumliegenden Unrat. Es sind Leichenteile dazwischen, erkannte Walter, als er näher kam. Dort eine angefaulte Hand und dort ein gefülltes Hosenbein, aus dem ein angefressener Fuß herausschaute! Walter wurde es schlecht. Er lenkte die Pferde schnell in eine andere Richtung. Er wollte Ermelind diesen Anblick ersparen.

Der Wagen näherte sich der Dorfkirche. Die Tür der Kirche war nicht verschlossen. »Vielleicht treffen wir hier im Gotteshaus irgendeine Menschenseele an.«

Walter stoppte den Wagen, sprang vom Bock und half Ermelind ebenfalls herab. Dann gingen sie beide auf die Kirchentüre zu. Aus der Kirche drang kein Laut, kein Gebet, kein Gesang. Auch die Glocken blieben still. Ein leichter Geruch nach Weihrauch tat ihren gepeinigten Nasen gut und übertünchte den grässlichen Leichengestank ein wenig. Das Innere der Kirche war licht und hell. Ermelind sah sich um, und als ihr Blick den Altar streifte, erstarrte sie.

»Mein Gott, seht nur. Da, da, da ...!«

Der angefangene Satz blieb ihr im Halse stecken, so groß war ihre Aufregung. Walter folgte ihrer ausgestreckten Hand. Auch sein Blick fand den Altar, doch nichts schien ihm besonders. Die Hostie, das große goldfarbene Kreuz und ein Heiligtum daneben, eben alles so, wie es in einer guten Kirche anzutreffen war. Er legte seine Hand auf Ermelinds Arm und versuchte die junge Frau zu beruhigen. Doch die zitterte wie Espenlaub und war krampfhaft bemüht, ihren Satz zu vollenden:

»Das ist der heilige Hippolytus, unser Hippolytus. So sieht er aus, glaubt mir. Das ist ein Wunder. Walter, was geschieht uns?«

Mit Unverständnis musterte der Kaufmann die Frau, die so aus dem Häuschen geraten war. Noch einmal versuchte er sie zu beruhigen. »Was meint Ihr nur? Ich kann Euch nicht folgen. Ich sehe keinen Heiligen. Ich sehe das Kreuz Christi. Was wollt Ihr mir sagen, Ermelind? Sprecht deutlich, damit ich Euch verstehe!«

»Natürlich nicht der Heilige«, fuhr sie auf. »Aber das Heiligtum ist unser Reliquiar, unser Armreliquiar: Die Rechte des Herrn ist erhöht, die Rechte behält den Sieg. Glaubt mir, ich erkenne es, unser Heiligtum ist einzigartig in seiner Schönheit und Kunst!«

Nun wusste Walter endlich, wohin er blicken musste. Seine Augen maßen das güldene Gefäß, das auf dem Tisch des Herrn stand. »Und Ihr könnt Euch nicht irren?«, fragte er vorsichtig. »Solltet Ihr recht haben, so sind wir am Ziel!«

Ermelind hielt nichts mehr neben Walter. Sie lief auf den Altar zu und streckte ihre Hand nach dem Heiligtum aus, um es zu greifen und für ihr Stift in Besitz zu nehmen. Doch eine Stimme aus dem Rund hinter dem Altar hinderte sie daran: »Versündigt Euch nicht, Weib!«, schallte es aus dem Halbdunkel hervor. »Was greift Ihr nach dem Heiligtum? Das ist nur geweihten Händen vorbehalten!«

Pater Simon trat ins Licht und schaute Ermelind tadelnd an. Er hatte dort auf einem steinernen Sessel friedlich meditiert. Doch nun wirkte er wie ein grimmiger Wächter vor dem Himmelstor.

Ermelind fühlte sich nur für einen Moment ertappt und ganz klein. Dann stieg Entrüstung in ihr auf. Sie war im Recht und stand für eine gute Sache! »Eine solche Rüge habe ich nicht verdient«, erwiderte sie mit fester Stimme und sah dem Priester unumwunden in die Augen. »Es ist der Auftrag meines Stifts, der mich nach diesem Heiligtum greifen lässt. Es birgt den heiligen Hippolytus. Und er ist bei uns im heiligen Köln in Sankt Ursula zu Hause. Von dort hat man ihn entwendet. Dorthin muss er zurück!«

Die bedrohliche Haltung des Paters entspannte sich. Ein Lächeln der Erkenntnis ging über sein Gesicht. Mit freudiger Stimme sagte er: »Und so schließt sich der Kreis, und zwar viel schneller, als ich es erwartet habe. Beruhigt Euch, meine Liebe. Ich sehe nun viel klarer. Folgt mir ins Pfarrhaus und lasst uns in Ruhe alles besprechen. Wenn dieser Fremde Euer Begleiter ist, so mag er mit uns kommen«, fügte er hinzu und deutete zum Kaufmann hin.

Ermelind zögerte, allzu ungern wollte sie das gerade wiedergefundene Heiligtum allein lassen.

Der Priester erkannte ihre Not und beschwichtigte die Kanonissin sofort: »Macht Euch keine Gedanken, ich werde die Kirchentür verschließen. Außerdem sind wir sowieso die Einzigen in diesem toten Dorf.«
Beruhigt folgten Walter und Ermelind dem Geistlichen ins Pfarrhaus. Das Innere des Hauses wirkte sehr ungepflegt. Man sah, dass der Pater schon des Längeren ohne Hilfe ausgekommen war. Er bat die beiden mit durch die Küche und führte sie auf eine schattige Veranda, die zum Garten hinausführte. Dort ließen sie sich auf drei klobigen Holzstühlen nieder. Der Pfarrer brachte einen Krug kalten Wassers und drei Becher. Auch der Garten ist ziemlich struppig, dachte die Kanonissin.

Nachdem die Ankömmlinge sich gelabt hatten, begann Pater Simon zu sprechen: »Der Dieb Eures Reliquiars war ein Römer. Ich war dabei, als das letzte Stück Atem aus seinem Körper entwich. Er hat sehr gelitten und war unglücklich darüber, seiner kranken Frau in Rom nicht helfen zu können. Er war sich darüber im Klaren, dass er große Schuld auf sich geladen hatte, und bereute zutiefst. Ein richtiger Mörder war er, glaube ich, nicht. Ich denke, es war mehr ein Unfall. Er wollte Eure arme Schwester nicht töten«, wandte er sich an Walter. »Das lässt mich für ihn hoffen, dass Gott ihm Gnade und Vergebung zuteilwerden lässt.«

»Gebe Gott, dass er mit seinem Weib im Himmel wieder vereint wird. Ihre Liebe muss sehr groß gewesen sein!«, fügte Ermelind hinzu. »Dann hat die junge Klarissin wirklich vom selben Mann gesprochen«, sinnierte sie halblaut vor sich hin. Sie musste dem Pastor ihre Überlegungen erklären.

Für Walter blieb nach der Schilderung des Priesters noch eine Ungereimtheit bestehen: »Hat der Italiener den Mord an dem Zugehjungen Jan nicht eingestanden? Den hat er doch auch begangen, als er das Reliquiar raubte.«

Der Vikar blickte Walter erstaunt an. »Nein, mein Sohn, davon war keine Rede. Der Arme sprach sogar davon, dass ein Reliquienräuber den Raub für ihn ausgeführt habe.«

»Simon Holländer«, rief Ermelind aufgeregt dazwischen. »Dann muss der Jans Mörder gewesen sein. Hoffentlich hat ihn Kölns Gewaltrichter schon gefasst!«

Nun schien alles geklärt. Die Wahrheit lag allen dreien schwer im Magen. Wie erleichtert waren Ermelind und Walter, dass der Pfarrer sofort bereit war, ihnen das Heiligtum nach Köln mitzugeben, zurück zu seinem Bestimmungsort! Sie merkten dem armen Mann an, wie sehr er es genoss, endlich wieder in menschlicher Gesellschaft zu sein. Mehrfach lud er sie ein, über Nacht bei ihm zu bleiben. Sie nahmen das Angebot gerne an, denn sie brauchten für die Nacht ein Dach über dem Kopf.

»Dann lasst mich aber erst einmal ein bisschen Hausfrau spielen. Ich glaube, das tut not in Eurem Haushalt«, schlug Ermelind dem Hausherrn lächelnd vor.

»Eure Frauenaugen haben natürlich sofort erkannt, wie hilflos ich mich angestellt habe«, erwiderte der Priester schmunzelnd und fügte sich gerne.

Walter war eher danach, allein zu sein. Er fühlte sich nicht wohl und wandte sich an die zwei: »Ich bitte Euch, lasst mir einen Moment der Ruhe mit mir selbst. Mir scheint, ich habe das dringend nötig.«

Ermelind sah ihn besorgt an. Sein Gesicht wirkte grau, müde, fast eingefallen, erkannte sie erst jetzt. Das war nicht der Walter, der mit so großer Fürsorge die ganze Reise bis hierher organisiert hatte! Hatte ihn die Schilderung des Paters mehr angegriffen als sie selbst? War der unrechte Tod seiner Schwester ihm wieder mit voller Macht ins Bewusstsein gerückt? Ermelind konnte sich seine Veränderung sonst nicht erklären.

»Ruhe findet Ihr am besten im Hause Gottes. Geht dort durch die Verbindungstür. Ihr braucht nur den Schlüssel zu drehen«, empfahl der Kirchenmann und unterbrach Ermelinds ängstliche Gedanken. Der Kaufmann nickte dankbar und ging zur Kirchtür. Erst dieses Mal fiel ihm auf, dass die Kirche länger nicht benutzt war. Kein Schlurfschritt des Mesners, keine brennenden Kerzen, keine heilige Messe, der Duft von Weihrauch nur noch ganz schwach und keine einzige Trost suchende Seele in ihr!

Ihm wurde immer schwerer ums Herz. Was war aus seinem großen Rachedurst geworden? Zerronnen war er mit den Schilderungen des Geistlichen! Da war in Wirklichkeit nur ein armer Sünder in die Fallstricke eines bösen Schicksals geraten, ein liebender Ehemann, der eigentlich nur Gutes für seine kranke Frau gewollt hatte. Was mit ihm geschehen war,

war mehr als Strafe genug! Walter fühlte sich ausgebrannt und schwach. Er hatte starke Kopf- und Gliederschmerzen. Überhaupt plagte ihn Unwohlsein. Auch wurde er sich bewusst, dass bald noch etwas anderes, Wertvolles und Schönes zu Ende gehen würde. Aus dem kleinen gemeinsamen Nenner, den Mörder von Almut zu finden, war zwischen ihm und Ermelind über die Tage des Beisammenseins Vertrautheit, wenn nicht gar ein noch viel größeres Gefühl gewachsen. Das so lieb gewonnene Beisammensein sollte nun im Sauseschritt zu Ende gehen! In Köln würden sich ihre Wege wieder trennen. Jeder würde wieder sein eigenes Leben leben. Walter gestand sich ein, dass ihn dies noch viel härter traf als das entsetzliche Schicksal des Italieners. Ihn schwindelte. Ihm wurde schwarz vor Augen. Er haderte mit Gott und verließ rastloser als zuvor das Gotteshaus.

Mit schweren Schritten ging er zurück ins Pfarrhaus. Jeder Schritt tat ihm weh. An der Verbindungstür drehte er sich noch einmal um, warf einen Blick zum Altar und sah dort mit Genugtuung das Heiligtum des heiligen Hippolytus stehen. Es glänzte leicht in der Abendsonne. Sorgsam drehte er den Schlüssel und schloss die Tür. Nun war das Heiligtum bestens behütet!

Aus dem Pfarrhaus kamen Essensdüfte. Ich müsste eigentlich hungrig sein, dachte er. Aber sein Körper reagierte nur mit Übelkeit und aufkommendem Brechreiz bei dem Gedanken an Essen!

Walter quälte sich hinaus auf die Veranda und war froh, dort niemanden anzutreffen. Gedankenverloren ging er auf und ab, bis er hinter sich die Stimme des Paters hörte: »In der griechischen Philosophenschule wurde im Gehen gelernt. Deshalb spricht man von Gedankengängen. Was bedenkt Ihr, mein Sohn?«

Walter wandte sich dem Pater zu und sah ihn mit müden Augen an. »Ich weiß nicht, Vater. Mein Körper rumort. Vielleicht war alles ein bisschen viel für mich. Es wird schon wieder werden.«

Pater Simon packte ihn freundschaftlich am Arm und führte ihn an den Esstisch: »Die liebe Ermelind hat uns ein warmes Mahl bereitet. Es wird Euch guttun. Nehmt Platz.« Dabei drückte er den Kaufmann sachte auf einen der schweren Holzstühle.

Auf dem Pfarrtisch herrschte, trotz Ermelinds Bemühen, Küchenmeister Schmalhans. Des Pfarrers Vorräte waren fast aufgebraucht gewesen. So konnte die Gute nur eine große Schüssel Kartoffelmus bereiten, einiges Grünzeug aus dem Garten hineinschneiden und die letzten Brocken durchwachsenen Speck dazu benutzen, Geschmack an das Mus zu bringen. Nun stand die Schüssel dampfend auf dem Tisch, und Ermelind füllte mit einem Holzlöffel die Teller.

Der Priester langte kräftig zu, aber Walter stocherte lustlos mit dem Löffel in seiner Portion. Er gefiel der Kanonissin gar nicht. Als er sich auch noch bald erhob und den Priester bat, ihm seine Schlafstatt zu zeigen, folgte ihm ihr Blick mit großen Sorgen. Daran änderte auch nichts, dass Walter noch murmelte: »Ich will Kraft sammeln für morgen. Dann geht es zurück in unsere Heimatstadt. Habt Dank für Eure Gastfreundschaft«, fügte er an den Priester gerichtet hinzu.

Pater Simon und Ermelind saßen noch einige Zeit in der angenehmen Kühle und genossen mit gefüllten Mägen träge die Geräusche der Natur, die sich nun langsam auf die Nacht vorbereitete. Die beiden wechselten noch das ein oder andere Wort. Dann begaben auch sie sich zur Ruhe.

Es wurde eine kurze Nacht. Ermelind war schon früh am Morgen wieder auf den Beinen. Es machte ihr Freude, ein Frühstück zu bereiten, auch wenn es noch so kärglich ausfallen musste.

Bald durchzog der Duft nach Kräutertee das Haus. Mit etwas Grieß, Mehl und Zucker hatte die junge Frau einen süßen Brei bereitet, der nun auf hungrige Esser wartete. Pater Simon erschien als Erster. Ein strahlendes Lächeln ging über sein Gesicht, als er Ermelinds Köstlichkeiten sah und roch. »Daran kann man sich gewöhnen. Ihr seid ein wahres Gottesgeschenk«, lobte er die junge Frau, trat hinaus in die noch frische Morgenluft und zog sie genüsslich in seine Lungen. »Und wo ist Euer Begleiter?«, fragte er in den Raum und verstärkte damit die Unruhe, die Ermelind schon längst beschlichen hatte.

»Das möchte ich auch nur allzu gerne wissen«, brach es aus ihr heraus. »Auf unserer ganzen Reise war er immer der Erste. Er hat stets auf frühe

Abfahrt gedrängt. Dass er noch nicht hier ist, passt nicht zu ihm. Ich hoffe, ihm ist nichts geschehen. Wir sollten nach ihm schauen. Bitte, Vater, begleitet mich. Es ist unschicklich für mich, allein nach ihm zu sehen.«

Der Priester brummte zustimmend. Sie machten sich auf den Weg, die Stiege hinauf zu Walters Stube. Ermelind öffnete vorsichtig die Tür. Die Fensterläden waren fest geschlossen und ließen durch die Ritzen im Holz nur spärliches Licht in den Raum. Man konnte nicht sehen, aber ein schlimmer Gestank nach Erbrochenem und Exkrementen lag in der Luft und zeigte deutlich, dass etwas nicht in Ordnung war.

Hastig flog die Kanonissin zum Fenster und riss die Läden auf. Das Licht flutete herein und in ihm sah sie den Kaufmann gekrümmt auf dem Bette liegen. Walter war eine Jammergestalt. Nicht einmal die Helligkeit ließ ihn die Augen öffnen. Er war nicht bei sich. Seine Decke war verschmutzt von Erbrochenem. Das Kräuterkissen unter seinem Kopf war nass vor Schweiß, und sein Haupthaar klebte schwarz und fettig in seinem Gesicht. Seine Lippen waren leicht geöffnet, sahen spröde und trocken aus und von Zeit zu Zeit entfuhr dem Mund ein leichtes Stöhnen. Sein Teint war stark gerötet.

Vorsichtig näherten sich die beiden dem Lager, und der Priester sagte leise: »Ich kenne diese Zeichen zur Genüge. Euer Begleiter ist todkrank. Auch ihn hat die Geißel Gottes befallen.« Dabei schlug er ein Kreuz über die Lagerstatt.

Ermelind schüttelte unentwegt ihren Kopf und stotterte fassungslos: »Nein, das kann nicht sein, das darf nicht sein. So grausam ist unser Herrgott nicht. Er hat ihm doch schon seine Schwester genommen, nun auch noch diese Strafe? Nein, das mag ich nicht glauben!« Dabei bückte sie sich über das Krankenlager, nahm die verschmutzte Decke und hob sie vorsichtig von dem Kranken weg.

Walter lag da in seinem Nachtgewand, völlig reglos und entkräftet. Auch das Hemd war von Schweiß durchtränkt und besudelt. Sein Körper bebte unter Schüttelfrösten und Fieberschauern.

Der Pfarrer deutete wie zur Bestätigung seiner Diagnose auf eine gerötete Beule an Walters Hals. Auch Ermelind konnte seine schlimmen Annahmen nicht mehr verdrängen. Walter war an der Pest erkrankt!

Pater Simon packte Ermelind sachte am Arm und schob sie vom Lager weg: »Ihr solltet ihm nicht zu nahe kommen. Ihr seid jung und müsst noch leben«, sagte er mit beschwörender Stimme. »Euer Freund hat noch höchstens drei Tage mit vielen Qualen und Schmerzen vor sich. Dann wird er erlöst sein. Zieht fort. Lasst mich für ihn sorgen. Ich habe Übung darin. Ich habe es schon für die meisten meiner Herde getan. Vielleicht hat Gott mich für diesen letzten Dienst verschont.«

»Nein, das tue ich für keinen Preis der Welt. Ich will bei ihm bleiben und gegen diese schreckliche Geißel kämpfen. Immer wieder gab es Menschen, die überlebten. Walter muss dazugehören, er muss!« Ihre Stimme war erst schrill und laut geworden, dann wurde sie immer leiser und ging in Schluchzen über.

Pater Simon beschloss, nicht weiter in sie zu dringen. Er nahm sie tröstend in den Arm und sagte: »Hoffentlich habt Ihr Euch das gut überlegt. Lasst mich Euch helfen, so gut ich kann.« Er führte sie in eine Stube an der Rückseite des Hauses. An deren hinterer Wand standen in groben Regalen viele Bücher. »Meine ganze Liebe«, sagte er und deutete auf diesen Schatz. »Es finden sich hier auch einige Handschriften zur Pestilenz. Ich habe sie sorgfältig studiert, als die Seuche über unseren Weiler hereinbrach. Lasst mich Euch zeigen, was zu tun ist.« Er griff nach einem Folianten, und der fiel zwischen zwei Seiten auf. Dort war er in jüngster Zeit des Öfteren geöffnet worden. »Alle Beulen, die an Walters Körper entstehen, müssen aufgeschnitten werden. Den schwärenden Eiter müssen wir herausdrücken. Die Wunden sind mit Essigwasser auszuwaschen und mit Essigumschlägen zu umwickeln. Der Kranke braucht viel Flüssigkeit: Tee, vermischt mit Schmerzmitteln, und flüssigen Brei als Nahrung. Zur Kühlung gegen das Fieber empfehlen die Doktores kaltes Minzewasser. Mit dem soll der Körper abgerieben werden. Und glaubt mir, selbst wenn dies alles beachtet wird, steht es eins zu tausend, dass Walter überlebt. Dass einer die Pest besiegt, ist noch seltener als eine Sonnenfinsternis!«, bemerkte der Priester trocken.

Ermelind hatte aufmerksam zugehört. Sie musste sich zusammennehmen, damit sie die drastischen Schilderungen des Paters nicht aus der Fassung brachten. Allerdings war ihr auch nicht danach zu theoretisieren. Sie wollte mit dem Kampf beginnen, Walter helfen, keine weitere Zeit verlieren!

Sie ließ sich vom Pater zeigen, wo frische Leintücher lagen, setzte einen Topf mit Wasser auf den Herd und füllte eine Schüssel damit. Alles ging ihr wie im Flug von der Hand. Schon bald eilte sie mit den Utensilien die Stiege hinauf.

Sie verdrängte jegliches Schamgefühl und alle Regeln der Schicklichkeit. Sie entkleidete Walter vollständig, um ihn zu säubern. Mit Verzweiflung sah sie, dass sich auch in seinen Achselhöhlen Beulen gebildet hatten. Sie waren gelblich an der Spitze und prall, als stünden sie kurz vorm Platzen.

Ermelind reinigte seinen bloßen Körper von Schweiß und Exkrementen. Sacht strichen ihre Hände über Walters gezeichneten Leib. Sie wollte ihm nicht wehtun. Der Kranke ließ es teilnahmslos mit sich geschehen. Sein Körper schlotterte ständig. Sein Stöhnen schwoll immer mehr an, ab und zu unterbrochen von einem trockenen Husten.

Ermelind erinnerte sich an ein Heilmittel der heiligen Elisabeth. Eibischblättersaft zum Trinken und kalte Wadenwickel. Die sollten Walters Fieber senken. Sie fragte den Pater nach dessen Arzneischrank und fand mit seiner Hilfe die heilenden Blätter.

Als Nächstes galt es, die Beulen zu verarzten. Ermelind schlug das Herz vor Angst wie rasend. Wie dankbar war sie, als Pater Simon ihr Hilfe anbot. So konnte sie vermeiden, Walters Körper selbst zu verletzen. Der Pater übernahm diese Aufgabe. Er holte ein spitzes Messer, zündete am Herd eine Kerze an und steckte sie in einen kleinen Armleuchter. »In der Flamme werde ich die Klinge erhitzen und reinigen«, erklärte er dazu. Ermelind lief ein Gruselschauer über den Rücken. Trotzdem zwang sie sich, Leinenstreifen in Essigwasser zu tränken und in der Schüssel behände hinauf ins Krankenzimmer zu tragen.

»Drückt Ihr den Kranken fest auf das Lager«, forderte Pater Simon nun ihre Hilfe ein. »Er ist schwach, und so werdet Ihr es schaffen. Ich möchte auf jeden Fall vermeiden, dass er sich bewegt und ich danebensteche. Das würde ihm unnötige Qualen bereiten. Dreht Euren Kopf ruhig weg, es ist nicht schön anzusehen, was jetzt getan werden muss.«

Der Priester begann mit der Beule am Hals. Dazu presste Ermelind Walters Kopf mit einem Tuch über den Händen fest in die Kissen. Ein jähes Aufbäumen des Kranken und ein schriller Aufschrei zeigten ihr, dass Pater Simon zum ersten Mal gestochen hatte. Dann hörte sie schon wieder dessen ruhige Stimme: »Führt den Lappen nun unter die Wunde und lasst mich den Eiter ausdrücken.«

Ermelind tat wie ihr geheißen, und als ihr Blick über die blutende Wunde und den gelben Eiterfluss ging, würgte es sie im Hals. Sie nahm alle Beherrschung zusammen und half dem Priester, so gut sie konnte.

Bald war die erste Stelle mit Essigwasser ausgewaschen und verbunden. Auch die Beulen unter den Achselhöhlen verarztete sie. Walter lag nach vielem Aufbäumen da wie tot. Sein Atem ging pfeifend. Er schien am Ende seiner Kraft.

Ermelind kühlte seine Stirn mit Minzewasser. Dann tauschte sie das Bettzeug aus, das von Eiter und Blut beschmutzt war. Aber längst war noch nicht alles getan: Ich muss einen Waschzuber aufsetzen, schoss es ihr durch den Kopf. Ich brauche immer wieder frisches Leinen. Ohne Waschen habe ich bald nicht mehr genug davon.

Sie überließ Pater Simon die Wache an Walters Bett, und der widmete sich ihm mit großer Fürsorge.

Ermelind drängte es, schnell wieder bei ihnen zu sein. So verrichtete sie ihre Aufgaben in großer Eile und bereit, den Pater abzulösen. Viel Flüssigkeit soll er zu sich nehmen, ging es ihr durch den Kopf. Immer wieder führte sie einen Becher mit kaltem Früchtetee vorsichtig an seinen Mund und flößte ihm das Gebräu ein.

Walter half ihr nicht mit Schluckbewegungen. So lief das meiste sein Kinn hinab in die Tücher. Ermelind fuhr mit ihren Bemühungen nimmer müde fort. Aber schon bald war das Bettzeug so durchnässt, dass sie es wieder auswechseln musste.

Als der Pater nach einiger Zeit zurück in die Krankenstube kam, empfing ihn Ermelind mit einer neuen Idee: »Vater, Ihr sagtet zu Recht, Walter brauche alle Hilfe, um zu überleben. Darum bitte ich Euch, holt den Arm mit dem Heiligtum des Hippolytus aus der Kirche. Lasst ihn uns am Kopfende aufstellen. Ich bin sicher, er hilft mit seiner Kraft.«

Schon bald stand das Reliquiar am Bett. Der silberne Arm warf Sonnenstrahlen in den Raum. Die trafen wie ein Quell heilender Kraft auch das Lager des Todkranken.

So verging der erste Tag, und die vielen notwendigen Arbeiten wiederholten sich ständig. Als der Abend kam, sah Walter noch grauer aus als zuvor und war nicht zu Bewusstsein gekommen. Ermelind war erschöpft, weigerte sich aber, den Priester als Ablösung zu akzeptieren. Sie nahm sich fest vor, auch die Nachtwache durchzuhalten. Doch ihr Fleisch wurde schwach, und in der Mitte der Nacht übermannte sie der Schlaf.

Der Priester, den es auch nicht in seinem Bett gehalten hatte, fand sie zusammengesunken am Fuße des Krankenlagers liegen. Er hob sie vorsichtig auf und trug sie unter Aufbietung aller Kräfte zu ihrer Pritsche. Die war bisher fast unbenutzt geblieben. Was für Zeiten, dachte er, in denen ein Pfaffe eine Nonne ohne böse Absichten ins Bett trägt!

Als Ermelind erwachte, verspürte sie große Schuldgefühle. Sie eilte in Walters Zimmer und sah erleichtert, dass der Priester am Bett wachte. Sie sprang hinab in die Küche, um zu kochen und vieles vorzubereiten. Alles begann von Neuem: Frische Tücher, Brühe und Tee, leichte Kost, Fürsorge und Wache! So verging auch der zweite Tag. Sie blieb an Walters Seite und betete für ihn: »Herr, lass den Kelch an ihm vorübergehen.« Und plötzlich, als hätte der Kranke ihre Stimme gehört, kam ein Röcheln aus seinem Mund: »Liebste, wo bist du?«, flüsterte er. »Ich liebe dich so sehr, Ermelind. Du, mein Leben.«

Der Schwester wurde es eiskalt in der Kehle. War Walter erwacht, sprach er zu ihr? Doch dann fand sie zurück zur Realität. Der Kranke war weit entfernt von ihr! Er hatte im Fieberwahn gesprochen, ganz ohne Bewusstsein. Aber im Innersten denkt er an mich, und wie schön und lieb!, dachte sie. Tränen schossen ihr in die Augen. Ihr Blick zeigte Liebe und Hingabe.

Als der dritte Tag vergangen war und Walter immer noch lebte, wussten der Pfarrer und Ermelind, dass er eine echte Chance hatte zu überleben. Sie taten weiterhin alles, was sie für ihn tun konnten. Manche Nacht vernebelten sich Ermelinds Sinne vor Erschöpfung. Sie schreckte hoch und sah nach dem Kranken. Doch so bald trat bei dem keine Besserung ein. Walter dämmerte stöhnend vor sich hin. Manchmal glaubte die fürsorgliche Frau zwischen gemurmelten Sätzen ihren Namen zu hören. Dann stieg ein Schluchzen der Freude in ihr auf und beschwingte sie in ihrer aufopfernden Pflege.

Sie träufelte ihm Brühe in den Mund, legte ihm kühlende Tücher auf Stirn und Waden und frische Essiglappen auf die aufgestochenen Pocken, die immer noch giftig schwärten. Unter großer Anstrengung walkte sie die gebrauchten Leinenstreifen im Bottich.

Nach drei Wochen geschah das Wunder. Walter schlug zum ersten Mal die Augen auf und sah in Ermelinds Antlitz.

Sie hoffte darauf, dass er auch jetzt genauso liebevoll zu ihr sprach, wie er es im Fieberwahn getan hatte. Als sie, wie so oft zuvor, sein verschwitztes Nachthemd wechseln wollte, rötete sich sein Gesicht vor Scham. Aus seinen trockenen Lippen drangen die Worte: »Nicht, meine Liebste.« Dabei fuhren seine Hände unruhig hin und her, ohne dass er sich richtig wehrte. Seine Worte ließen sie erröten. Sie antwortete ihm mit all ihrer Liebe in der Stimme: »Doch, mein Liebster. Lass mich nur, es ist gut für dich.«

Beim Klang ihrer Stimme entspannten sich seine Züge. Ein glückliches Lächeln trat auf sein Gesicht, und er ließ sie gewähren. Bald darauf war er wieder sanft entschlummert. Ermelind nutzte die Gunst des Augenblicks, eilte in die Küche zurück, kochte Tee und wusch die gebrauchte Wäsche. Sie war zu Tode erschöpft, aber überglücklich. Als Pater Simon in die Küche trat, strahlte sie ihm entgegen.

»Er ist erwacht, Vater. Ich glaube, er ist über den Berg.«

Der Pater freute sich mit ihr. »Der Herr hat Eure Gebete erhört. Wir sollten ihm danken. Walter ist jetzt im Garten Gethsemane, dem Garten des Wartens. Ihr müsst nun schlafen, Euch schonen, sonst werdet Ihr ihm zum guten Schluss nicht mehr helfen können und selbst zum Opfer werden.«

Maßlos erschöpft, nickte Ermelind schwach und sank vor den Füßen des Priesters zusammen.

Pater Simon trug sie ein weiteres Mal zu ihrer Lagerstatt.

Nach sieben Tagen wagte Ermelind mit dem Genesenden einen ersten Rundgang durch den Garten. Natürlich bot sie sich ihm dabei als Stütze an. Walter erfreute sich an allem, was blühte, und genoss die wärmenden Strahlen der Spätsommersonne. Aber schnell war er so erschöpft, dass sie ihm mit strenger Stimme das Kommando gab: »Ab ins Bett!« Er folgte gehorsam wie ein braves Kind.

Nach einer halben Woche nahm Walter schon feste Nahrung zu sich. Pater Simon hatte sie von irgendwo herbeigeschafft. Walter konnte inzwischen auch ohne Hilfe gehen. Ermelind fühlte, dass die Zeit näher kam, Abschied von Pater Simon zu nehmen.

Dieses Mal haderte sie damit, dass die Zeit mit Walter zu Ende gehen sollte. Sie wollte Walter nicht verlieren. Sie wollte in Köln nicht wieder in ihr altes Leben zurück. Sie wollte mit Walter weiterleben! Im Dämmerlicht sah sie kummervoll vor sich hin. Gott sei Dank konnte niemand in der Dunkelheit sehen, wie sehr ihre Hände vor Anspannung bebten.

16

Im Gleichklang mit Walters Genesung traten auch weitere Änderungen zum Besseren ein. Der schlimme Pesthauch hatte seinen Höhepunkt überschritten. Er war über das Land gerast und hatte viele Menschen hinweggerafft. Doch nun ließ seine Kraft nach. Er tobte nur noch in fernen Regionen. Die das Unglück überlebt hatten, kamen in ihre Heimat zurück. Andere, die heimatlos geworden waren, kamen hinzu. Schon bald hatte der Pater wieder eine kleine Gemeinde. Es läutete die Kirchenglocke, Kerzen wurden angezündet und im Hause Gottes für die Rettung gedankt.

Abends, als die drei im Pfarrhaus zusammensaßen, sagte Walter ernst, dass es nun Zeit sei, Abschied zu nehmen. Es wurde still im Raum, in dem eben noch gemeinsam gelacht und gespaßt worden war. Aber es gab keinen Grund, dem Kaufmann zu widersprechen. Sie beugten sich dem Unausweichlichen und beratschlagten, wie die Reise am besten durchzuführen war.

»Ich habe unter den Neuankömmlingen einen tüchtigen Mann gefunden, der Euch helfen soll«, begann der Pater. »Er ist mir Mesner und Glöckner zugleich. Aber gern werde ich ihn für einige Tage entbehren, damit er Euch mit dem Gespann nach Mainz bringt.«

Walter begehrte auf: »Ich brauche keine Schonung mehr. Fahren kann ich selbst.« Doch als er merkte, wie entschlossen Ermelind und der Pfarrer ihm das verboten, gab er sich geschlagen. »Nun gut, also bis Mainz. Wenn die Gerüchte zutreffen, ist der Schiffsverkehr wieder in vollem Gange. Ermelind und ich können von Mainz mit einem Oberländer den Rhein hinab zu unserer Vaterstadt fahren.«

Sie beschlossen, in zwei Tagen abzureisen.

Nun galt es, von Pater Simon Abschied zu nehmen. Der fiel nicht leicht nach all dem, was man gemeinsam durchlebt hatte. Sie versprachen einander, sich wiederzusehen, obwohl alle drei wussten, wie ungewiss die Erfüllung des Versprechens war. Dann kam der traurige Augenblick.

Mit ihrer Abfahrt wechselte das Wetter. Es war feucht und schwül geworden. Man konnte fast zusehen, wie das Brot im Kasten schimmelte. Herbstregen setzte ein und prasselte herab. Ungastlicher konnte der Abschied nicht ausfallen. Aber Aufschub vertrug sich mit ihrer Ungeduld nicht. Im Stillen dankten sie dafür, dass sie im Wagen Schutz unter der Plane fanden und nicht, wie der Mesner, im triefenden Regen auf dem Bock sitzen mussten. Trotz der Schutzplane kroch die Feuchtigkeit in die Knochen und ließ die Fahrt zur Strafe werden. Gott sei Dank war es wenigstens noch warm, sodass sie nicht frieren mussten.

Durch den aufgeweichten Boden kämpfte sich der Wagen Richtung Mainz. Die schweren Pferdehufe klatschten im Matsch. Die Holzräder drehten sich nur langsam und schmatzend.

Ermelind und Walter waren am Morgen aufgebrochen und erreichten die Bischofsstadt am späten Nachmittag.

Auch dort drängte Walter zur Eile. Er rief dem Mesner zu: »Fahr zunächst einmal zum Hafen. Vielleicht finden wir heute noch ein Schiff, auf dem wir die Nacht über bleiben können, um direkt morgen früh die Fahrt nach Köln anzutreten.«

Sie hatten Glück, und erneut schloss sich der Kreis des Geschehens. Es war Meister Caspar, der ihnen die Mitreise ermöglichte. Hatte er dem Italiener und dem Heiligtum zur Flucht verholfen, natürlich ganz ohne es zu wissen, so trug er nun dazu bei, dass die heiligen Gebeine des Hippolytus wieder unversehrt nach Hause fanden.

Der gutmütige Kapitän hatte ein Einsehen mit den beiden. Er bot ihnen eine Schlafstatt unter Deck an. Ermelind war er das schon als Frau schuldig. Walter sah nach seiner Krankheit noch so spitznasig aus, dass er auch ihm diese Vorzugsbehandlung zuteilwerden ließ.

Die Fahrt verlief reibungslos und schnell. Der Regen hatte sein Gutes. Er hatte das Flussbett rasch aufgefüllt, sodass das Schiff ohne Schwierigkeiten alle Untiefen passieren konnte. Treidelpferde brauchten sie flussabwärts nicht. Deshalb spielte der glitschige Zustand der Treidelwege keine Rolle.

Nach zwei Tagen sahen die Reisenden schon das wehrhafte Mauerwerk und die vielen Türme der Kirchen von Köln in der Ferne. Beklommen standen sie an der Reling nebeneinander. Walter wusste, er musste jetzt etwas sagen. Die Zeit des Beisammenseins ging dem Ende zu.

Als Ermelind merkte, dass Walter behutsam seinen Arm um ihre Taille legte, verspürte auch sie, dass der entscheidende Moment gekommen war. Ein Moment, dem sie bang entgegengefiebert hatte.

»Ermelind, ich kann mich nicht damit abfinden, dass unser Zusammensein nun ein Ende nehmen soll. Ich verdanke dir mein Leben. Du hast mir Liebe gezeigt wie kein anderer Mensch auf der Welt bisher. Ich liebe dich. Willst du meine Frau werden, mein Liebstes?« Er schaute sie dabei bittend an.

Für einen Augenblick stand die junge Frau stumm da, presste ihre kleinen Hände verlegen an die Seite und richtete ihren Blick zu ihm auf. Dann kam aus ihrem Mund eine deutliche Antwort: »Ja, das will ich. Auf diese Frage habe ich gewartet, sehnlichst gewartet!« Ihr feines Gesicht zeigte alle Gefühle, die sie in ihrem Innersten verborgen gehalten hatte. Dann drückte sie ihren Kopf an Walters Brust.

Welch ein Glücksgefühl durchströmte den Kaufmann. Er nahm ihr Gesicht zwischen seine Hände, richtete es nach oben und seine Lippen suchten die ihren. So erlebten die beiden in den höchsten Wogen der Gefühle ihren ersten Kuss. Es dauerte eine gehörige Zeit, bis sich ihre Münder wieder trennten. Dann standen sie nebeneinander an der Reling, hielten sich fest an den Händen und schauten verliebt auf die Kulisse der Vaterstadt. Sie wussten nun, was sie tun wollten. Aber sie wussten auch, dass alles nicht leicht werden würde.

Vom Hafen aus ging die Nachricht, dass die Reliquie zurückgekehrt war, den beiden im Eiltempo voran. Der heilige Hippolytus war wieder in seiner Stadt und strebte Sankt Ursula entgegen! Walter und Ermelind nahmen einen Pferdewagen und fuhren zum Stift. Sie wurden von Ermelinds Gefährtinnen freudig empfangen.

Die hatten im Kapitelsaal bereits ungeduldig auf ihr Kommen gewartet. Auch Pater Adrian war anwesend. Schließlich hatte er mit seiner kämpferischen Predigt die Jagd auf den Reliquienräuber eröffnet.

Natürlich hatte es sich auch Otto von Anheim nicht nehmen lassen zu kommen.

Die Verliebten mussten viel erzählen, bevor sie das unbeschädigte Heiligtum stolz in die Hände der Mutter Oberin zurückgaben.

Walter konnte dabei einige harte Worte nicht unterdrücken: »Was mich mehr als wurmt, ist, dass Simon Holländer sein gerechtes Schicksal noch nicht ereilt hat. Ich bin mir sicher, dass er Jan auf dem Gewissen hat. Der Italiener hat den Mord an ihm in seinen letzten Minuten nicht gebeichtet. Und mit dem Tod vor Augen lügt man nicht.«

Da mischte sich von Anheim ein: »Beruhigt Euch, lieber Bonnheim. Meine Häscher haben in Erfahrung gebracht, dass Holländer die Pest ereilte.« Ein Murmeln ging durch den Saal.

Keiner sollte je erfahren, dass dieser Bericht nur einen Teil der Wahrheit wiedergab: Holländer hatte auch während seiner Flucht das Stibitzen nicht lassen können. Heruntergekommen, mit filzigen Haaren und struppigem Bart bestahl er Sterbende, die von der Pest gezeichnet am Wegesrand lagen. Als ihn der Mob dabei erwischte, zerrte man ihn mit Wutgeheule unter eine alte Eiche, warf ein Hanfseil über einen starken Ast und knüpfte ihn auf.

Holländer zuckte und zerrte noch einige Zeit am Seil, bis sein Augenlicht brach. Ehrlos, mit vor Todesangst besudelten Hosen blieb er, den Raben zum Fraß, dort hängen. Es fand sich keine helfende Hand, die ihn abschnitt oder gar begrub. Schon auf Erden ereilte ihn eine harte Strafe!

Noch am selben Abend gestand Ermelind Gertrudis ihre Liebe zu Walter. Trotz ihres großen Respekts vor der Magistra brachte sie klar zum Ausdruck: »Ich will nicht ohne ihn sein. Ich muss das Stift verlassen und sein Weib werden!«

Die Äbtissin sah sie mit ihren blauen Augen an. Dann sagte sie: »Ich habe es kommen sehen, mein Kind. Ich habe direkt gemerkt, dass zwischen euch etwas entstand. Nun, wir halten keine unserer Schwestern davon ab, uns zu verlassen, wenn die Kräfte der Erde stärker sind als die des Himmels. So geh in Frieden, ich bete für dich. Werde glücklich.«

Epilog

So fanden die beiden Verliebten zusammen. Das junge Paar schwebte auf Wolken. Schon bald wurde die Hochzeit gerichtet. Pater Adrian ließ es sich nicht nehmen, der Retterin des Reliquiars die Hochzeitspredigt zu halten. Er fand für den überglücklichen Ehemann wohlwollende Bibelworte: *Dein Weib wird sein wie ein fruchtbarer Weinstock drinnen in deinem Hause, deine Kinder wie Ölzweige um deinen Tisch her.*

So geschah es dann auch über die Jahre. Mit fünf gesunden Kindern setzten die beiden eine erfolgreiche Kaufmannsdynastie fort und bewiesen mit lebenslanger Liebe, dass der Satz *Tristis est voluptatum exitus* – Trist ist aller Leidenschaft Ende – nicht unbedingt wahr werden muss.

Glossar

Dechantin: Klösterliche Leitungsfunktion, Aufsicht über die Gottesdienste, dritthöchste Würdenträgerin.

Hübschlerin: Dirne.

Kanoniker: Geistlicher eines Dom- oder Stiftskapitels.

Kanonissen: Geistliche Gemeinschaft, deren Mitglieder zur regelmäßigen Durchführung der kanonischen Stundengebete verpflichtet waren und mildtätige Arbeiten verrichteten. Sie leisteten nicht die üblichen Gelübde, konnten eigenes Einkommen haben und jederzeit ins weltliche Leben zurückkehren.

Kapitelsaal: Versammlungssaal des Stifts.

Kassel: Prächtiges, glockenförmiges Messgewand aus Seide und Brokat, bestickt mit Goldfäden und bunter Seide.

Kustodin: Hüterin aller Güter des Stifts, Verwalterin des Schlüssels zur Schatzkammer und dem Reliquienraum.

Laudes: Morgenlob, Stundengebet morgens gegen sechs Uhr.

Lettner: Schranke zwischen Chor und Langhaus einer Kirche.

Leuchterrechen: Kerzenständer, meistens auf dem Altar benutzt.

Magistra: Lat. Lehrerin, hier andere Bezeichnung für Äbtissin.

Mensa: Lat. Platte des Altars.

Ossarium: Beinhaus zum Aufbewahren von Gebeinen.

Priorin: Klösterliche Leitungsfunktion, Vertreterin der Äbtissin.

Retabel: Altaraufsatz.

Salzmüder: Städtische Beamte, die Salzladungen der am Rhein ankommenden Schiffe für die Besteuerung messen mussten.

Schlupfhuren: Hausfrauen, die insgeheim Liebesdienste anboten.

Skapulier: Ordenstracht, Überwurf für die Arbeit.

Totenrotel: Hymnischer Nachruf auf eine verstorbene Ordensfrau oder einen Ordensbruder, mit dem sich ein Ordensmitglied auf den Weg zu allen Klöstern der Region begab, um Gebete für die Seele der oder des Verstorbenen einzufordern.

Trippen: Hölzerne Überschuhe.